JN125716

新潮社

報道協定

プロローグ

「あれ？　止まっちゃった」

　エレベーターが突然停止した。

「光っているのがいまいるところだから、五かいだ」

　翔太（しょうた）がエレベーターに一人で乗るのは珍しくなかった。母親が迎えにくる時は友達と一緒だが、代わりに拓人（たくと）が来てくれる時は大抵一人だった。

「きょうはタクトの日だ。すぐになおしてくれるさ」

　八階の「キッズスター」から一階のロビーに向かうエレベーターが故障したのは初めてだった。こうした時、助けを呼ぶことができることを翔太は知っていた。外の大人に助けを求めるボタンの位置も知っている。だけど、いくら背伸びをしても、手を必死に伸ばしても、届かなかった。

――もっと背が高かったらボタン押せるのにな。

　翔太は牛乳嫌いなことを後悔した。年長組の中で一番背が低い。前へならえでもずっと先頭だ。

――お母さんににてたらなぁ。

　母親はモデルで、すらっとして背が高い。拓人も高身長だが、血の繋がりはない。でも、翔太は拓人のことを実の父のように慕っていた。好きなものは何でも買ってくれるし、母親に内緒でパフェも食べさせてくれる。

――もう年長なんだ。こわくないぞ。

　外に助けを求める方法が他にないか、周囲を見渡そうとした時だった。照明がふいに消えた。

——何これ！　やだよ、真っ暗だよ。

強がっていた翔太もさすがに心細くなった。翔太は暗いところが苦手だった。

——はやくなおしてよ、タクト。タクトのビルだよね。

翔太はツインズ・ビルが大好きだった。母親は「将来は翔太のものになるのよ」といつも言っている。かっこいい拓人も託児所があるツインズ・ビルも翔太の自慢の種だった。それに、一階のカフェ「オリーブ」では大好きないちごパフェを食べられる。

——せっかくタクトがおむかえの日だからパフェが食べられるのに。

照明が消えて、どの位経っただろうか。時計は持っていないし、スマホも持っていないので、時間は分からない。なんとなく三分間はまだ過ぎていない気がした。翔太はタイマーなしでもカップ麺のでき上がる時間がわかるという特技があった。

そろそろ三分経ったかと思ったタイミングでドアが開いた。暗がりに誰かが立っていた。廊下も真っ暗で顔も見えなかった。

「しょうたくん」

聞き覚えがない声だった。恐る恐るエレベーターの外に出ると手を握られた。この人が拓人のところに連れて行ってくれるのか。翔太は暗い廊下で手を繋がれたまま、歩き出した。それにしても不思議だった。いつも社員でごった返しているのに廊下には誰もいなかった。

「ここだよ」

ある部屋の前で止まった。薄暗かったが、かすかに金色のドアノブが見えた。そうだ、ここは見覚えがある。一度だけ来たことがあった。

「入って」

暗い部屋の中、待っているはずの人はいなかった。

第一章

二〇一〇年七月　諸橋孝一郎（もろはしこういちろう）

お盆前の成田空港は大勢の旅行者でごった返していた。四階の出発ロビーで諸橋孝一郎はスーツケースに蹴躓（けつまず）かないように注意しながら、関係者用の出入口に駆け足で向かっていた。

「Доброе утро（ドーブラエウートラ）」

「おはよう」を意味するロシア語が耳に入る。視線を向けないように喋っている人物を見ると、白人の中年女性が同じような年齢の女性とハグしていた。

――大使館の関係者か？

そうだとしてもここで立ち止まっている時間はない。北ウイングの端にある扉の入口には警備員が一人立っていた。ビジネスバッグから取材腕章を取り出して警備員の男に見せる。男は腕章をチラッと見ると何も言わずに諸橋を通した。

思ったより時間がない。余裕を持って警視庁記者クラブを出たつもりだったが、高速の事故で渋滞に捕まってしまった。モスクワ行きのアエロフロート航空が離陸するまであと二時間もなかった。取材対象はできるだけ人目を避けるはずだ。

関係者用の通路は先程の雑踏とはうって変わって、閑散としていた。一般客であれば航空会社のカウンターでチェックインして搭乗手続きし、保安検査場でセキュリティチェックを受けた後、税関、そして出国審査場に進む。メディア関係者が空港の規制エリアで取材できるのは出国審査場から搭乗口までのわずかなストロークだ。しかも通行の妨げになるためインタビューは禁止だ。だが、歩いている人への「呼び掛け」は許されていた。だから、この一瞬に賭けるしかない。

アエロフロート航空機が駐機している23番搭乗口に着いた時には離陸まで一時間を切っていた。諸橋は出国審査場を通ることなく搭乗口につながる通路に出た。搭乗口まで二十メートルもない。

「ロシア、アエロフロート航空から出発便のご案内をいたします。アエロフロート、モスクワ行き十時三十分発、456便は定刻通り、皆様を機内へとご案内いたします」

グランドスタッフのアナウンスが聞こえてきた。危うく遅刻するところだった。廊下には白髪の男が業務用カメラを片手に持って立っていた。成田空港駐在員の宮下憲司だ。宮下は諸橋が所属する東京中央テレビの社員カメラマンで、成田空港に五年前から駐在している。定年間際のベテランだが眼光は鋭い。

「おお、モロにしてはおせぇな。髪のセットに時間かかったか？　キャスター候補様は見てくれにも気を使うから大変だな」

足早に近寄る諸橋に気がつくと満面の笑みで迎えた。だが、この笑みに騙されてはいけない。宮下は数々の修羅場をくぐってきた。狂信的な宗教集団が地下鉄に化学兵器を撒いた時に駅構内に真っ先に突入したのも、アフガニスタンや旧ユーゴスラビアの戦争取材でいち早く現地に駆けつけたのも宮下だ。新人の頃なら現場にはもっと早く来いと叱責されているだろうが、今やキャップの諸橋に説教するものなど誰もいない。

「すいません。キャスター候補なんて苛めないで下さいよ」

キャスター候補と言っても、記者の誰かをスタジオに出したらいいのではとのアイデアが会議で出ただけだ。

「でも、背も高いし、顔はちょっと昔風だが眉毛も濃いし、男前でキャスター向きだと思うけどな。モロがやればあんな優男の学者をわざわざ高いギャラで引っ張ってこなくてもいいじゃねぇか」

たしかに諸橋も多くの事件、災害現場を経験してきた自負はある。三宅島噴火では、デスクの間違った指示で噴火口に近づきすぎ、危うく火砕流に呑み込まれるところだった。そしてアメリカを襲った9・11同時多発テロ事件。諸橋はたまたま夏休みでニューヨークを訪れていた。ツインタワーに大型旅客機が突っ込んだ時、諸橋は歩いて十分程の場所でホットドッグを頬張っていた。町中が大騒ぎになり、異変に気がついた諸橋は現場に向かって走った。

休暇中ではあったが、ハンディタイプのビデオカメラを持参していた。仕事でよく使っていたため、プライベートでも動画を撮るようにしていたのだ。現場に着いてしばらくしてビルが崩壊し、諸橋の目前まで爆風と灰が迫ってきた。

「今、ビルが崩壊しました！　ニューヨークでも屈指の高さを誇った世界貿易センタービルが、今、まさに崩壊して、その灰が人々を呑み込んでいきます。視界一面、真っ白だ！」

諸橋が撮影した迫り来る爆風の中でのリポートはその後、東京中央テレビで何度となく使われた。灰を被りながらも喋り続けたその様子は、あざとい、わざとらしいと一部の視聴者からは批判されたが、テレビらしい臨場感あふれるリポートそのものだった。そのリポートが評価され、改編会議でキャスター候補となったこともある。しかし、結局、キャスターに採用されたのはテレビでも顔が売れている経済学者だった。

元々、付き合いがそれほど好きではないからだろうか。諸橋は仕事絡み以外で同僚や部下と飲んだり、ゴルフに行くことはなかった。ゴルフは時間の無駄だと思っていたし、飲みに行かなければ打ち解けられない相手であればそれまでの相性だと割り切っていた。孤高とまではいかなくても、とっつきにくい人間として見られているという自覚は十分あった。だが、やはり当時のリポートが評価されたのか、警視庁記者クラブで殺人、強盗などを担当する捜査一課を主に経験した後、司法記者クラブを経て再び警視庁記者クラブに戻り、トップポジションであるキャップになった。

キャップになれば、基本、その役割は警察官僚との付き合いや、交渉ごとがメインになる。ネタ元は部下に引き継ぐのが、東京中央テレビのみならず、大手テレビ、新聞のお作法だ。だが、諸橋はキャップになっても深く付き合いのあった何人かの現場の刑事達を後輩には引き継がず、自分で直接情報を得るようにしていた。相手もそれを望んでいたからではあったが、後輩からは胡散臭く思われているのも知っていた。刑事やキャリア官僚との飲み食いを経費として落とす以上、ネタ元そのものもある意味、会社の「資産」だ。その線引きを勘違いする記者は多い。キャップである諸橋自身も部下にそう指導する立場だったが、諸橋だけに話したいという刑事がいるのも事実だった。

今回の件をリークしてくれたのもそうした外事一課の刑事だった。今、成田空港からロシアに帰国しようとしているのはロシア人外交官、セルゲイ・マキイエフ。表向きはロシア大使館所属の文化広報部所属の三等書記官。だが、実際にはSVR、ロシア対外情報庁のスパイであり、秘密裏に防衛省の幹部と接触して海上自衛隊のイージス艦に関する情報を入手していた。

先週、防衛省幹部は警視庁の任意の事情聴取を受け、ほぼ容疑を認めていた。問題はマキイエフだ。仮に警視庁がマキイエフの事情聴取をしようとしても、外交特権を主張し、警視庁の求めに応じないのは明白だった。だとすれば、ことが露見した以上は日本に居させない、「ペルソナノングラータ」――つまり「好ましからざる人物」として、このSVRの将校を国外追放するほかない。

だが、ここで横槍が入った。ロシアに恩を打っておきたい与党、民自党の政治家から、この件について、報道は一切無用とのお達しが警察庁を通じて来たのだ。情報を漏らした防衛省のキャリアは諭旨免職となったが、逮捕までされることなく、当然ながらマスコミ対応もなかった。機密漏洩事件としては異例な幕引きとなった。

これに怒ったのが現場の刑事だった。刑事は以前から付き合いがあった諸橋に連絡してきた。新宿・歌舞伎町の飲み屋街、ゴールデン街の客がほとんどいないバーで諸橋と密談した刑事は、スパイ事件の概要と、SVRエージェントの帰国便を囁(ささや)いたのだ。

機密を保秘するために、東京中央テレビ社会部の公安担当である小峯省吾(こみねしょうご)にもぎりぎりまで事件の概要を伝えなかった。スパイ事件という特殊な事案だけに、慎重の上にも慎重を期す必要があった。事実を伝えたのは、つい先程のことだ。担当である小峯を外して進めていたことに後ろめたい気持ちがなかったとはいえない。

その小峯ももうすぐここに来る。スパイが出国する一部始終をこの目で見たいと志願してきたのだ。ネタ自体は諸橋が入手し、撮影の段取りも立てているから、小峯は警視庁に残って外事一課長や公安部参事官らの反応を探ることに特化していれば本来は良いはずだ。あえてここに来るのは諸橋に対する気持ちの面でのしこりはないということを意味しているのだろう。

セルゲイ・マキイエフの姿を確実に捉えるチャンスは、アエロフロート航空に乗り込む直前、出国審査場から第2サテライト、23番搭乗口に向かうまでの三十メートル程の通路しかない。マキイエフは諸橋が立っている通路を必ず通る。無駄骨になるかもしれなかったが、長くても一時間半ほど張り込んでいればいいだけの話だ。

「キャップ、遅くなりました」

小峯が合流した。体格ががっちりしている諸橋と違い、小峯はどちらかと言えば優男だ。身長は諸橋よりやや低い。身長百八十センチ、体重八十五キロの諸橋は恵まれた体格を生かして中学、高校時代はサッカー部だったが、小峯はもっぱら文化系の部活を転々としていたようだ。自分とはタイプが違うものの、記者としては優秀だった。時々、空気が読めない時もあるが、朝回り、夜回りは欠かさずするし、文書作成能力も優れていたため、将来は社会部を背負っていく人材の一人と目されている。諸橋にも懐いていて、数少ない仲の良い後輩だ。

「ロシアスパイ、いよいよですね。現役スパイを直撃なんて聞いたことないですよ。さっきから興奮しちゃって」

スパイ事件はそもそも表沙汰になることが少ない。なったとしても事後に発表されるのが常で、スパイの姿を撮影することはもちろん、カメラで直撃など前代未聞だ。

「おい、来たぞ！」

宮下カメラマンの一言で意識を集中させた。パスポートコントロールから目標のロシア人外交官がこっちに向かってくる。あと三十メートル。宮下はいつの間にか小峯を盾にして業務用カメラをマキイエフに向けていた。諸橋もハンディのカメラを持っているが、見えないようバッグの中に隠していた。

マキイエフの顔写真はあらかじめ外事一課の刑事から放送不可という条件で入手している。外事一課が彼の行動確認を行う最中に撮影したものだが、そのまま放送で使うことはできないので、この場で撮影しなければならない。ロシアスパイが国外追放されたという事実だけでも放送できることはできるが、映像が伴わないとネタの迫力は圧倒的に落ちる。テレビは映像、とりわけ動画が命だ。

「規制が厳しいモスクワの空港で撮影はできません、ここが勝負です」

「ワンチャンスだな。任せておけ」

先輩カメラマンの言葉が頼もしい。体に高揚感が湧いてくる。

——絶対、撮ってやる！

諸橋は直撃の際に大学で習ったロシア語を使おうと決めていた。まずは足を止めさせるのが肝心だ。呼びかける際にロシア語を使えば、無視はしないだろうという期待もあった。

あと十メートル。諸橋はカバンからカメラを取り出した。それと同時に宮下もマキイエフの方に向かって小走りに駆け寄り、カメラを向けた。ギョッとした顔でマキイエフは諸橋たちの方を一瞬見たが、すぐに顔を正面に向けて歩き続けた。諸橋がロシア語で話しかける。

「マキイエフさん、今回、国外追放されたことについてコメントをお願いします！」

無言で歩き続ける。もし、マキイエフがインタビューに応じたら、本来は立ち止まって声がけをしてはならないという規則に反するが、駄目と言われるまでやり続けることで宮下とは事前に合意していた。怒られるのは駐在員である宮下だが、そこは泥を被ってもらう。

「マキイエフさん、ＳＶＲのスパイだという容疑がかけられていますが！」

再度の呼びかけにも無言だ。表情を変えず、歩き続けている。マキイエフが向かっている搭乗口の方には警備員がいて、さっきからこちらを見ている。無線で何か話している。

——そろそろ限界か。

あと、一問だ。あえて挑発的な言葉を投げかけるしかない。

「帰国したら、逮捕されるんじゃないですか！　今回の『失敗』をどう思いますか！」

ピクッと眉が動いた。

「失敗」という言葉が刺さったのか。もう一度、同じ質問を放つ。

「今回の『失敗』をどう思いますか！」

マキイエフが諸橋を睨んだ。

「俺は――」

彼が何か言おうとした時だった。いつの間にか背後から三人の男たちが近づき、マキイエフを取り囲んだ。皆、白人。全員体格がいい。マキイエフが無事、出国するか見届ける役目で来ていたSVRの職員だろう。三人は諸橋たちを睨みつけるとカメラの前に立ち塞がる形で歩き続けた。前方からは成田空港の警備員が数人走ってくる。

もう頃合いだろう。必要な映像は十分撮れた。諸橋は宮下と小峯の方を見た。二人とも満足そうな表情を顔に浮かべ、しきりに頷いていた。

二〇一〇年十二月六日

ハイヤーの中でひっきりなしに電話がかかってくる。警視庁を出る時に車の中で読もうと思って持ってきた「報道協定」にまつわる資料は座席に置かれたままだ。落ち着いて読む時間もなかったが、諸橋は心配していなかった。報道協定に関して基本的な対応方法は歴代警視庁キャップからの引き継ぎの中でも最重要として位置付けられている案件だ。先輩の記者から聞いて諸橋が付箋に書き足したメモがスクラップブックのあちこちに残っていたが、だいたい頭に入っている。

まさか自分がキャップの時に回ってくるとは思いもしなかった。ここが腕の見せ所だ。

諸橋は張り切っていた。朝一番で本社に行って表彰されたばかりで、テンションが上がったままだ。マキイエフの直撃で社長賞を獲ったのだ。大手新聞社も他のテレビ局も追いつけない断トツのスクープだった。だが、どんなに特ダネがあっても勝手に書けないのが報道協定下の誘拐事件だった。

隣の座席に置いたドコモの携帯が鳴った。画面に表示されているのは二期下入社組のサブキャップ、遠藤伸久の番号だった。遠藤からは被害者の父親が勤務していた病院周辺にいた相馬と小峯はすでに撤収させていると報告があった。

「よし、万が一、ホシに見つかったりしたら一大事だ。あと間宮は？」

「小学校周りを取材させています。もう少し粘って様子を見て撤収するよう連絡しました」

「馬鹿野郎！　学校は報道協定下では必ず取材規制が入る。まだ仮協定中だが、もうアウトな領域だ。すぐに引かせろ。派手な服装してないだろうな？」

「大丈夫です。紺のスーツに、薄い黒のトレンチコートを羽織ってますから目立ちません」

諸橋は深いため息をついた。あまりに現場勘がない。

「おい、お前さ、紺のスーツに黒いコートときたら、まるで記者だって言っているようなもんじゃねぇか」

「え、そうですか？」

とぼけた言い方に内心腹が立つ。事件現場ではユニクロのダウンのようなカジュアルっぽさが丁度いい。目立たないのが鉄則だ。その位、若い記者に教育してほしいが、そこまで気が回らないらしい。

勝浦市内に入るとすぐに佐久間総合病院の看板が見えてきた。地上十二階、本館と四つの別館からなる勝浦市内では最大規模の医療施設だ。ヘッドハンティングで優秀な医師を集めたり、最上階に高級レストランを誘致したりするなどして話題作りに余念がない。諸橋が勤務する東京中央テレビの情報番組でも扱っていた。辣腕を発揮して病院を率いているのが二代目理事長である佐久間宗佑だ。先代の父親が築いた総合病院をさらに拡充し、ゆるキャラを使ったテレビコマーシャルを打って全国にその名が知られている。

その宗佑の小学校一年生になる息子が誘拐された。事件が発覚したのは今から二時間前の午後一時だ。千葉県警からの連絡によるもので、報道協定の申し入れが同時にあった。社会部の仲間部長は報道局長、役員と協議して警視庁キャップの諸橋を派遣することにした。事件取材の現場仕切りのためではなく、報道協定を結ぶためだ。

報道協定とは、警察が報道機関に対して報道の自粛を求める協定だ。人命を左右する誘拐事件、人質事件、立てこもり事件などで用いられる。報道協定が取り交わされると、警察から報道機関への情報提供がなされる代わりに、その情報は協定が解除されるまで報じられることはない。

特に誘拐事件に関しては、新聞協会と民放連（民間放送連盟）と警察庁が正式に制度化している。これは事件が未解決の時点で報じることにより、犯人を刺激してしまったり、情報を与えてしまったりすることを避けるためだ。実際、一九六〇年に発生した誘拐殺人事件ではメディアが報道したことで犯人が取り乱し、人質殺害に及んでしまったことがある。臨時の記者クラブが所轄の勝浦署ではなく市役所に設けられたのも、大勢のマスコミが警察署に出入りする様子を犯人に見られないようにとの配慮からだった。

報道協定はマスコミと警察とが結ぶもので法的拘束力はない。だが、協定を破るようなことがあれば記者クラブから除名されたり、記者クラブが主催する記者会見に出入り禁止になるなどの厳しいペナルティが科される。そもそも人命の重みを考えれば易々と破れるものではない。警察も協定があることで、取材自粛の代わりに捜査の進展情報を提供する。協定はあくまで相互の信頼関係があってこそ成り立つものだった。

　目的地の勝浦市役所に着いた。ハイヤーの社旗は高速を降りた時点で外してもらった。マスコミの車であることを気取られてはいけないからだ。車から降りた諸橋はワイシャツの袖をまくった。コートとノートパソコンやメモ用のノート、そして資料をまとめたスクラップブックが入った鞄を摑んで市役所の玄関に向かう。

　ここ、房総半島の先端近くにある勝浦に来るまでに乗ってきた車のラジオでは、今日の最高気温が二十度を超えるとの予報を伝えていた。外気は十二月とは思えない暖気だ。今日は十二月六日、冬の真っ最中だが、午後三時の時点でもコートを羽織る必要はない。スーツのジャケットでさえ暑苦しい。昨夜、雨の中でコートの下にカーディガンを重ね着していたのが嘘のようだ。

　皇居前にある警視庁の庁舎を出る直前、記者クラブで午後五時から始まる夕方のニュースの予定表に目を通してきたが、昨日、各地で降った大雨の被害と、二〇一八年と二〇二二年のサッカーワールドカップ開催国決定、そして人気歌舞伎役者の殴打事件の続報が並んでいて、特に大きなニュースはなかった。警視庁関係で弾けそうな事件はなく、キャップである諸橋が一日記者クラブを空けたとしても問題はなさそうだった。

　東京中央テレビなど大手マスコミは警視庁に十人程度の記者を配置している。キャップは一番上のポストで事件記者の中でも一番重責なため、経験豊富な者が指名される。警視総監にも直接面会することが認められるポジションで、諸橋も他社のキャップと同様、殺人などを担当する一課担当時代、そして公安担当も兼ねたサブキャップ時代に数々のスクープをものにしていた。充実した会社員人生とは裏腹に家族サービスは疎(おろそ)かになりがちだった。房総半島とも縁がなかった。

　微かな潮風の匂いがした。

――受験が終わったら、慎也(しんや)も連れてドライブに来ようか。

　家庭的な父親であれば館山(たてやま)や鴨川(かもがわ)の海にでも子供を連れて来るのだろうが、社会部に配属されて以来、仕事が忙しく子供を連れて旅行したことはほとんどなかった。最近、他所の家の親子連れを見ると後ろめたい気持ちになるのは妻からの非難がさらに強くなっているからだろうか。帰ったら一人息子の慎也のことで妻と話し合うことになっていた。慎也が小学校に行かなくなってすでに二週間、登校する雰囲気はまるでなかった。

　手先が器用なところは父親の自分に似たのか、模型が好きでその腕前は大人顔負けだった。旅行には一緒に行ったことがほとんどない諸橋だったが、小さい頃は一緒にたくさんの模型を作ったものだ。慎也が成長するにつれ、模型のレベルは格段に上がり、諸橋はついていけなくなった。市販のプラモデルに飽き足らず、家や城の設計図を自分で書いてプロ御用達の画材屋に行き、スチレンボードという材料を買ってオリジナルの模型を作るようになった。それとともに会話も減っていった。年明け中学受験が控えているというのに会話も成立しなくなってしまっている。

　慎也は集中すれば目覚ましい能力を発揮する。全国模試で数学は全国でも百番以内に入るほどだ。だが、ムラがあるのが社会や理科といった暗記を伴うような科目だった。暗記ができている分野であれば偏差値六十を叩き出すこともあるのだが、そうでないと五十そこそこになってしまう。これでは私立上位校は望めない。そのことを指摘すると「うぜえんだよ」と言って会話が途絶えてしまう。

洋子も私立の有名校出身だけに当初受験には熱心だったが、慎也の様子を見るにつれ「もう受験辞めない？」と何度となく振ってくる。全国で百番をとる科目があるのに簡単には諦められなかった。一方、ムラっけの振り幅が普通の子供と比べても大きいことから、諸橋は慎也に何かメンタル面に問題があるのではないかと疑っていた。

諸橋は雑念を振り払うようにかぶりを振った。今、この瞬間は目先の事件に集中すべきだ。社会部に配属されて十年、一番大きな事件になるのは間違いなかった。

市役所の三階の「大会議室」が臨時の記者クラブ向けのワーキングスペースだった。本来であれば千葉県警本部で会見が行われるが、あいにく県警本部は改装工事中で、臨時の記者クラブがここに設置されたのだ。エレベーターを探すのも時間が惜しく、諸橋は入口のすぐそばにあった階段を駆け上った。大学時代から続いている不摂生のせいで、中高時代に鍛えた筋肉はすっかり衰え、三階に上がる頃にはすっかり息が上がっていた。

誘拐されたのは佐久間総合病院の理事長、佐久間宗佑の一人息子、悠斗ちゃん、七歳だ。悠斗ちゃんの通っている小学校はその日都合で午後は休みだった。午前十一時、スクールバスで友達らと共に帰宅の途についたが、正午を過ぎても帰ってこなかったことから母親が学校に連絡した。調べると最寄りの停留所で降車せず、一キロ手前の仲が良い男児の家の前で降りていたことがわかった。友達によると、ゲームを貸す約束をしていたということで、運転手が気を利かせて友達の家で降りるのを認めたのだという。ゲームを受け取った悠斗ちゃんは徒歩で家に向かった。だが、悠斗ちゃんが帰ることはなかった。

母親や教師らは家の周辺を探し回ったが、見つからず、警察に相談しようとした矢先の午後一時、自宅に身代金を要求する電話があった。千葉県警本部は誘拐事件が発生したとして、県警記者クラブの幹事社に連絡し、誘拐事件に伴う報道協定を結ぶよう求めた。

　諸橋にとって身代金目的の誘拐事件を扱うのは初めてだった。東京中央テレビの管内で発生した誘拐事件と言えば、四年前の二〇〇六年に起きた渋谷女子大生誘拐事件が最後だが、諸橋はこの時、裁判担当の司法クラブに勤務していて関わっていない。現在の警視庁担当記者で当時の事件を担当していた者はすでにおらず、全員が初めての体験だ。

　今回の事件で現場に投入されたのは捜査一課担当の相馬聡ら一人、生活安全部担当の間宮妙子の三人だ。間宮は社会部に配属されてまだ半年の入社二年目の記者で、誘拐事件に行けと命じられた時は顔が青ざめていたという。警視庁組に加えて千葉支局に異動したばかりの小峯支局長、カメラマンを加えると、諸橋以外では社会部から総勢五人が出動した。さらに夕方のニュースのディレクター、アナウンサーらを加えると東京中央テレビだけで十人以上が投入されている。大人数を一気に投下できるのは大手メディアならではの強みだ。

　大会議室に入ると、すでに各社の記者がそれぞれに割り当てられたデスクに陣取っていた。入口のドアにはＮＨＫ、共時通信、朝日新聞、千葉日報などデスクの割り当て票が貼られている。諸橋が勤務する東京中央テレビのデスクは南向きの窓際だった。小峯支局長をはじめ、席には誰もいない。自宅、病院、誘拐現場周辺からまだ戻っていないのだろう。小峯から既に「仮協定」は結ばれていると報告を受けている。机の上にはＡ４の紙一枚が置かれていた。

千葉県警記者クラブ幹事社殿

千葉県警察本部刑事部長　沢渡士郎

誘拐事件発生に伴う報道機関への協力要請について

本日、勝浦警察署管内において（佐久間宗佑、四十歳の長男、悠斗　七歳）が誘拐され、目下捜査中でありますが、犯人の発見に至っておらず、被害者の生命の危険が十分に考えられます。つきましてはこの事件の報道等について、特に以下の点でご協力いただきたくお願いいいたします。

仮協定とは捜査当局から協定締結の申し入れがあった場合、まず記者クラブの段階でとりあえずいっさいの取材・報道活動をひかえる措置だ。この仮協定が結ばれている間に、当該記者クラブ加盟社は、それぞれ各本社の判断を求め、全社の同意が取れれば本協定に移行する。本協定が結ばれるまでには各本社の判断を取りまとめ、協定内容を検討するなど若干の時間を要する。もし、仮協定がなければ、この間、情報が外部に流れて被害者の生命に危険を及ぼす恐れがある。だから仮協定が必要なのだ。

幹事社に宛てられた紙は予め（あらかじめ）、県警側で用意していたもので、括弧の中は手書きで書き加えられていた。事件に関する取材報道を当面行わない、事件に関する経緯は刑事総務課長が発表する、そして被害者が発見されるか犯人が逮捕され、捜査を秘匿する必要がなくなった場合は協定がその時点で解除されることが簡潔に記されていた。市役所の外にはテレビ局各局の中継車が駐車しているが、各局とも中継車が目立たないようシートでアンテナを覆うなど擬装し、ボディに印刷された社のマークの上に段ボール紙をガムテープで貼るなどして、人目につかないよう工夫している。

諸橋は現場にいる記者の中ではもっとも責任ある立場だった。大手新聞やＮＨＫの場合は千葉県警記者クラブには最低でも五、六人の記者を派遣しているが、民放の場合はそこまで人を地方支局に割くことはできない。関東のキー局の場合、複数の記者がいる支局はせいぜい神奈川県全域をカバーする横浜支局くらいで、残りの埼玉、群馬、栃木、茨城、そして千葉は駐在員を一人置く体制だ。何かあった場合に東京から記者が出撃することになっている。報道協定を結ぶことの重大性を考えると、社員で責任ある立場である者を本社から派遣するのは当然のことだった。

新聞社では知り合いはいなかったが割り振られた机の両隣は民放で、右隣の席には体格のいい男が座っていた。関東テレビの警視庁キャップ、緒方秀一だ。緒方はデスクでノートパソコンをいじっていた。入社年次で言えば一期上だったが、キャップになったタイミングが一緒で、切磋琢磨してスクープを抜き合うという点でライバルであり、同志のような意識を持っていた。諸橋が警視庁記者クラブで捜査一課、警備公安担当を経て警察庁を担当したように、事件系から公安系まで幅広い経験を持ち、何度もネタを抜かれている。記者の世界では一番権威がある新聞協会賞も調査報道で一度獲っている。もっとも諸橋もほぼ同じ数、スクープを放っていて互いを認め合っていた。何度か連れ立って飲みに行ったこともある。

「よう、お疲れさん、協定はもうすぐ正式に結ばれるみたいだな」

声をかけると緒方は振り向いた。

「おお、県警もバタバタして、ちょっと遅れるかもとさっき広報が言ってたよ」

「何か動きでもあったのか？」

「そういうわけではないと思うが、なんせ千葉県警だからな。警視庁ほどうまくことが進まないんじゃないか。そういえば、マキイエフの件では御社の社長賞を獲ったんだって？　やるやないか」

関西弁を時折会話に混ぜてくるが、緒方は東北出身、大学も東京だ。

「所詮、社内の賞だよ。新聞協会賞には敵わないさ」

「いやいや、公安、特に外事ネタを持ってかれるとは、こっちのプライドはズタズタや」

緒方は背こそ諸橋ほどはないが、百キロを超える大柄な体型だ。元早稲田のラグビー部で、普段はニコニコして温和な雰囲気を漂わせているが、こと記者会見に臨めば眼光鋭く相手を睨みつけ、行政の不正や不作為を厳しい言葉と大きな声で正した。声を荒らげることが少ない諸橋とは正反対のタイプだ。

同業社同士、同じネタを追っている時に情報交換などしないが、県警広報の動きなどは隠すほどの話ではない。広報課のメンバーは臨時の記者クラブがある大会議室の隣に小さな会議室を借りて陣取っていると小峯から聞いていた。

正式な報道協定が結ばれれば取材はほとんどできなくなる。「ほとんど」というのは取材・報道活動の自制については「いっさい控える」ことが慣行化しているが、誘拐事件の性格や経過によっては、差し支えはないものは認められるというのが新聞協会の考えだ。ただし、この場合も被害者の生命保護という協定の基本精神は貫かなければならない。こうした判断は極めて高度であり、本社の社会部長、もしくは報道局長の判断が必要だが、時々刻々と動く事件取材においては現場判断が優先されることも多々ある。このため、取材のベテランであり、判断できる立場の責任者として諸橋が現場に赴いたのだ。

県警の広報担当が会議室に駆け込んできたのは緒方と会話した直後だ。犯人からの被害者宅にかかってきた一回目の通話内容を伝えるレクの案内だった。

「このレクはあくまで仮協定下ですが、本協定に準ずる扱いですので、ご理解、ご協力よろしくお願いいたします！」

広報部員の呼びかけと同時に各社の記者が一斉に立ち上がって、隣の会議室に移動する。東京中央テレビの記者は誰もいない。諸橋はポケットから手帳を取り出し、会議室に向かった。緒方もノートパソコンを開いたまま持って後に続いた。レクを行うのは千葉県警の刑事総務課長だ。事件解決の際は刑事部長か捜査一課長が対応するが、今は二人とも捜査本部で陣頭指揮を執っている。

自らの報道の自由を縛ってまで警察と協定を結ぶのは誘拐された被害者の身の安全を守ることが最大の理由だ。だが、取材する権利の全てを放棄するものではない。警察の捜査が適切に行われているか、被害者の安全は守られているか、そうした点を事件解決後に検証するためにも取材は必要なのだ。レクはごくごく簡単な事実関係に留まっていた。

「犯人が被害者宅にかけてきた電話内容です。電話の相手は男。電話には悠斗ちゃんの母親が出ました。会話の内容は次の通りです。今から紙をお配りします」

一回目の連絡

「佐久間さんのお宅ですか？」

「はい、そうですが」

「お宅の悠斗君、私と一緒にいます」

「はい、どういうことでしょうか？　うちの悠斗、迷子になったんですか？」

「違いますよ、誘拐したんです」

「え！　誘拐って、どういうことですか！」

「誘拐は誘拐です。端的に申し上げますと、明日の夕方までに十億円ご用意下さい」

「十億円？」

「そうです。お宅の旦那さん、あくどいことして、儲かってるでしょ。命が惜しければすぐに用意してください」


「以上が一回目の通話内容です。母親の記憶に基づくものなので、どの位、正確に再現できているかは分かりませんが、このやりとりを基に我々も捜査しているところです。では、これから質疑に入らせてもらいます」

緒方がまず手を挙げた。

「犯人の声は若かったのか、年配なのか、どっちだったでしょうか？」

「詳細は母親の聞き取りの分析結果を待ってからになっていますが、特段、子供のようだったとか、年寄りだったという印象ではなかったようです」

次は千葉の地元紙の記者だ。

「誘拐された時の状況をもう一度、お願いいたします」

各社ともたまたま現場の記者が外に出ていて、市役所にいたのは留守番役のキャップや本社のデスククラスが多かったせいか、どの社も突っ込んだ質問が多かった。諸橋も「母親は取り乱していたのか、最初から誘拐犯と認識していたのか」と質問した。

――このやりとりこそ、若い記者に見てもらいたいんだがな。

最近の記者は「良い子」が多い。警察のお偉いさんからダメと言われればすぐに従ってしまう。だが、警察の発表だけではわからないことが沢山ある。それを知りたいと思わないと質問も出てこない。被害者の子供はどんな子で、普段はどんな話を友達としていたのか。被害者の人物像が詳しければ詳しいほど視聴者はニュースに感情移入できる。人物像に迫る一番の手段は子供の顔写真だが、まだ入手できていなかった。県警から配布されるのも時間の問題だろう。こうして警察から情報が澱(よど)みなく出るのが協定の特徴だが、その一方、記者は何もしなくても最低限の情報を得られてしまう。

レクが終わり、挨拶がてら広報の雰囲気を見ておこうと諸橋は鞄を席に置いて、広報課長に挨拶するため部屋を出ようとしたその時だった。部屋の中央に陣取った地元紙の新聞記者が急に立ち上がって、駆け足で部屋の外に出ていった。それを合図にしたように、次々と部屋の中にいる記者達の携帯電話が鳴る。

「なんだ？」

緒方が呟くが、彼の携帯電話もまた鳴った。電話を取った緒方の声のトーンが急に小さくなった。

「うん、うん、え？　何だって！」

警視庁記者を経験するとヒソヒソ話が多くなる。この仮ごしらえの記者クラブと違い、警視庁九階にある記者クラブ専用スペースには新聞、テレビ、ラジオなど十七社がそれぞれ八畳ほどのワーキングスペースを警視庁側から借りている。だが、それぞれのスペースには壁があるものの、入り口はカーテンで仕切られているだけで、大声で喋れば両隣にいる他社の記者に話の中身は筒抜けだ。だから、自ずと声が小さくなる。諸橋は緒方が何を喋っているか耳を欹てた。

「『クイックニュース』だな」

クイックニュースは最近、話題になっているネットニュースだ。きちんとした媒体なら相手にしないネットで聞き齧った噂話をさも本当のごとく記事にすることが芸風で、諸橋もたまにサイトを覗く。本当の話が二割、嘘や根拠がないものが八割といった印象を持っていた。緒方がノートパソコンで見ているのはYahoo!のトップページだ。キーボードを操作し、文字を打ち込んでいる。「クイック」の文字列が見えた。

心臓の鼓動が聞こえる。抜かれた時のいつものやつだ。パソコンはまだ鞄の中だ。諸橋は携帯電話を尻のポケットから急いで取り出した。インターネットでクイックニュースのサイトを開こうとした直前、着信があった。表示されている電話番号は警視庁記者クラブだ。通話ボタンを押して電話を耳に当てると、サブキャップの遠藤の慌てた声が耳に流れ込んできた。

「キャップ、大変です。クイックニュースに出てるんです」

「出てるって何がだ？　遠藤、慌てるな」

事件記者の割にパニックになる。遠藤の悪いところだ。このままではキャップは任せられない。ほんの一瞬だが、諸橋の注意が逸れた。だが、遠藤が息を整えて喋り出す間に集中力は戻っていた。イヤホンを携帯電話につけつつ、ガラケーの検索窓に「クイックニュース」と打つ。遠藤が次の言葉を発するのと検索した結果が表示されたのはほぼ同時だった。心臓の鼓動がさらに激しくなった。

――最悪だ。

「ブロガーの山下(やました)コースケって知ってますか？」
「ああ」
山下コースケの名前は知っていた。ここに来るまでの間に自分なりに佐久間総合病院について
ネットで調べていたが、ブログに佐久間総合病院を巡る色々な悪い噂を投稿していた。
「キャップ、その山下が一番最近の投稿で、病院理事長の小学生の息子が誘拐されたってさっき
書いちゃったんですよ。どうやら警察が近所で聞き込みしていることを偶然知ったみたいです」
クイックニュースの記事には「人気ブロガー、山下コースケ、有名病院の理事長息子の誘拐を
報じる」と見出しがついていた。
『有名ブロガーである山下コースケ氏が、テレビＣＭでも有名な佐久間総合病院の理事長の七歳
になる長男が誘拐された可能性があるとブログで伝えた。山下氏は病院がある勝浦市に滞在中と
のことだが、たまたま知り合いの家に警察官が来て、その際、院長の長男が行方不明であること、
身代金目的で誘拐された可能性が高いことを話したと聞き、ブログの読者に捜査に協力を求める
ために記事を書いたという。山下氏は佐久間総合病院で起きている、病院と労組の対立に関心が
あり、これまで数度にわたって病院を批判する記事を書いていた──』
クイックニュースの記事のほとんどは山下コースケのブログの内容をなぞったもので、独自の
取材など何一つない。県警にコメントを求めた様子もなかった。あまりにいい加減過ぎる記事だ。
山下コースケは諸橋も知っていた。政財界のあらゆる噂や裏話を独特の目線で書いて人気を博し
ている、いわゆる「人気ブロガー」というやつだ。名前はハンドルネームでどんな人物かは知ら
れていないようだが、感度が高い情報はその真偽はともかく役に立つので諸橋もたまにブログは
覗いていた。

――よりによってあの山下コースケがなぜ誘拐事件のことを書いているんだ？　あいつだって、誘拐が起きたらマスコミで報道協定ってものが結ばれることくらい知ってるだろう。最悪のタイミングだ！

　だが、思い出した。山下コースケはマスコミ批判を繰り返し、それがウケてブログの読者を増やしている。

「何だこりゃ！　これはまずいぞ」

　緒方が顔を真っ赤にしている。同じことを考えているのだろう。報道協定はあくまで全社が統一した行動をとってこそ、取材、報道を自主規制するのだ。一社でも破った場合、協定自体が成立しなくなる。

「協定が成立しないってどういうことですか！　幹事社の共時通信はどこですか！」

　広報課長が大部屋に駆け込んできた。すぐさま、広報課員の周りに各社の記者が集まった。諸橋も駆け寄る。

「共時通信の檜山（ひやま）です。既にネットニュースで誘拐の一報が報じられてしまいました。このままでは正式な協定は結べないと数社から声が上がっています」

「そんな、馬鹿な。たかがネットニュースでしょう。皆さんのような大手マスコミが報じてない限り、一般の人たちは知らないいんです。協定は継続しましょう！　人の命がかかっているんです！」

　広報課長が絶叫している。幹部がいればもっと高圧的に要求してくるのだろうが、所轄の勝浦署に詰めていてここにはいない。

　記者は皆、当惑の色を隠しきれなかった。仮に自社媒体で報道しなくても、他社が報じれば遅れを取ることになる。悲しいかな、それがマスコミの性だった。本社に電話している者、パソコンでインターネットの画面を食い入るように見ている者、天井を仰いで何か考えている者、臨時の記者クラブ室は混乱の極みに達していた。

「おい、2ちゃんねるを見ろ！」

どの記者か分からないが、怒鳴り声がした。

「例の記事、ネットの掲示板で拡散しちゃってる！」

皆が一斉に携帯やパソコンの画面を見ていた。諸橋もネットの検索で「2ちゃんねる　誘拐勝浦」と打ち込む。

――これはまずい……。

佐久間総合病院の息子が誘拐されたらしいという山下コースケのブログを引用する形で、ネット上の掲示板、2ちゃんねるではスレッドがあっという間に増えていっている。

「あの佐久間総合病院の息子が誘拐？　山下コースケ暴露」

「有名病院の後継息子が行方不明、誘拐か？　山下コースケが警察情報明かす」

「警察官が聞き込みで誘拐情報を漏洩？　ソース↓クイックニュース」

書き込みを非難する意見もあるが、あくまで少数派で拡散は止まる気配はない。これでは協定など結んでも意味はない。

「仮協定解除！　本協定は成立しない！」

誰かが叫んだ。諸橋は協定不成立の見通しを告げるため、携帯に登録されている社会部長の電話番号を探した。この時点で報道合戦になれば人質の命が危なくなる可能性は一気に高まる。協定は解除されるだろうが、真っ先に報じるのも気が引ける。

――だが、各社が報じれば報じざるを得ない。

隣にいる緒方が深いため息をついた。同じ心境なのだろう。嫌な報告になりそうだ。

十四年後　二〇二四年十二月五日　午後二時

雨がマンション八階のリビングの窓を叩きつけている。窓から望む江戸川の水面は風で大きくうねっている。朝の天気予報では午前七時の東京の気温は三度。外に出なくてもいいリモートワークなのが幸いだった。歳のせいか、気圧が低いと腰の古傷が痛む。高校時代の最後の夏、無理なスライディングがたたり、腰を痛めてサッカーの大会に出られなかった。中学、高校を通じて初めてレギュラーになれただけに失望感は半端なかった。

その鬱屈した思いをぶつけたのが大学受験、そして就活だった。大学は早稲田の文学部に進むことができ、就職も当時は花形だったマスコミ、それもテレビ局に入ることができた。芸能人や政治家、一流企業の経営者の親を持つ同期が多い中、サラリーマンの父親と専業主婦の母親を持つ諸橋は「一般人枠」だ。コネもない自分はひたすら頑張るしかないと思って、ここまでがむしゃらにやってきた。

リビングのテーブルで諸橋は原稿の仕上げにかかろうとしていた。妻の洋子は寝室、そして一人息子の慎也は隣にある部屋にこもっている。深夜二時過ぎまで諸橋がここで原稿を書いている時にゴソゴソと物音がしていた。慎也は昔から模型作りが好きだった。仕事についてしばらく模型からは遠ざかっていたと思っていたが、会社を辞めて以来、復活したのだろうか。

今はまだ寝ているのだろう。最近、まともに話したのはいつだったか。今年二十五歳になった慎也は有名大学卒の経歴が効いたのか、大手ゼネコンに入社した。だが、たった一ヶ月足らずであっさり退社してしまった。小学校、中学校の頃、何度か不登校になったことはあったものの、まさか大人になって仕事を投げ出すとは思わなかった。何度か話し合おうとしてみたが、「うっせえな」の一言。しつこく話しかければ、ドアをわざとらしく蹴飛ばし、部屋に引きこもる。洋子に言わせれば、小中学校で一番大変だった時期に放り出しておいて、今更話し合いも何もないという。だったらどうすればいいんだと訊いても、「あなたが考えれば」と突き放されてしまっている。家庭も仕事も袋小路に入っていた。

午後五時から、葛西駅前にある心療内科で受診の約束も取っているらしく、「あなたも来てよ」と念を押されていた。今日はオンライン会議があるだけで、原稿を仕上げてしまえば夕方は特に予定はない。会議は午後三時から始まる。少なくとも始まる前までに原稿を社会部デスクに送ってチェックしてもらわなければならない。原稿は昨夜、夜のニュース番組で放送した山藤豊厚生労働大臣とキャスターのトークを起こして、まとめるものだった。山藤大臣とキャスターの対談は昨晩収録されたもので、放送されたものは七、八分程度だが、実際は三十分以上あった。昨夜、社会部のデスクから遊軍記者である諸橋に東京中央テレビが持っている自社のネットニュースサイト「ニュースセンチネル」に対談をまとめた記事をアップしてほしいと急な依頼があったのだ。

「すごく中身があったので、ぜひモロさんに筆を執って欲しいんですよ」

昨日の真夜中、デスクの間宮妙子に電話で仕事を振られた時には思わずムッとした。そんなに中身がある対談だったら厚労省担当の記者がさっさと昨夜の内に書けばいい。スタジオでの収録時にメモも取っていただろう。その証拠に「締め切りは？」と間宮に聞くと、「明日のオンライン会議まででいいですから」と気の抜けた答えが返ってきた。昨夜の対談はどこの新聞もネットニュースも追いかけていない。要はとりたてて中身はなかったということだ。

　今更不貞腐れる年でもないし、立場でもない。かつてキャップだった時に生安担当として二十代半ばで入ってきて初々しかった間宮も、五人からなる社会部デスクの一角を担うまでになっている。馴れ馴れしく電話してきて、かつての上司にクソみたいな仕事を振ることにも何の抵抗も感じていないようだ。二千文字程度にインタビューをまとめ、気の利いた見出しをつける。作業自体は二時間もかからなかった。メールを送ろうとして、今日のデスクが誰かを思い出した。デスクのローテーション表を確認するまでもなかった。

　今日の当番は筆頭デスクの遠藤伸久だ。キャップ時代のサブキャップだが、今では筆頭デスクと一介の遊軍記者で立場は逆転している。この前もあるネットニュース向けの記事で「かつては敏腕キャップと呼ばれたんだから、原稿をしっかり書いてもらわないと困りますよ」と散々嫌味を言われたばかりだ。地上波の番組に向けては久しく出稿していない。キャスター候補などと言われたのも遠い昔の話だ。

　遊軍と言っても諸橋含めて三人しかいない。遊軍が調査報道などを担っている社もあるが、東京中央テレビの場合、エースクラブに所属することにステータスがあった。社会部の場合、警視庁記者クラブと裁判や検察を担当する司法記者クラブの二大クラブに所属する記者が主流派になっている。遊軍は「何でも屋」として便利に使われているのが実態だ。

　病気になってフルタイムで働けない者、取材相手と揉めて出禁を食らった不良記者、そして役職定年を迎え、居場所がないベテラン。

　諸橋も来年役職定年を迎える。会社の役職では部長補佐というポジションだ。部長という名称は付いているが、実際は「部長未満」の中途半端なポジションだ。東京中央テレビの人事規程では五十四歳の時点でラインの部長でない限りは役職を外れ、平社員になってしまう。給料も激減し、半分ほどになる。

　役職定年になったベテランは同じ仕事なのに給与が下がるだけでなく、かつての部下が上司になることでモチベーションが下がることが問題視されている。諸橋も来年、部長にならない限りは役職定年になり、筆頭デスクの遠藤が部長になる。組織の中でうまく立ち回れない諸橋でも、遠藤が次期部長の最右翼であることは知っていた。役定一年前に遊軍記者である自分に目がないのは言うまでもない。

　誤字脱字などミスがないか最終確認すると諸橋は原稿を入稿した。後は遠藤が最終チェックし、問題がなければサイトにアップされる。インタビューのまとめという簡単な仕事でもミスは禁物だ。おそらく、急遽記事化することになったのは山藤大臣と会社の幹部との関係もあるのだろう。山藤大臣は与党民自党の次期総裁と目されていて、仲間報道局長あたりから、せっかくインタビューできたのだから、なるべく「やってる感」を出しておけというご下命（かめい）があったに違いなかった。そうでもなければ昨夜のドタバタは説明できない。

　いずれにせよ、諸橋が継続取材している高齢者虐待ネタは地上波ではあまりウケない。年寄り向きのテーマは若い世代に見向きもされない。だから、コツコツとニュースセンチネルで掲載し続けていたが、それだけで「何でも屋」から脱却するのは難しいのもわかっていた。

　このままでは終わりたくなかった。会社を辞めるまでにまだ六年もある。人生これからという思いもある一方、現実も認識している。全てはキャップの後のキャリアアップで失敗したことが今の状態を招いている。警視庁記者クラブをキャップで締め括って次の異動希望は特派員で出した。社会部から特派員と言えば花形はニューヨークだ。次はロンドン。バンコクやソウルもあちこちに転戦できるし、ネタも多い。だが、命じられたのは月に一度、日曜日の夕方に放送されている調査報道番組「ザ・特命記者」のプロデューサーだった。

「ザ・特命記者」は記者がデイリーでは捌けない、腰を据えた密着や調査報道の出口として東京中央テレビ報道局が長年確保している枠だ。地味だが視聴率争いに捉われないで、ギャラクシー賞や新聞協会賞を狙える硬派の報道番組だった。諸橋はそこでプロデューサーを五年務めた。

取材現場から離れたことで失望も大きかったが、特派員の夢は捨てていなかった。きっちりとプロデューサー業を務め上げ、そこで特派員に転出する。さすがに五年貢献すれば社会部に戻れる。ニューヨークは無理かもしれないが、どこかの特派員になれるかもしれない。そう希望を持って異動を待っていた諸橋を不運が襲った。

番組内でやらせが発覚したのだ。衝撃だったのはやらせをしたのが諸橋の一番可愛がっていた女性ディレクターだったことだ。彼女はとにかく真面目で丁寧に取材していた。入社してすぐ政治部に配属され、五年政治記者を務め上げた後、志願して「ザ・特命記者」に配属されてきた。「モロさん、モロさん」と懐いていて、諸橋も取材や企画構成のイロハを教えていた。まさかそんな彼女がありもしない取材対象をでっち上げるとは想像すらしなかった。

事の発端は性同一性障害を職場でバラされて退職に追い込まれたという男性の取材だった。勤務していた企業の担当者にも直撃取材していたのだが、男性も担当者も実在しなかった。彼女が学生時代に所属していた劇団のメンバーにギャラを払って演技させていたのだ。発覚のきっかけは彼女が作った特集が民放連賞という大きな賞を獲ったことだった。たまたま企業担当者役の男性がそのニュースを見ていた。男性はディレクターから架空の事件をモチーフに新人教育用のビデオを作るからと言われて協力したのに事実として報じられていたことに驚き、局に通報したのだ。

報道局の看板番組で起きた前代未聞のやらせ事件は、ＢＰＯ（放送倫理・番組向上機構）の放送倫理検証委員会で討議対象となり、「重大な放送倫理違反」との意見書が出される結末となった。東京中央テレビは再発防止などの取り組みをまとめた報告書を公表し、社長が会見で謝罪した。

歴史ある番組はこれ以上ない最悪な形で打ち切られた。事件の後始末を巡っては、報道局の担当役員、局長、そしてチーフ・プロデューサーが軒並み減給などの処分を受けた。ディレクターの面倒を一番見ていた諸橋も例外ではなかった。減給されたことより、番組を潰した責任者として白い目で見られることが辛かった。特派員になる夢も、社会部長になる野望も消し飛んだ。

放送時間が短い、朝の情報番組内のニュースコーナーの担当や、報道業務部で伝票の整理や系列局との会議の準備など数年間裏方に徹し、ようやく社会部に戻ってこられたと思ったらこのざまだ。役職こそ部長補佐ではあるものの、実際の仕事はかつての部下に使われる便利屋だった。

腐らないと言えば嘘になる。だが、マンションのローンも残り、家庭に問題を抱える諸橋にとって、一般企業よりは給与が良いテレビ局での仕事にしがみつく他に道はなかった。それに記者としてはまだやり残したことがあるという思いが、諸橋を支えていた。

週一度、オンラインで行われる部内会議は基本、全員参加だったが、会議は毎回単に連絡事項を伝えるだけで終わった。諸橋がまとめた記事に対する講評も感想も遠藤らデスク陣からは何もなかった。要は当てにされていないのだ。出世のメインストリームから外されたことは百歩譲って仕方ないとしても、この年で頼りにされなくなったことは骨身に染みた。

昼飯をどうしようかと寝室に行ってみると洋子の姿がなかった。いつの間に外出していたのか、メールもＬＩＮＥもなかった。ストックしてあるカップ麵でも食べようか、そう思ってポットに水を注ぎ始めた時だった。スマホが鳴った。警視庁サブキャップの小峯からの電話だ。諸橋がキャップの時は一課の二番手記者として、その後の異動では千葉支局長として勝浦の現場でも一緒だった。諸橋が遊軍に追いやられ、筆頭デスクの遠藤から睨まれていることを知っても、親しみを持って付き合ってくれる貴重な存在だ。

「どうした？」

「モロさん、また起きました」

「起きた？」

「誘拐です。有名ＩＴ企業社長の長男が誘拐されたんです」

十四年前に悠斗ちゃんの遺体が見つかった時の光景が諸橋の脳裏に鮮明に蘇った。

第二章

一時間前　二〇二四年十二月五日　午後一時　簗瀬拓人

「何でこんなことになったんだ、ふざけるな」

「ツインズ」の社長、簗瀬拓人は六階の社長室にあるソファに腰をかけ、スマホを握りしめていた。誰かに苛立ちをぶつけたいが、肝心の相手がいなかった。ビル全体の警備を行っている子会社の「ツインズ・セキュリティー」の担当者が社長室に入れ替わり立ち替わり入ってきたが、めぼしい報告は一向に入ってこなかった。

　直前まで、この部屋で簗瀬はスタートアップ企業の社長と会食をしていて、テーブルの上にはワインの残りを入れたワインクーラーが置かれていた。社長室にはワインが百本保管できるワインセラーもあり、接待用に使っていた。

　最新の状況を聞きたいが、ツインズ・セキュリティーの社長も部長も捜索の陣頭指揮を執っていて、まともな回答が誰からもこない。東銀座の自社ビル「ツインズ・ビル」に本社を構えているIT企業ツインズはビル内で託児所を運営している。その託児所から簗瀬拓人の一人息子の翔太が行方不明になって既に一時間が経過していた。このままであれば警察に届け出なくてはならない。それだけは避けたかった。託児所はマスコミに何度も紹介された会社のクリーンなイメージを体現する存在だ。その託児所で子供、しかも自分の息子が突然消え、安否が分からないなどあってはならない不祥事だった。

だが、事態はそんなことを考えている段階をとうに過ぎている。ツインズ・セキュリティーの社長、陣内康二から一刻も早く警視庁に通報すべきだと再三求められていた。ツインズ・ビルの警備を一手に引き受けている陣内にすれば自分の不始末に他ならない。三年前までツインズの取締役だった男だ。この事態の責任をどう取らなければならないかくらいはわかるはずだ。それでも警視庁に届けるべきだと主張しているのは、おそらく長年勤めている子会社の部長、杉崎次郎の進言だろう。ベテランの杉崎が冷静な判断を下したに違いない。

――それに比べて陣内のやつ、本当に使えない奴だ。翔太が見つかったら速攻で処分してやる。

　翔太が通っているのはキッズスター。会社の託児所として開設された認可外の保育所だ。ツインズ・ビル八階に今から五年前に設置された。定員三十名、月額の保育料は社員の場合は二万円。破格の値段のせいで翔太を含めてほとんどがツインズの社員の子供だ。ビル内にあるにも拘らず、ジャングルジムや砂場まで作り、施設の充実ぶりでマスコミの取材を何度も受け、優秀な女性社員を引き止める効果と企業価値の向上に大きく寄与している。

　こんな施設を作ることができたのも、五年前の大改築のおかげだ。ツインズ・ビルは元々、簗瀬の父親が起こした不動産業が成功し、その象徴として建てられた。だが、改築終了直前に息子である簗瀬拓人がクーデターを起こし、ツインズの経営権を父親から奪った。

　十年程前から簗瀬はＩＴ企業家として名が知られるようになっていて、メディアにも多く出ていたから、クーデターがネガティブに受け止められることはあまりなかった。父親がレイアウトしたにも拘らず、新しいオフィスは新生ツインズの象徴として、拓人の業績になった。

　それまでのツインズ・ビルは日本の昔ながらのオフィスらしく島型と呼ばれる対向式レイアウトだった。部署ごとに社員同士が向き合うようにデスクを配置させる、昭和の典型的なレイアウトだ。これに対して、新たにリフォームされたオフィスはフリーアドレスを積極的に採用した。また、社長室があるフロアと経営戦略を担う企画室、動画投稿運用室のフロアのど真ん中を階段でぶち抜いた。フロアの中心に大きな穴を空けて行き来できるようにしたのだ。これが賃貸ビルであれば退去時に原状回復しなければならないが、自社ビルなのでその心配もない。社員が自由に、無料で飲み物を入手できるカフェ、こたつで会議できるユニークな畳会議室、そして東京では最大規模の企業内託児所などが備えられ、リニューアル時にはメディアが押し寄せた。

そんなツインズの最大の売りは独自の動画投稿サイト「コレミテ」だ。投げ銭を導入して、コメントで使う「ねこ丸(まる)」に代表されるオリジナルスタンプが可愛いことから根強いファンが多い。今でこそYouTuberが芸能人並みの扱いを受けているが、それ以前からコレミテに人気コンテンツを投稿するクリエイター達は「コレ生主(なまぬし)」として尊敬されている。社長の簗瀬もクーデターを契機にコレ生主になり、政治から経済、文化まで様々なトピックについて、自分の見解を述べる形で発信している。業界の裏話的なものはないが、人気のＩＴ企業家の話は常に多くの視聴数を稼ぐコンテンツとなっている。

だが、YouTubeやTikTokなど外資系の動画投稿サイト隆盛の今、膨大な資金力を持つ外資とどう差別化するか、また巨額のサーバー費用をどう工面するかが課題となっており、ツインズを買収しようとしている外資があると報じられたこともあった。

ツインズの買収話が実際にある訳ではない。だが、簗瀬はツインズを売ることも視野に入れていた。外資に勝てると思っていたのは二年程前までで、勝負は事実上決していた。複数の経営コンサルタントに相談したが、今が売り時だという点では一致している。また、あるコンサルタントはビルの立地に目をつけ、ビルごと売却すればいいとアドバイスした。コロナ後の東京は観光客が再び押し寄せ、ホテルがあちこちでオープンしているが、銀座や築地場外市場からすぐのツインズ・ビルは新しいホテルを建てるには絶好の場所だという。

問題は売るタイミングだった。なるべく高値で売りたい。そのためには業績を落としてはならない。だからリストラもここまで進めてきて、出費を減らしてきた。簗瀬としては売り時に会社を売って、あとはその金で悠々自適なセミリタイアをしたいというのが正直な気持ちだった。

それにしても不可解なのは翔太が八階の託児所と一階のエントランスロビーを直通で結ぶエレベーターから忽然と消えたことだ。保育所はセキュリティー上から、一階の警備員がいるロビーとは直通のエレベーターで結ばれていて、ツインズの従業員も自分の子供のお迎えは八階ではなく、全て一階のロビーで行っている。大抵、妻の美優が会社に車で来て家に連れて帰るが、簗瀬自身が翔太を迎えに行くこともあった。イクメンというのは仕事にも良い影響を与える。

この日は夕方にビルの法定点検があり、全館一斉で停電になるため、ツインズや入居企業が午後休みとなる半休の日だった。簗瀬は翔太を待つため一階のロビーにいた。美優に用事があって、迎えにいけなかったからだ。突然停電になったので、停電時間を勘違いしていたのかと思ったが、周りのざわつきから照明が消えたのは予期せぬ事態であることをすぐに悟った。簗瀬はロビーにいた警備員にエレベーターに誰か閉じ込められていないかと尋ねた。一階にある警備室でエレベーター内の様子を警備員らと一緒に見ると、中に翔太が一人で乗っているのが映っていた。だが、非常灯が消えると中の様子は全くわからなくなった。さらにカメラの映像そのものも消えてしまった。

「翔太!」

簗瀬は思わず叫んでいた。翔太は暗いところが苦手だ。警備員らによると、エレベーターは五階付近でどうやら停まっているようだった。非常時に使えるという触れ込みの非常用電話は通じなかった。

「テメェ！　いざという時、使うのが非常用電話だろ！　それに何で非常灯まで消えているんだ！」

苛つく簗瀬に警備員達はオロオロして言葉も出ない。

「責任者はいないのか！」

「社長は外出中で連絡取れません。杉崎部長も外で」

「陣内の野郎！　ふざけるな！」

「誰か、エレベーターシャフトの中に入って助けに行けないのか！」

狼狽えている警備員のうち、一番年配らしい中年男が申し訳なさそうに弁明した。

「ここにいるのはみんな入社一年位しか経っていない人ばかりで、緊急時の対応なんてとても務まらないのです。杉崎部長からはエレベーター会社に連絡することと、一階のエレベーターの扉前にカラーコーンを置いて対応するようにとの指示はあったんですが、エレベーター会社の電話番号が見つからなくて……」

こいつら全員クビだと一瞬怒鳴りそうになった。だが、この二、三年、関係会社のリストラを進めていて、陣内から人件費の大幅圧縮に成功したとの報告を受けてねぎらったばかりだった。

二十分後、事情が分かる加藤という社員が駆けつけ、電気が復旧した。エレベーターの中に光が戻る。だが、モニターには翔太の姿はどこにもなかった。座っていて姿が見えないのか。いてもたってもいられず簗瀬は警備室からエレベーターの入口に向かって走った。

エレベーターは一階に着いていた。急いでボタンを押す。だが、そこには誰もいなかった。社内をツインズ・セキュリティーと総務部の社員を総動員して捜索させているが、翔太の行方は杳として知れなかった。すでに一時間が過ぎていた。

「社長、陣内社長と杉崎部長がお見えになりました」

秘書の言葉が終わらないうちに、部屋に陣内が勢いよく入ってきた。こうした上司が喜びそうなパフォーマンスが得意な男だ。普段は良いのだが、今はひたすら鬱陶しい。その陣内の後ろに厳しい顔をした杉崎が控えていた。ツインズ・セキュリティーでは最古参の社員で、現場のトップである警備部長をしている。歳はまだ四十歳そこそこといったところか。引き締まった筋肉はスーツを着ていてもわかる。浅黒い顔はランニングなどによるものか。これまで直接話したことはほとんどなかったが、その風貌から頼りになる男だと直感した。

「簗瀬社長、電話でもお伝えしましたが、すでに行方が分からなくなって一時間が経ちました。誘拐の可能性もあるということで警察に通報すべきというのが私の考えです」

「通報すれば大事になるぞ。通報に踏み切る根拠は？」

「え、ええと……」

「杉崎部長、あなたはどう思う？」

杉崎の眉が動いた。杉崎は父親が現役の頃から、ツインズ・セキュリティーを支えてきた社員だが、簗瀬自身は普段社長の陣内としか話したことがないので、杉崎とはほとんど会話したことはなかった。確か妻も同じ会社に勤めていて、業務部長をしているはずだ。

「社内はすでに隈なく探し尽しました。それでも、外に出た可能性がなければ警察沙汰にする必要はまだないでしょう。しかし、停電が起きた二十分間は防犯カメラの映像が録画されておらず、外に連れ出された可能性が排除できません。警察に頼まないと周囲のビルの防犯カメラの解析はできません。ここは腹を括るべきです」

　簗瀬は小さく唸った。これ以上、社内を探しても時間の無駄なことは明白だった。杉崎の言うように誘拐の可能性があるなら早く警察に捜査してもらわないとならない。

「そうだな。確かにそうだ。では、警察への通報はそっちでやってくれるか？　マスコミ対策はどうする？」

「はい、警察からマスコミに情報が漏れる可能性もありますが、誘拐となればメディアは報道協定を結ぶので報道はできないでしょう」

「報道協定か。わかった……」

　杉崎が頷いた。

「君たちが頼りだからだな。今後のこと、よろしく頼む」

「きっと御子息はすぐ見つかりますよ」

　陣内が退出間際に口を滑らした。御為(おため)ごかしが癪(しゃく)に触った。

「いいから、出ていけ！」

　簗瀬は二人を社長室から退室させた。警察への通報は避けたかったが、翔太のことを考えればやむを得ない。妻の美優から電話がかかってきたのは、その五分後だった。

「あなた！　翔太を誘拐したって家に電話が来たの。翔太、託児所にいたんじゃないの？　どういうこと？」

　ついさっき、家にかかってきたという電話の内容を妻から聞いて、咄嗟(とっさ)にあることが頭に浮かんだ。電話を切ると簗瀬はすぐに陣内に電話した。

「もう、警察に連絡したのか！」

「もちろんです。すぐにしました！」

――遅かった……あの電話の内容からすれば犯人はあいつしかいない。警察に通報する前に自分で交渉できたのに、早まってしまった。

「どうしたんですか、社長。警察からすぐに刑事が来るそうです」

家にかかってきた電話内容の一部だけを陣内に話し、家にいる美優に折り返しの電話をする。

「どうしたの？　どうなってるの？」

「美優、いいか、これから警察が家に来てお前も事情を聞かれるだろう。その際にこう伝えてほしいんだ」

簗瀬はとっさに考えたことを美優に伝えた。

「どうして？　なんでそんなことしなきゃいけないの？　何で言っちゃいけないの？」

「翔太のためなんだ、頼む！」

簗瀬はかい摘んで事情を美優に話した。

「それって、翔太が誘拐されたのはあなたのせいってこと？」

「すまん。穏便に解決するために黙っていてほしいんだ」

美優は様々な質問をぶつけてきたが、何とか理解したようだった。結婚以来、何かあったら、最終的に俺の言うことは聞いてきた女だ。コントロールできるだろう。

――犯人は金を要求しているが、本当の目的はそこじゃない。

簗瀬はパニックになりかけたが、自分なりに状況を分析するとだんだんと冷静になってきた。

要求金額はあの時と同じ十億円。見えすいたメッセージだ。動機さえ分かれば対応はできる。誘拐が世間に明るみになってあのことが露見すれば会社の価値を大きく毀損しかねない。だが、息子が誘拐されたというのに会社の価値について考えていたことが分かれば、簗瀬の言うことは必ず聞いてきた美優でもさすがに歯向かうかもしれない。なんと言うかは容易に想像できた。

「連れ子だから、そんな程度の心配しかしてないんでしょ！」

モデルだった妻と結婚したのは七年前。美優は当時、離婚したばかりで、二歳になる翔太を連れての再婚だった。幼い頃から可愛がっていたせいで、翔太はすぐに簗瀬に懐き、簗瀬も翔太のことを愛していた。

――あんなことがあっては決していけない。俺はあいつより上手くやる。

二〇二四年十二月五日　午後二時　種田由梨

久しぶりの誘拐事件で警視庁の捜査一課は緊迫感に包まれていた。種田由梨も一番下っ端の刑事として、先程、被害者宅からの通報内容を報告書にまとめていた。警察は巨大な官僚機構だ。刑事というと捜査で現場を回っているというイメージがあるようだが、実はかなりの時間とエネルギーを報告書作成に費やしている。

種田は事件発生時、警視庁本部にいた。現場に行きたいと係長の寺嶋豊に進言したが、あっさり却下され、その代わりに各所に配布する報告書の作成を命じられたのだった。通報から一時間も経っていないが、通報内容はすでに電話を取った担当によってメモされている。これでも十分、共有に耐えうる内容だと思ったが、警察内部では規定の書式があり、それに基づいて書かなければならなかった。

種田は警視庁捜査一課の刑事だ。階級は巡査部長、所属は特殊犯捜査第二係。誘拐、人質事件や恐喝、脅迫事件の捜査を担当する。去年、池袋署の刑事課から異動してきた。これまで恐喝事件は扱ってきたが、営利目的の誘拐事件を担当するのは初めてだ。最後に起きたのが二〇〇六年の警視庁渋谷署管内で起きた誘拐事件なので、ほとんどの捜査員にとって初めての誘拐事件となる。かろうじて係長の寺嶋だけが当時、渋谷署に赴任したばかりで、所轄の新米警察官として捜査本部に出入りしたことがある。

「できたか！」

普段は優しい寺嶋が怒鳴った。

「今すぐ！」

出来上がった紙を持っていく。寺嶋は紙をひったくるように奪うと、すぐさま上司の管理官の元に小走りで向かった。文書を一読した管理官はさらに上司の捜査一課長の部屋に入った。捜査一課があるフロアに記者が出入りするのを禁止するため、エレベーターホール、階段につながる出入口には警備の警察官が張り付けられていた。こんな雰囲気は種田が知る限り、これまで一度もない。ＩＴ企業家、簗瀬拓人の自宅にかかってきた電話の内容は極めて短いものだった。

一回目の連絡
「お前の息子を誘拐した」
「誘拐？」
「四十八時間以内にビットコインで十億円分を用意しろ」

「そんなこと急に言われても、それより翔太は無事なんですか！」
「早くしろ、時間がないぞ。息子の命が大切なら旦那に連絡しろ。また電話する」

電話を受けたのは妻の美優だった。録音はされておらず、会話内容は受けた彼女の記憶に基づいている。声がボイスチェンジされたものだったことからすぐに録音しようとしたが、犯人は一方的にしゃべって電話を切ったので、録音操作をする時間もなかったのだという。「旦那に連絡しろ」という言い方から、話しているのは男とも思えるが、女が偽装のためにわざとそういう話し方をしているとも考えられ、現時点で予断は禁物だった。

種田は要求に違和感を持っていた。暗号資産を巡る身代金要求といえば、企業や病院などにランサムウェア攻撃をして、データを暗号化して金を奪うという犯罪が国内外で横行している。だが、実はダークウェブ経由で支払った暗号資産は、その種類によっては各国政府の連携で回収されることもある。ビットコインが身代金を奪う手段として有効だった時代はすでに終わりつつあり、犯人がこうした知識を持っていないとは考えにくい。

――なんか、おかしいわね。

会議で種田と同じ疑問を持った刑事は他にもいた。また、捜査一課内で浮上した疑問、それは十億円という要求金額が簗瀬社長の資産規模からすると少ないのではというものだった。種田からすると十億円は途方もない額だったが、ツインズの昨年度の売り上げは二百億円に上る。簗瀬個人の総資産も百億円を超えていると週刊誌に報じられていた。そう見れば、十億円という要求額は控えめなのかもしれない。

今までの情報だけでは何もわからない。簗瀬宅に行きたい。再び志願するため、種田は立ち上がり、管理官の席に向かった。

二〇二四年十二月五日　午後二時三十分　諸橋孝一郎

諸橋は本社の社会部デスクの卓上電話にかけた。

「はい、社会部デスク」

電話口に出たのはデスクの間宮だった。

「諸橋です、誘拐事件が起きたんですか？」

「え？　モロさん、何で知っているんですか？　う〜ん、私から教えたって思われると部長や筆頭デスクに怒られちゃいますからね」

「お前が教えたわけじゃないだろう？」

「当時の諸橋組だっていうだけで、色眼鏡で見られるんですよ。他にも小峯さんだっているのに女だからって何かとモロさんと関連づけられるってほんと、損ですよ」

当惑した声を隠そうともしない。いかにも迷惑だという声のトーンだ。自分がキャップ時代のメンバーを「諸橋組」と呼ぶなら、遠藤筆頭デスクこそサブキャップで「諸橋組」の番頭に当たるのだが、そうした事実は間宮の頭からはきれいさっぱり消えているようだ。馴れ馴れしく呼ばれたことが気に障る。

「とにかく誘拐事件なら社会部では俺が一番詳しいはずだ。俺も取材班に入れさせてくれ」

「でも、筆頭デスクがモロさんには伝えるなって言うんです。警視庁クラブとの合同会議に必ずしゃしゃり出てくるから面倒だって……」

こんなにペラペラ喋ってよく記者が務まるなと思うが、お陰で知るはずのないことも知ることができる。だが、天然キャラで売っているこの女は実はしたたかで、「うっかり喋っている」ことも周到に計算しているのではないかと疑う時もあった。

「合同会議は本社でやるのか？」

「もう〜、私から聞いたって絶対に言わないでくださいよ！　定例会議をキャンセルして、午後三時から本社にいる部長や筆頭デスクと警視庁記者クラブをZoomで結んでやる予定です」

「ありがとう」

十歳も下の後輩に嫌味を言うほど落ちぶれてはいない。自然に感謝の言葉が出る。だが、さすがにZoomの会議に招待してとまでは頼めなかった。葛西から本社がある築地まではギリギリだが会議前までには着けるはずだ。諸橋は家を飛び出した。家を出る直前、玄関脇の慎也の部屋のドアが開いていた。トイレでも行っているのか。机の上には精巧なタワマンらしい構造物の模型が置いてあった。

——ああいう才能が発揮できる仕事に就けばいいのに、何を考えてるんだ。

妻からはYouTubeで金を稼いでいると聞いたことがあるが、YouTuberとして成功しているのはほんの一握りで、うまくいくとはとても思えなかった。そんなことを一度、何かの拍子で慎也に伝えたことがあるが「オワコンのテレビをやってる奴に何が分かるんだよ！」と猛然と反発された。それ以降、話しかけるのを躊躇してしまう自分がいた。

スーツを着ようかと一瞬迷ったが、着慣れたチノパンにワイシャツを選んだ。別に服装のことで誰からも咎められることはない。ユニクロのダウンを羽織るとマンションの玄関を出て傘をさしながら永代（えいたい）通りまで走った。

「夕方の医者との約束、仕事で行けなくなった。お願いしてもいいか？」と妻にＬＩＮＥを送る。既読はすぐ付いたが、返事が返ってくることはなかった。

二〇二四年十二月五日　午後三時

自宅から築地の本社に駆けつけた諸橋は何とか会議に間に合った。会議は四階にある報道局の大会議室で行われる予定だ。報道局のメインフロアは築地にある本社ビルの二階にある。地震などが起きた時にエレベーターが止まることを想定して、三十階ある本社屋の中でも報道局は低層階に陣取っていた。社会部や政治部など取材各部、そして昼や夕方のニュースのスタッフルーム、ミーティングスペースは二階に、それ以外の主要な機能である動画の編集室は三階に置かれていた。四階は過去の素材を保存するアーカイブ室や会議室が配置されていたが、一番大きな会議室が誘拐報道を取り仕切る本部として使われると小峯から教えてもらっていた。

会議室に駆け込むと、全員の視線が諸橋に注がれた。この部屋には五台の大型のモニタースクリーンが壁に設置され、普段から各局の放送や現場からの中継映像をモニターできるようになっていたが、今は警視庁にある記者クラブとオンラインで結んでいる映像以外は何も映っていなかった。以前であれば重大事件があれば臨時のスタッフルームとなり、パソコンやコピー機が急遽設置されたものだが、今は各々がノートパソコンを持っているため、あえて機材を設置する必要はないのだ。

五十人は入れる会議室の一角に報道局の幹部陣が集まっていた。仲間報道局長の隣には丸山（まるやま）社会部長、そのまた隣には遠藤筆頭デスクだ。ちょっと離れた席に朝のシフトを終えたばかりの間宮が座っている。デスクの中では一番若いが、他のデスクはシフトに入っているか、休みをとっているのだろう。まもなく全員招集されるはずだ。

四人の諸橋を見る目は厳しかった。モニターの一つには、画面を二分割して警視庁キャップの相馬とサブキャップの小峯の姿が映っていた。背景から小峯は記者クラブにいるようだが、相馬は自宅のようだ。誘拐事件が起きてリモートワークはないだろう。一体、どうしたのか？リアル、リモートで集まったメンバーは社会部長の丸山を除き、十四年前の勝浦の件で当事者だった者ばかりだ。丸山は確か、ニューヨーク支局長をしていたはずだ。一緒に仕事したことはほとんどない。その丸山が口を開いた。

「君は呼ばれていないと思うが？」

「君は」などと今時、使わない言い方。嫌味な喋り口調。そう、部下の管理が好きな男で、自由に動きたがるタイプを毛嫌いしている。

「最後の身代金目的の誘拐事件を経験した元キャップとしては当時の知見と経験は生かせると思いまして、馳せ参じました」

「当時の経験だったら、相馬君や小峯君も現場にいたと聞いているが？」

「当時は私がキャップでしたから。キャップにしかわからないこともあります」

こちらもあえて「馳せ参じた」などと大袈裟な言い方をするのは大人気ないとも思うが、つい口に出てしまうところが悪いところだ。それに「キャップにしか」と繰り返したのもキャップ経験がない丸山には嫌味にしか聞こえないだろう。部長と諸橋のピリついたやりとりを他のメンバーは嵐が通り過ぎるのを待つように見守っていたが、割り込んできたのは画面の中にいる小峯だった。

「自分は諸橋さんに加わってもらうのは賛成です。ご存知のように労務対策で昔のように長時間労働を若い記者達にさせられません。当局取材はこちらの職務として踏ん張ってやりますが、関係取材などは手が回らないのが現実です。諸橋さんのような経験者にカバーしてもらうのは非常に有難いのですが、どうでしょうか？」

隣の画面の現キャップの相馬は心なしか苦い顔をしている。相馬は遠藤筆頭デスクの子飼いとして、諸橋に対しては厳しい態度をとっている。だが、すぐ下のサブキャップの言っていることに理があるので、反論することができない。

「そうなんだけどさ。そこをうまくやるのが現場の知恵ってやつじゃない？」

妙に馴れ馴れしい丸山部長の喋り口が鼻につく。だが、小峯もいつものくだけた口調を変えずに、現場の窮状をこの時とばかりに訴えた。

「もちろんです。ただ、警視庁担当で言いますと、一課担当の二番手記者の園山祥子が今月はもう働かせ過ぎです。残業は当然無理ですが、そろそろ休ませなくてはならないので、今日は大丈夫だとしても明日は休ませる予定でした。あと、生安担当の小野寺太一が明日から一週間有給を取る予定で……」

「有給ってさ、別のタイミングで取れないの？」

Zoomの画面に向かって丸山が呆れ顔で言葉を投げつけた。だが、その言葉はブーメランになって帰ってきた。

「『有給は個人が取りたいタイミングで取るべきで、その代行は周囲でカバーし合うことが肝要です』と先々月、部長が部員に一斉メールしたことを受けて、小野寺はパックツアーでイギリスに行くチケットを取りましたので、変更は不可能かと思います」

「へっ？」

　小峯の淡々とした説明に丸山が絶句した。小峯の良いところは上に対して忖度をしないことだ。諸橋のことを考えてというより、本当に人手が足りない実情を説明しているだけなのだろう。本人にはまるで悪気がないが、下から公開処刑された格好の丸山は怒鳴りたいのを必死で堪えているらしく顔が真っ赤だ。だが、若い小峯の言ったことに何も瑕疵がなく、正論を述べている以上、怒鳴りつけることもできない。

「それに加えて」

　小峯がさらに続けた。相馬がもうやめろと言いたげな顔をしているのが愉快だった。

「最後の報道協定が結ばれたのは二〇〇六年六月に渋谷区で起きた有名美容外科医の娘が誘拐された事件です。今の社会部に当時のことを経験している人は誰もいません。その後は仮協定まで結んだものの、本協定は成立しなかった勝浦の件ですが、その時に報道協定を締結するために現場で指揮を執っていたのが諸橋さんです。要は報道協定に関する実務が分かっているのは諸橋さんだけなんです。遊軍として周辺取材をしてもらいつつ、協定に関してアドバイスをもらうのはいかがでしょうか？」

「私もいい落とし所かと思います。記者クラブ員十人のうち、一人が欠員の中では遊軍に手伝ってもらうしかありません」

　相馬も賛同する。筆頭デスクの遠藤が黙っているので小峯案に賛成と受け止めたのだろうか。

「他に遊軍記者はいないの？　こうしたでかい事件は若い人にも経験させないとさ」

　丸山の最後の抵抗を遠藤が潰した。

「申し訳ありません、遊軍の大田大輔と長山美野里ですが、大田が入社十年目休暇でハワイに旅行中で、長山はコロナにかかっていまして病欠です」

「今頃、コロナ？」

丸山の非難が混じった言い方に大画面の中の相馬の顔が歪んだのを諸橋は見過ごさなかった。おそらく相馬もコロナにかかっているのだろう。

「では、事件概要の説明から始めさせていただきます」

もう諸橋を参加させる件の議論は終わったとばかりに小峯が話を先に進めた。こういう時に空気が読めない人間は強い。丸山部長は腕を組んで仏頂面だ。往生際が悪い。

諸橋は事件の概要をノートにメモする。Ａ４のキャンパスノート、新人時代から使い続けて、すでに六百冊は超えている。家の押し入れに積んでいて、妻からはいい加減、データ化するか捨てるかしてと言われているが、いざという時の読みやすさ、探しやすさを考え、手付かずのままになっている。

中堅、若手記者の大半がパソコンやタブレットでメモを取るが、諸橋は手書きのままだ。昔気質と言われればまだましで、時代遅れだの骨董品だの陰口を叩かれているのも知っているが、自分のスタイルはなかなか変えられない。

仮協定はすでに結ばれている。本協定を結ぶ決裁を部長に求めることも、この会議の主たる目的の一つだった。簗瀬翔太が行方不明になったのは正午頃だ。その一時間後に犯人から簗瀬社長の自宅に電話があり、夫人が犯人から要求を聞いた。警視庁がメディアに報道協定の締結を求めたのはその三十分後だった。犯人からの連絡内容もすぐ様、記者クラブに開示された。

報道協定は警察とメディアとの信頼関係によって結ばれる。通報からわずか三十分後に協定締結の申し入れがメディア側にあったことは迅速な対応と言える。

　警視庁の最初のレクはすでに行われていた。迅速に情報提供し、本協定を早く結ぼうというのだろう。情報はいつ、どこで漏れるかわからない。ネットがこれだけ発達した時代で、その気になればSNSを使って情報漏れは起こる。それは十四年前に実際にあったことだ。捜査に当たる捜査一課が勝浦の件を念頭に置いているのは間違いない。

　情報が漏れるルートは様々あるが、実はその内の一つはメディア内のリークだ。自分は報じられないから、他の媒体にネタを回す——事件、政治、そして芸能ネタ、あらゆる分野でネタの横流しが行われる。それは新聞から雑誌、雑誌からテレビ、色々なパターンがあるが、報道協定が結ばれれば、少なくとも新聞協会に所属する媒体間ではネタの横流しは意味がなくなる。だが、SNSやネットメディアに流れるとその限りではない。それらを運営するプラットフォームはもちろん、ネットメディア自体が報道協定を結ぶ上で前提である新聞協会に加盟していないからだ。

——勝浦のようなことにならなければいいが……。そういえば、あの時と金額も同じだな。

　犯人が要求している十億円という金額を知って、諸橋は過去の事件を思い出さないではいられなかった。

「報道協定を本協定にするのはどの社も異議はないと思いますが、勝浦の事件ではブログの書き込みが発端となり、ネット掲示板で拡散、ネットニュースが記事を書くということが起きました。あいつら、同じことやりかねません」

　遠藤が強い口調で発言した。遠藤は日頃からネットニュースを批判することが多かった。裏取りをきちんとしない、テレビでコメンテーターやMCが話したことをそのまま記事にしてただ乗りする、ネット受けばかりを気にして大衆迎合過ぎる、というのだ。それはそれでごもっともなのだが、裏を返せば、きちんと裏取りして、簡単に真似できないオリジナルな記事を自分達がきちんと出せば、視聴者に迎合しなくてもネットニュースに勝てるということだ。しかも、東京中央テレビは自社のネットニュースサイト、ニュースセンチネルを運営しており、年間十数億円規模の収益を得ている。

――天に唾を吐くとはこういうことなんだけどな。

相馬も、小峯も、そして間宮も意見を述べたが、基本的に遠藤の考えにだいたい賛同していた。事件について発言していないのは諸橋と丸山だけだった。丸山を見ると、先程の不機嫌さはどこかに消え、スマホの画面をスクロールしていた。

「部長、何かご意見は？」

遠藤が丸山の発言を促した。諸橋は無視された。報道協定を本協定にする方針と基本的な事件概要を共有したので、会議はこのまま散会する雰囲気になっていた。警視庁記者クラブ組は早く当局取材をしたいはずだ。若い現場の記者だけに任せっぱなしにするわけにはいかない。諸橋も早く外に出たかった。協定が成立すれば、現場への取材は限られてしまう。関係者取材も、どの程度の人物なら協定違反にならないのかなど、相馬と小峯と擦り合わせておきたかった。

「部長？」

沈黙に耐えきれなくなった遠藤が再度、丸山に声をかけた。

「ああ、誘拐報道については決して警察と揉め事を起こしたり、ネットで炎上したりするような取材はしないように徹底してください」

諸橋は丸山の台詞に唖然とした。そもそも「警察と揉め事を起こさないようにして」なんて社会部長が言っていい発言なのか。ネットで炎上すること自体が悪なのか。そうではあるまい。諸橋は脳内でアドレナリンが分泌され、やる気がみなぎって来るのを感じていた。久々の感覚だった。十四年前の事件を思い出したせいなのか、丸山部長の事なかれ主義的な態度に反感を覚えたためかはわからない。普段なら除け者にされても仕方がないと諦めてしまうところだが、今回は遊軍としてどう動こうか、色々考え始めていた。

会議がお開きになったら、相馬と小峯とそのままここで打ち合わせしてしまいたい。時間がもったいない。オンラインの回線が切られたので、警視庁記者クラブに電話しようと思って、スマホを手に取った瞬間、本体が振動した。

画面に表示された送り主の名前と件名を見て、思わず唸りそうになった。

佐久間宗佑　『山下コースケの正体が分かりました』

諸橋は四階の別の会議室に滑り込んだ。すでに先程のメンバーは報道センターに戻っていたが、誰にも会話を聞かれたくなかった。メールを開いたが、本文はなかった。詳しいことを知りたい。スマホの電話帳から佐久間宗佑の電話番号を探した。最後に連絡したのは去年の墓参りの時だ。佐久間宗佑は肩書きではまだ勝浦の病院理事長ではあるものの、実務は子飼いの事務局長に任せ、妻の死去後は港区高輪（たかなわ）の閑静な住宅地に建つ邸宅に一人で住んでいる。妻と悠斗ちゃんのお墓も高輪にあった。

彼は元々、勝浦で生まれ育ったという訳ではなく、高級住宅街の渋谷区広尾（ひろお）の出だ。事件が起きた直後に見た時はいかにも病院の理事長と言わんばかりにでっぷりとした体型だったが、年を追うごとに痩せていき、今では体重八十キロの諸橋より痩せ細っていた。

電話をかけたがつながらない。詳しいことを教えてほしいとメールで送り、留守電にもメッセージを残した。宗佑に会わなくてはならないという思いで一杯だった。

*

十四年前、ネットニュースで佐久間総合病院の理事長の息子が誘拐されたことが報じられた後、その後の展開は悪夢だった。山下コースケがブログで書いた五時間後、勝浦市内の八幡岬にある灯台の下で悠斗ちゃんの遺体が見つかった。協定が成立しなくなったことで諸橋は東京に帰るところだったが、遺体発見の一報が入り、現場に向かった。悲惨な結果に終わった事件の最後をこの眼で見届ける義務があると思ったからだ。報道協定が正式調印されず、仮協定が崩壊した後、真っ先に報じたのは東京毎朝新聞だった。そして通信社が続き、テレビ各社も夕方のニュースの頭で一報を相次いで入れた。

東京中央テレビも午後五時から始まるニュースで「病院理事長の長男(7)が行方不明、誘拐か？」という見出しをつけて一分三十秒の枠で報じた。誘拐と断定しないで「誘拐か？」としたのは犯人を刺激しないようにとのせめてもの配慮だった。「？」をつけたのは最終的には諸橋の判断だが、そんな配慮は、遺体が灯台の下で見つかったという事実の前では無意味だった。遺体と対面した母親の号泣を聞いた時、諸橋は配慮したこと自体が極めて醜悪なものにしか感じられなかった。諸橋は両親の姿を現認したわけではない。愛する子供と無惨な対面を果たしたその瞬間は警察が周囲をブルーシートで覆い、マスコミの目から隠したが、泣き叫ぶ母親の叫び声ははっきり聞こえてきた。現場の刑事達は殺気だっていた。

「お前らが書いたからこんなことになったんだろ！」

「人が死んで、お前らどう責任取るんだ！」

そう怒鳴ってきた刑事もいる。元々はお前らが不用意な聞き込みをしたせいだろうと思ったが、口には出さなかった。我々もある意味、共犯だ。だが、それでもメディアには伝える義務がある。それが我々の仕事だ。

事態は遺体発見の十日後、急展開した。病院に医療関連の機器を納入していた会社に勤務していた四十八歳の営業マンが犯人だと分かり、逮捕されたのだ。逮捕後の供述やその後の裁判で、なぜ悠斗ちゃんを殺害したのかと聞かれた元営業マンはこう答えた。

「ニュースで誘拐したことが報じられ、警察がすでに捜査していることを知って、焦って殺してしまった」

この発言が大きな波紋を引き起こした。「ニュース」が「クイックニュース」を指すのか、マスコミの報道を指すのか、犯人はどちらとも取れる言い方に終始した。結局、二年前に死刑になるまで、どっちを指すのかは明らかにせず、真相は闇に消えた。殺害時刻は時系列的には東京中央テレビなど大手メディアが報じ始めた直後だった。新聞、テレビは批判の矢面に立たされた。新聞各社はその後、検証記事を何度も特集し、テレビ各局に対してＢＰＯは放送に至るまでの経緯を報告することを求めた。

当然のことだが、ネットで誘拐されたことを明かした山下コースケとクイックニュースへの非難は大手マスコミへのそれを遥かに凌いでいた。クイックニュースは事件後すぐにサービスを停止した。発端となった山下コースケはネットの世界から忽然と姿を消した。山下コースケを探そうと新聞、テレビ、週刊誌が迫ろうとした。趣味の音楽や漫画、グルメを語るその傾向から三十代後半から四十代前半、都内在住だろうと推測されていたが、結局、誰もその正体を暴くことはできなかった。

　諸橋ももちろん関心はあったが、大手メディアが記事にしたことで犯人を最終的に追い込んだのではという思いが大きく、山下コースケ探しに加担する気にはなれなかった。それより、強かったのは悠斗ちゃんの両親に会って話を聞かなければならないという思いだった。泣き叫ぶ母親の声は頭の中から消えることはなかった。

　佐久間宗佑は理事長のポストに留まったものの、病院に顔を見せることはほとんどなくなり、事実上引退した。病院関係者によると、妻の芳子(よしこ)が重い鬱病になり、その介護のためだという。諸橋は佐久間夫婦に何度も手紙を書き、都内にある自宅に通った。宗佑は丁寧に、かつ断固として取材を断った。家の中に引きこもっている芳子とは会うことは叶わなかったが、二人が一緒にいる時に接触する機会があるのは年に一回の墓参りの時だった。

「ザ・特命記者」のプロデューサー時代も、やらせ問題が起きた直後、懲罰人事の意味合いで報道業務部のデスクという記者とは全く畑違いのポストでひたすら伝票を整理する仕事についた時も、そして、遊軍記者という何をやるのかあやふやな一記者になってからも、諸橋は悠斗ちゃんの墓参りを欠かさなかった。墓参りに訪れた際、宗佑には毎回、近づいて話を聞こうとしたが頑なに断られた。芳子に対しては声をかけることもできなかった。その悲しげな目で見られるとどうしても声をかけられなかったのだ。事件から一年、五年という節目で他社の記者がいることもあったが、二人が対応することはなかった。

　転機は今から六年前に訪れた。一人で墓参りに来た宗佑に出くわしたのだ。その前の年まで墓参りは毎回、夫婦共に来ていた。宗佑は元々、右足に障害を持っているようで、足を軽く引きずって歩いていた。気がつくと自然に声をかけていた。

「ご苦労様です」

宗佑は丁寧に挨拶を返してきた。

「こんにちは。いつもありがとうございます」

——話せる。

「今年はお一人なんですね」

宗佑は諸橋の目を見て答えた。

「家内は亡くなったんです」

暫し、言葉を失った。こうなったのはマスコミの責任だと宗佑は思い続けているに違いなかった。だが、彼の目に怒りは感じられなかった。長年通い続けてきた諸橋には、この年の宗佑の表情にはこれまでにない変化が感じられた。だから、ひたすら話し続けた。

「お悔やみ申し上げます。非常に残念です」

ため息をついて、宗佑は一気に語り出した。芳子は癌だったこと、医者の自分が一緒にいたのにも拘わらず癌であることに気づかなかったこと、進行が早く苦しむ時間はごくわずかで、あっという間に天に召されたこと。おそらく妻のことは周囲の誰にも話していなかったのではないかと思わんばかりに宗佑は三十分ほど語り続けた。諸橋はメモも取らず、ひたすら聞き役に徹した。

この日は話を聞くだけで終わったが、一ヶ月後、諸橋は再び都内の自宅を訪れて宗佑に面会した。居間には妻と子の遺影が仏壇に飾られていた。事件の前に撮られたものだろう。写真の中の芳子は優しく微笑んでいた。悠斗ちゃんも満面の笑みを浮かべていた。宗佑は諸橋が構える小さな家庭用のデジタルビデオカメラの前で今の思い、当時のマスコミに対する批判、そして真っ先に誘拐の事実を書いた山下コースケについての恨み節を二時間余り語り続けた。

「当時はマスコミを許せないと思ったんですが、それ以上に頭にきているのがあのブロガーです。あいつが自分のブログに書かなければ、メディアの皆さんも報道協定でそのまま報じることはなかったんですよね？」

実際には違う。山下コースケが書いても大手メディアが報じない選択肢もあった。だが、今そのことを宗佑に伝えても何の意味もない。諸橋はただ頷くしかなかった。

ネット時代に報道協定を結ぶことは困難になると以前から指摘されていたが、実際にその通りになった。悠斗ちゃん事件以来、身代金を目的とした誘拐が起きていないのは、かつてオレオレ詐欺と呼ばれた特殊詐欺のような「割のいい」犯罪が隆盛ということもあるが、誘拐した直後にネットで情報が漏れてしまっては身代金を回収することもままならないからだろう。帰りがけに宗佑は妻への思いを語った。

「いつまでも山下コースケを恨んでいても仕方ない。実は妻とは仕事が落ち着いたらお遍路に行こうと話していたんですよ。徳島って飛行機で一時間ちょっと、そこからお遍路のスタート地点までは車で一時間しかかからないんです。知ってますか？　今は車で回れるんですよ。この足ですから諦めていたんですが、タクシーで回るサービスさえあるんです。インターネットでは『お遍路ドット』なんてサイトだってあってタクシー会社も紹介されています。そんな便利な時代なのにいざ行こうとすると忙しさにかまけてなかなか行けない。そうやって、ぐずぐずしているうちに連れ合いは死んでしまった。本当に後悔してもしきれないです」

そう語る宗佑の顔はどこか穏やかで、かつての険しさは感じられなかった。

諸橋は悠斗ちゃん事件をもう一度検証することにした。遊軍記者になって時間もある。当時は警視庁キャップという立場だったこともあり、自分で検証することは叶わなかった。そもそも、局の関心も世間の関心も犯人が逮捕されるとあっという間に萎んだ。東京中央テレビは犯人逮捕を機に取材体制を一気に縮小した。裁判など継続して事件をフォローするのは千葉支局長、ただ一人。もっとも、民放各局はどこも同じような考え方、体制だった。検証は専ら新聞の仕事という考えで、その後の取材もあまりしていなかった。

当時のメモによると、犯人逮捕後、記者達の取材が集中したのはスクールバスの六十歳になる運転手だった。悠斗ちゃんはいつも降りる場所ではなく、一キロ手前の仲が良い友達の家の前で降りていた。なぜ、いつも通り自宅の前で降ろさなかったのか、運転手には批判が殺到した。運転手はタクシードライバーの経験もあるその道四十年のベテランだったが、後に市の検証委員には「つい気が緩んでいた」と答えたという。バスのドライバーについてはその後、取材が不可能になった。自殺してしまったからだ。

聞き込み先の民家で誘拐事件が起きたことを話してしまった警察官も猛烈な非難を浴びた。不幸だったのは聞き込みをした住民が山下コースケの知り合いだったことだ。住民は警察官から固く口止めされていたが、つい知り合いが有名なブロガーということで誘拐の事実を話してしまったという。この住民は山下コースケに喋ったと噂が流れ、事件から一ヶ月後にどこかに引っ越してしまった。登記を調べても行方は定かではない。この警察官も勝浦警察署の刑事課の巡査部長ということは当時分かっていたが、それ以上の取材はあまりされていなかった。

遊軍になって諸橋は関係者を回って新事実がないか取材したが、足で回る作業は思いの外、大変だった。勝浦は東京から遠く、さすがに何日も行っているわけにはいかない。バスドライバーの遺族である妻には一度接触はできたものの取材は断られた。夫を死に追いやったマスコミには会いたくないと玄関先で水をかけられてしまった。

　情報を漏らしたとして批判された巡査部長の行方は勝浦署のガードが固く、なかなか摑めなかったが、当時、住んでいた警察官舎の近くでわずかな情報を入手することができた。ネタ元は官舎の前にある雑貨店の女主人だった。巡査部長には妻と娘がいたらしいが、一家でどこかに引っ越していた。

*

　この数年は取材も進展がなく、検証記事にまとめられるような分量にも達していなかった。正直、諸橋にしても小峯から「誘拐です」と言われるまでは悠斗ちゃん事件のことは年に一回、墓参りする時に思い出す程度になっていた。

　だから、突然来たメールに戸惑っていた。

——どうしてこのタイミングなんだ？

　外に出ると雨は上がっていた。諸橋は本社の車寄せに停まっているタクシーの列を通り過ぎると、最寄りの地下鉄入口に向かった。

　　二〇二四年十二月五日　午後六時　アン・ジヒ

——씨발《シバル》（チキショウ）！

悪態をつきそうになったアン・ジヒはすんでのところで止めた。仕事がうまくいっていないからといって、イライラするのは外資系では禁物だ。セルフコントロールができない人間は一番評価されない。

アンが勤めているネットニュース配信会社、「エターナル」は元々、韓国で創業されたネット企業だ。だが、現在はアメリカ、イギリス、フランス、シンガポール、そして日本に支社を置き、その国に合ったニュース記事を独自の取材網で配信、急速にユーザーを伸ばして注目されている。日本での拠点は渋谷にあり、アンのような二十代や三十代が中心になっているが、既存の新聞、テレビからも多くの記者、編集者が転職してきていた。

アンは四年前に東京中央テレビから転職した。だが、完全実力主義の方針の中で、最近はＰＶ数や滞在時間を稼ぐ記事に恵まれておらず、毎年の契約更新をまもなく迎える中で焦りを覚えていた。だから、ライバルの同僚が大きなスクープをゲットしたと聞いた時、ノートパソコンに文字を打ち込む力を抑えられなかった。力を入れ過ぎだ。自覚したが後の祭りだった。

「そんなにイラついていてもスクープは取れへんで」

背後から冷ややかな声をかけられた。

――ちっ！　一番見られたくない奴に見られた。このエセ関西弁男が。

在京キー局から転職してきた緒方秀一だ。元関東テレビ、警視庁キャップ。エターナルには一昨年転職して来たばかりだがスクープを連発して、今ではナンバーワンのスター記者だ。緒方が何かすごいネタを摑んだという噂はすぐに回ってきた。捜査一課系のネタらしい。だが、何の事件かがわからない。緒方がすでに数人の記者を集めて、取材チームを作っていることも知ってはいた。自分より力量がない記者を集めてチームを作り、一気に取材をかける――それが緒方のやり方だ。一度は緒方から仲間に入らないかと誘われたことがあった。だが、緒方のおこぼれにあずかるのは嫌だったのと、緒方のことを生理的に受け付けないこともあって断ってしまった。それ以来、緒方はアンのことを目の敵にしている。かつてアンが在籍していた東京中央テレビを元々、敵視していたようだが、いずれにせよ、大きなスクープに関与できないのは厳しい。

このままでは契約を切られるかもしれない。東京中央テレビ時代に開拓した警察関連のネタ元にはあちこち連絡していたが、誰からもつれない返事をもらうだけだった。面識が少しあっただけの刑事にまで声をかけてみたが、それほど関係性が太くない人から簡単にネタをもらえるほど事件取材が甘くないことはアン自身が一番わかっていた。

あとはまだ連絡が取れない女性刑事しか残っていない。彼女と連絡が取れないのは緒方が嗅ぎつけた事件の捜査本部に入っていて電話に出られないのか、それとも記者からの連絡に単に出ようとしないのか。どことなく、暫く会っていない自分の母親に似ている女性だった。ふくよかで頼り甲斐がある。だから甘えられると期待するのは間違っていると分かっていたが、今は藁にも縋（すが）る思いだった。

第三章

事件発生二日目　二〇二四年十二月六日　午前九時　種田由梨

朝の西麻布は首都高を囲んでデザインも高さも違うビルが雑然と並ぶ殺風景な街で、夜に見た街と同じとは思えない地味さだった。交差点の有名アイスクリーム屋がなければここが西麻布であることを感じさせるものは何もない。

交差点にあるコンビニに入り、客がいないことを確認すると焼肉弁当やハンバーグ弁当、飲み物などを七人分買って、背負っているリュックに詰め込んだ。種田が背負っている黒のリュックはビジネスマンがよく使うタイプのもので、シックな外見からは、弁当が詰め込まれているとは思われないだろう。一旦、家に入ると犯人が見張っているかも知れず、外には出られない。出前など頼んで、家に刑事が張り込んでいると悟られるような行動は取れなかった。種田が買ったのは昼の分で、夕食分は別の捜査員が買うことになっていた。アラフォーになってお世辞にもスマートな体型とは言い難いが、休日は家族を誘ってハイキングに行くのが好きな種田は体力には自信があった。

被害者宅は外苑西(がいえんにし)通りから堀田坂(ほったざか)という緩やかな坂を登った先にあった。そこは種田が普段暮らす郊外の住宅地とは別世界だった。ケヤキの街路樹が立ち並ぶ道の両脇にはマンションらしき建物が点在していたが、建物の間はゆったりと距離があり、敷地内も緑が豊富で、まるで映画に出てくる風景のようだ。種田はここに来た理由をつい忘れて見惚(みほ)れてしまいそうになった。

――いけない。気を引き締めなきゃ。それにしてもいかにも金持ちの街ね。

目的地は堀田坂から裏路地に入ったところに建つオレンジ色のタイルが特徴の低層階マンションだった。簗瀬社長の自宅はその最上階にあった。一階ではホテルのコンシェルジュのような制服を着た二人の女性がフロントに座っていた。そのうちの一人と種田は目線を交わした。彼女はマンションの管理スタッフではなく、簗瀬社長宅に詰めている被害者対策班の一人だ。簗瀬宅では事件発生直後から昨日の深夜までを七人の刑事が、そして別の七人が今朝まで過ごしていた。次は種田を含めたチームが入れ替わることになっている。

対策班の中には夫妻が犯人と接触する時に備えて、密かに尾行する「直行追尾班(ちょっこうついび)」と呼ばれる刑事が二人待機していた。七人もの捜査員がどこに待機しているのかと思ったが、捜査本部で家の広さを聞いて納得した。百五十平米もある。電話の会話を録音する機材などを持ち込んでも全く問題ない。午前九時が交代時間だった。種田は簗瀬夫人の美優のケアを担当しつつ、夫妻の会話を密かに聞いて、事件解決に向けて有益な情報がないか目配りする役目も負っている。夫妻は一人息子を誘拐された被害者だが、万が一、夫婦のどちらか、もしくは両方が子供を誘拐した犯人とつながっている可能性も排除できない。ありえないとは思うが全てを疑ってかかるのが刑事の仕事だ。

種田は自宅を午前七時半に出ていた。小学三年生の娘は母親に似たのかしっかりもので、種田が洗面所で欠伸(あくび)をしながら髪を整えているのを見て「私、シリアルでいい」と言って、さっさとコーンフレークに牛乳をかけて朝食を済ませ登校していった。ワイン輸入業の夫は始業が十時なので娘より遅く起きてくる。昨夜は得意先と飲んでいたようで、種田が深夜一時を超えて帰宅した時、すでに寝室で鼾(いびき)をかいて寝ていた。一応、朝食の支度をしておいた。仕事は好きだが、家事も手を抜きたくなかった。

　周囲からは肝っ玉母さんのキャラで通っているが、密かな野心もあった。刑事になったのもそのためだ。昨夜は午前零時まで捜査本部に詰めていたが、犯人からの連絡は結局何もなく、簗瀬翔太の行方も分かっていない。

　子を持つ親としても児童誘拐は特に許せない犯罪だ。今朝は警視庁にも捜査本部がある渋谷署にも寄らず、直接簗瀬家に来た。最上階に着くと家のインターホンを押した。

「はい、簗瀬です」

　女性の声がした。美優夫人だろう。声のトーンに緊張は感じられない。こんな異常事態の中で普段と変わりない生活を演じていなくてはならないのは本当に気の毒だった。宅配便が来たら、自宅に詰めている警察官ではなく、家族が対応しなくてはならない。種田ら女性捜査員の役割は妻の美優に徹底的に寄り添い、その心を掴んで警視庁に伝えていない事実があれば汲み取ることだ。種田は人から話を聞き出すのを得意としていた。仕事でも、近所付き合いでも、相手は気がついた時には秘密を種田に話してしまっているのだった。

　すでに報道協定が正式に発効して十八時間が過ぎた。協定下では警視庁側は、犯人との交渉で知りえた情報を可及的速やかにメディアに提供する義務がある。これまでのところ、特段、更新すべき情報はない。もし、夫妻が重要情報を隠していて、そのことを警視庁が知っていた場合、記者たちとの関係で深刻な問題が起こる。夫妻の意向であっても情報を記者クラブ側に隠していた事実が漏れれば、情報の隠蔽だと大騒ぎになるのは明らかだ。最悪、協定が崩壊することもあり得る。当局に騙されたと感じた時のメディアの怖さは様々な企業や行政、そして政治家が嘘をついた後の記者会見を見れば一目瞭然だった。そんな懸念を抱いたのは、昨日、捜査本部で犯人からの一回目の連絡内容を聞いた際の違和感からだった。

ロビーに入ると、事前に教えられた通り、コンシェルジュデスク脇にあるタッチパネルに真っ直ぐ向かった。万が一にも、犯人が見ているかもしれない以上、不審な行動は厳に慎まなければならない。種田は行先階を選択するタッチパネルを操作した。

「どちら様でしょうか?」

「サンメディカル・インシュアランスの有川です。ご契約種類をお持ちしました」

「あ、そうだった。今日お約束の日でした。つい私、うっかりしていて……」

「お邪魔します」

エレベーターにつながる通路へのドアが開いた。中にいる対策班は七人なので、代わりの捜査員は色々な名目でマンションに入ることになっている。簗瀬夫婦も承知済みだ。この後、ガス点検員を装って二人が、宅配便業者のフリをして三人が交代することになっている。班長はすでに交代済みだ。交代要員が着て来た服を着て、一晩徹夜したメンバーは家を出ることになっていた。仮に犯人グループが家を監視していた時の対策だ。服装を同じにし、保険の外交員が営業を終えて帰るところに見えるよう偽装している。

簗瀬一家が入居するマンションの最上階は一部屋しかない。つまりフロア全体が簗瀬家だった。エレベーターを降りて、インターホンを押す。ドアが開く。女性が顔を出した。美優だ。元グラビアモデルだっただけに顔は整っている。捜査本部で見た写真よりやつれて見えた。疲労したためだろう。昨晩は寝ていないに違いない。元々、ふっくらした顔をした美人だが、目の周りには隈ができて顔つきはすっかり変わっていた。中にいる捜査員は家の電話や夫妻の携帯電話に犯人から連絡が来た場合に備えて一晩中徹夜で待機していた。この後の十時間は自分達が担当するのだ。

外観同様、家の中も種田が住むURのマンションとは全く違う世界が広がっていた。リビングだけで種田が住むマンションの一戸分と同じ大きさだろうか。大きな窓はただでさえ広い部屋をさらに広々と見せて開放感を演出している。

今朝まで待機していたメンバーはすでに慣れているのかリラックスした様子で、ソファでくつろいでいた。応接室が刑事達の待機場になっていた。部屋の隅には段ボールが置かれ、中には昨夜食べたであろうコンビニの弁当ガラが捨ててあった。

種田が着いた時、夫妻はリビングに座っていた。リビングの様子はネットを通じて捜査本部のモニターに映し出されている。二人とも昨日と同じ服装だった。みるからに疲れ果てていた。このままだとあと一日も持たないのではと心配になった。リビングの壁には写真を収めたフォトフレームが何枚かかけられていたが、その全部に翔太が入っていた。子供部屋も見せてもらったが整然と片付けられ、不審な点は見られない。だが、先入観を持ってはならないと自らを戒めた。

一見、平和そうな家庭でも周囲の人が想像もしえない闇を抱えていることもある。新人時代、所轄の警察署に赴任直後、何度か家庭トラブルの通報に対応したことがあるが、虫も殺せないような温和そうな父親が自身の子供を虐待していると知った時の衝撃は忘れられない。

翔太は簗瀬拓人の実の子ではない。美優の連れ子だ。だが、メディアの記事で読む限り、簗瀬社長はイクメンで知られ、自らの発案で社内に託児所を作ったとされている。

種田は美優だけを応接室に呼んだ。子供のこと、仕事のこと、打ち解けるための話題は何でもよかった。最初はやや緊張していた美優だったが、一時間もすると積極的に話してくれるようになった。拓人とは経営者同士で作っているサークルの合コンに呼ばれ、そこで知り合ったこと、結婚直後から女遊びで困ったこと、義理の父親と断絶して大変だったことなど話題は尽きなかった。

昨夜からネットで調べていたことに加え、前のチームからの引き継ぎで簗瀬家の内情はある程度把握していたので、美優との会話で特段、目新しい情報はなかった。拓人の女遊びについても週刊誌ネタになったことがあり、関連記事は一通りネットで目を通していた。家庭に関する話の中で事件に直結しそうな話題は特になかった。聞きにくかったが、女性関係については突っ込んで質問した。

「ご主人を恨んでいる人は特にいないということでしたけど、別れる際に揉めたことってなかったんでしょうか？」

美優は顔を曇らせた。子供が誘拐されている最中だというのにこんな質問をすることは種田にとっても本意ではない。だが、その中に深い恨みを持った人間が誘拐に関わっているかもしれない。可能性が一パーセントでもあるなら、その可能性を潰すのが自分達の仕事だ。同じ質問はリビングで男性刑事が簗瀬拓人に対して行っている。同じ質問を二人に同時にすることで矛盾点がないかを確認するのだ。

二人への事情聴取を一旦終え、朝買った弁当を食べようと台所に向かおうとした時、簗瀬拓人が美優を寝室に呼んでいた。

「ちょっと会社の内々の話なので」

そう言って、拓人は寝室に入って行った。すると、妻の美優もすぐ夫の後を追いかけ、寝室に消えた。新たに班長として交代した大石大吾（おおいしだいご）警部が種田にアイコンタクトで後を追えと指示した。寝室のドア越しに二人の会話を聞こうとした。美優が時折、激しい口調になっていることはわかる。内容は声のトーンを落としているので、よく聞こえなかったが、ドアに耳を当てることで何とか聞き取れた。

「応接室やリビングではきちんと振る舞うんだぞ」

「やってるわよ。でも、どうしていいのか分からないのよ！」

美優が泣いている。

「わかってる。翔太に危害が加えられることはない」

――危害が加えられないってどういうことよ？

種田は耳をドアにさらに押しつけた。だが、この後は美優の声が小さくなって、彼女が何を話しているのかはわからなかった。

「とにかくここは乗り切るしかないんだ。何とか頼むぞ」

会話の終了を察知し、種田は素早く寝室の前にある子供部屋に滑り込んだ。ドアを完全に閉めずに様子を窺っていると、簗瀬拓人が、しばらくしてから美優が寝室から出てきた。二人がリビングに行ったことを確かめると、種田はそっと翔太の部屋を出た。整然と片付けられた学習机に胸が痛む。

「翔太に危害が加えられることはない」というのは何か根拠があるのだろうか？ 単に希望的観測から出た言葉とは思えなかった。班長に可及的速やかに報告すべき情報だ。

「大石班長は？」

先程までリビングにいた大石がいない。大石は応接室で誰かと電話で話をしていた。深刻そうな表情だ。電話を終えると、大石は捜査員全員をリビングに集めた。

「簗瀬夫妻も呼んで来てくれ」

二人はリビングに入るとソファに座った。

大石が全員に説明した。

「先程、捜査本部から緊急の連絡がありました。まもなく記者会見場にいるメディア各社にも次のレクで伝えられますが、ネットニュースの『エターナル』から翔太君の誘拐について取材の申し込みが警視庁にありました。本部でその対応を緊急協議中です」

「何だって！」

簗瀬拓人の表情は固まっていた。当然だろう。情報がネットメディアに漏れたのだ。このままでは十四年前の悪夢の再来だ。

──それにしてもよりによってあのエターナルか……。

「一体、どういうことなんですか？」

美優が訊ねる。その顔は強張っていた。深刻な事態が起きていることは察知しているようだ。

「エターナルは元々外資系のネットニュースで新聞協会に所属していません。ご子息のことを報じないようにする報道協定をマスコミ各社は結んでいますが、その協定はあくまで新聞協会に加盟している会社間のものです。エターナルが報じようと思えば報じられてしまうんです」

「そんな……」

美優は絶句した。

「もし、エターナルが報じれば、それに伴って報道協定自体も意味をなさないとして成立しなくなってしまう可能性もあります」

呆然とする妻の様子を夫の簗瀬拓人は厳しい表情で見ていたが、突然、口を開いた。

「会社に行かなくてはならない」

捜査員の全員が何を言ってるんだという表情を浮かべた。

「え？　簗瀬さん、今の状況が分かっていますか？　いつ犯人から電話がかかって来るかわからないんです。外に出られては困りますよ」

大石がなだめるが、簗瀬は繰り返した。

「会社に行って、他社と協議しなければいけないんです」

簗瀬拓人は大石の方を向いた。

「報道協定について、私なりに考えていることがあります。お役に立てるかもしれません。その後ですが、警視庁の幹部と話したい」

簗瀬は対策班のメンバーに自分の考えを説明した。説明が終わると大石は捜査本部にいる上司の管理官に判断を求めるため電話をかけた。種田は焦っていた。大石に先程盗み聞きした夫婦の会話内容を早く伝えなくてはならない。

「わかりました。いいでしょう。でも、会社ではなく直接警視庁に向かってもらえますか？　捜査員の一人をつけます」

「ありがとうございます。今、うちの警備部長に連絡して、各社の連絡先が入っているノートパソコンを警視庁に持ってきてもらいます。あれがあれば会社に行かずにリモートで仕事ができますので」

ふと、種田は視線を感じて後ろを振り返った。美優がじっと種田のことを見ていた。

二〇二四年十二月六日　午前十一時半　諸橋孝一郎

佐久間宗佑の部屋は呼び鈴を鳴らしても応答がなかった。宗佑が住んでいる高輪の邸宅は、百坪はあろうかという敷地の広さだけでなく、外壁の石材一つ見ても金がふんだんに使われていた。昨日も本社での会議後ここを訪れたが、何も収穫がなかった。今日も既に二時間ほど粘っていたが、もうこれ以上いても会えないという予感がしていた。宗佑の携帯電話にもう一度かけたが、留守電のままで、メールは昨夜から何度か送っているが返事はない。

事件に関しては、一晩明けても簗瀬翔太の行方は相変わらず分かっておらず、警視庁は三時間おきにマスコミ相手にレクをしていたが、中身は何も更新されていない。犯人からの連絡は最初の一度きりで、警視庁はまだ容疑者の音声を録音すらできていなかった。あまりにも情報がないので、そろそろしびれを切らして周辺取材に走る社が出てきてもおかしくない。だが、今の所ここに記者やカメラマンの気配はなかった。

佐久間宗佑からメールが来たことは社内の誰にも明かしていなかった。十四年前の誘拐事件の被害者から突然、当時明らかになっていなかった重大事実が判明したというメールがこのタイミングで送られてきたのは偶然とは思えなかった。だが、偶然ではないというのはあくまで諸橋の直感であり、それを裏付けるファクトは何もない。

関係者取材については昨日、警視庁記者クラブの相馬キャップ、小峯サブキャップと相談して、簗瀬の会社について表裏の両面から調べることにした。特に諸橋が重点的に調べたいのは裏の面だ。万が一、会社絡みで恨みをかっていたとしたら、最近、トラブルが起きているはずだ。また簗瀬拓人のプライベートも掘り下げれば何か出てきそうだった。

諸橋がこれから話を聞こうとしているのは鮫山幸雄というブラックジャーナリストだった。大手メディアが扱わない裏社会の情報を扱う者たちだ。ジャーナリストとは名ばかりで情報を売り買いすることを生業にしていて、反社と紙一重の奴も少なくない。実際、総会屋と言っていい人間もいる。鮫山とは警視庁記者時代、ギブアンドテイクで情報を交換し合っていた。鮫山が特に得意とするのは海外マフィア、特に中国系マフィア関連の情報で、歌舞伎町のホテル街そばに点在していた中国人パブに出没していた。

歌舞伎町を根城にしている中国系マフィアは福建、上海、北京の三グループが時代ごとにのさばっていた。中でも有名なのは二〇〇二年九月、新宿区歌舞伎町の風林会館一階にある喫茶店で、住吉会系の暴力団幹部二人が中国人数人に拳銃で襲撃された事件だ。外国人マフィアにコネクションを持つ日本人は非常に少なく、中国人関連で何かあれば鮫山に聞くのが諸橋を始め、新聞、テレビの公安部外事二課や組織犯罪対策部担当記者の常だった。

警視庁記者クラブから離れた後も鮫山とは時折、飲みに行っていたが、現役世代にネタ元として紹介している手前、あまり付き合う訳にはいかないと思い、この数年は付き合いが途絶えていた。今朝になって向こうから電話があり、これから会おうという。タイミングから考えて誘拐のことに違いなかった。諸橋は偶然を信じない。向こうから接近してくるということは「売れ時」のネタがあるということだ。

指定されたのは新宿ゴールデン街のバーだった。待ち合わせは午後一時。鮫山の他にも繋がっている情報屋はいることにはいるが、情報の質では彼が頭一つ抜けていた。海外マフィア以外にも経済に関するアングラ情報に強みがあるのが鮫山だ。その彼からの呼び出しに足取りも軽くなる。

鮫山と会う前に遠回りになるが、東銀座のツインズ・ビルに寄った。報道協定を結ぶと、簗瀬夫婦など当事者への取材ができなくなるのはもちろん、関係先にも大幅に取材規制がかかる。自宅に記者を張り付かせることが協定違反となるだけでなく、所轄である渋谷署管内での取材も事実上できなくなる。誘拐現場となったツインズ・ビルは所轄外だが、警察がメディアに立ち入りしないよう要請するので、余程のことでなければ取材はしない。だが、ルールをどこまで厳格に守るかは社によって濃淡がある。

今回の犯行の特徴は身代金を暗号資産で用意しろと指示していることだった。これまでの誘拐事件であれば、被害者宅から家族が現金を犯人の指示に従って運び、その模様が刻々と記者レクで警察から発表されるというのが「定番」だ。今回の場合、現金を運ぶ必要はないので協定違反のリスクをおかしてまで自宅近辺にいる必要はないが、誘拐事件が起こると偶然を装って自宅近くに張り込む社が必ず出てくる。

この事件は一見、身代金目的の事件だが、そう単純なものではないと諸橋は見ていた。だからこそ関係者取材が大事なのだ。東京中央テレビは関係者の取材に人を割いていなかった。何かあれば協定違反として警視庁から情報をもらえなくなる上に、仮に捜査妨害などと当局から批判され、世間に知られればネットで大炎上間違いなしだからだろう。そうなれば社内のコンプライアンス担当の部署が黙っていない。

だが、いざ、事件が解決した時、深みのある記事を書けるかどうかは、どれだけ現場を見たかにかかっている。何も取材せず、レクを聞いて予定稿を書いているだけでは将来、記者の仕事はＡＩに取って代わられる、諸橋はそう確信していた。ギリギリの線まで粘って取材するのが諸橋のスタイルであり、信条だった。

ツインズ・ビルは表面上、普段と変わりなく見えた。ビルの出入口はサラリーマンや、白衣を着た薬剤師と思しき女性スタッフ、宅配便のスタッフなどがひっきりなしに出入りしていた。誘拐事件の現場であることは一般の人は知らないから当然なのだが、不思議な光景だ。ランチタイムだからだろう、小さなポーチを持った女性達が大通りに出てきた。ツインズ・ビルにはカフェくらいしかないが、周囲の中小サイズのビルには飲食店が多く入居している。マスコミらしき者は一見して誰もいない。だが、何か事があればすぐに動けるよう、ビル周囲に人を配置している社がいるのは間違いない。

かといって、さすがにビルの中に入るのは憚られた。かつてキャップをしていたせいで諸橋の顔は割れている。遠目で観察するに留めて、鮫山との待ち合わせ場所である新宿に向かおうとすると、ビルの裏口から作業服を着た男が出てきたのが目に留まった。当たりをキョロキョロしている。さりげなく近づき、すれ違いざまに首にかけた入構証に印字されている名前を頭に刻んだ。

『徳重竜馬（とくしげりょうま）』

注目したのは男の所属先だ。

『ツインズ・セキュリティー』

徳重の後をつけた。徳重はツインズ・ビルの裏手から徒歩二、三分の場所にある雑居ビルの前で足を止めた。ビルには飲み屋らしき看板が二つ掲げられている。徳重は看板を見上げると、雑居ビルの階段を上がった。すぐ後ろからついていくと二階の廊下で徳重が階段から上がってすぐ手前の店の入口に掲げられているこの日のランチメニューと奥の店のそれとを見比べていた。

結局、徳重は手前にある「サリュート」という店に入った。諸橋も後に続く。徳重は食べ終わってドリンクを追加した。滞在時間は三十分ほどで店を出ると足取りも軽く会社に戻って行った。その一部始終を見届けた後で諸橋はゴールデン街に向かった。

二〇二四年十二月六日　午後一時

ゴールデン街は数年ぶりだったが、入口から見える街並みは以前と変わりないように思えた。社会部時代にはこの界隈で情報屋や週刊誌記者、それに警察官や検事と夜な夜な飲んだものだ。待ち合わせ時間までには少しあるので、飲み屋街の中にある小道を歩き、昔通った店を探してみた。真っ昼間なので当然、飲み屋はまだ開いていないが、懐かしい店は健在のようだった。だが、中には看板が変わってしまった店もあった。コロナ禍が終わり、東京には外国人観光客が押し寄せている。あと少し持ちこたえれば潰れないで済んだ店もあるだろう。この数年、自分も時の流れに流されるちっぽけな存在に過ぎないと思いながら日々を過ごしているだけに、なじみの店が閉店してしまっている光景には胸が痛んだ。

来年は役職定年、そしてその数年後には定年が待っている。今後の会社員生活をどう過ごすのか、また家庭の状況をどう良い方向に向けるのか全く見えない状態だ。そんな感傷に浸りながらも歩いていると、指定された店がある小道まで来た。その小道には馴染みの飲み屋が数軒あり、幸い、そのどれもが依然として営業していた。鮫山が指定した店自体には入ったことはないが、確かゴールデン街でも名物となっているママが経営している文壇バーだったはずだ。中を覗くとそこは飲み屋というよりはお洒落なカフェのような佇(たたず)まいになっていた。

窓のガラス越しに見ると、中年男が店員の若い女性と何やら話し込んでいた。鮫山だ。黒のスーツに黒のネクタイ。いつの時代かと言いたくなるようなファッションセンスは相変わらずだ。この男は当時のまま変わっていない。そして、スーツを着ていてもその鍛えた体格は隠せていない。身長は諸橋よりもさらに高く、百八十五センチを超えている。ドアを開けると目が合った。顔付きは柔和だが、この外見に騙されるととんでもないことになる。

「久しぶりだな、諸橋ちゃん」

「お久しぶりですね」

諸橋をちゃん付けするのは鮫山くらいだ。鮫山は諸橋の十歳年上だが外見は若々しく、六十代には見えない。

「たいそうな事件が起きているらしいな」

やはり誘拐に関する話だ。諸橋は全身に緊張感が走ったが、鮫山に気取られないよう普段と変わりなく振る舞った。鮫山から電話が来たということはギブアンドテイクで何か情報を求めているということだ。だが、ネタがネタだけに慎重にならざるを得なかった。

「居酒屋やスナック以外で会ったのは初めてじゃないですか？　ここは元、バーでしたよね？」

「今もバーさ。ただ、先代のママが死んで、代替わりし、店の名前も変わった。娘がオーナーになって、日替わりでカウンターに若い子が立っている。酒も出すが、昼はコーヒー出してるんだよ。今、俺、酒飲まないからな」

「え、鮫山さんが酒飲まないって、どうしたんですか？」

「肝臓をだいぶやられちまってさ。これ以上飲んだら死ぬと医者に脅されたんだよ。だけどゴールデン街は離れたくない。そしたら、店名が変わるタイミングで昼にコーヒー出すからって聞いたから、通ってんだよ。若いお姉ちゃんと話もできるしさ。銀座のクラブよりよっぽどいいよ」

「そういえば、歌舞伎町の中国人パブも随分、鮫山さんに連れていってもらいましたね、梨花マ
マのとこにはよく行っているんですか？」
「諸橋ちゃん、この娘の前で他の店の女の話は無しだよ。まあ、たまに顔を出す程度だよ」
カウンターにいる若い女性店員が声を出して笑う。鮫山とよく連れ立って行った中国人パブの
ママ、梨花もこんな感じでよく笑っていた。鮫山に紹介してもらった後も、歌舞伎町事情を探る
ために何度か訪れたがこの数年はご無沙汰している。
「鮫山さんも、随分変わりましたね」
「でも、鮫山さん、お酒駄目ってお医者さんに言われたって言ってますけど、たまにコーヒーに
ウイスキー入れて飲んでるんですよ。朝から酒臭い時あるし」
若い女性店員が口を挟んだ。
「うるせぇ、アイリッシュコーヒーってやつだろ。ミサキちゃん、もう一杯、コーヒーだ。あと
こっちのお兄さんにもブレンドを」
昔はヤクザでさえ、鮫山に凄まれたらビビっていた。諸橋も以前、歌舞伎町の中国人パブで鮫
山が指定暴力団員を睨みつけているのを見たことがある。それが今では自分の孫のような若い女
性店員とほのぼのした会話をしている。時が経つのは本当に早い。
「で、伝えたいのは東銀座の件だ」
「はい、さすがお耳が早いですね。金目的だそうですが、簗瀬社長の裏には色々ありそうなので、
鮫山さんなら何かネタ仕入れていると思いまして、私も連絡するところだったんですよ」
「ふ〜ん、いいの、俺で」
「当時から相場が上がっていないといいのですが」

鮫山の情報はタダではない。金か情報かいずれかが必要だ。

「そういう問題じゃなくてさ。お宅のキャップ、相馬さんって言ったっけ？　俺らみたいなブラックジャーナリストとの付き合いを禁止しているんだろ」

「え？」

「知らないんだ。諸橋ちゃんも随分、今の社会部の幹部連中から嫌われているみたいだね。そういう情報はこっちが聞きたくなくてもペラペラ喋る奴がいるから耳に入ってくるんだけどさ。情報はコンプライアンス上、問題ない方法で取るのが今の時代の流れだってお宅の部長さんが言っているらしいね。もう、そんな方針じゃ、こっちは食ってけないよ」

諸橋はショックだった。嫌われていると言われたことではない。あんなヘマをした番組のプロデューサーがどの面下げて社会部で記者をやっているのかと言われるのは当然だ。かつてキャップまで務めたプライドはないのか、そう陰口を叩かれているのも仕方がない。ショックだったのはかつてのネタ元を、コンプライアンスを理由に切り、過去の担当者にもその事実を共有していないことだった。裏社会の情報を持ってきてくれる鮫山のような存在は貴重だ。時にフェイク情報を摑まされることもあり、扱いに困るような要注意ネタも多いが、新聞でもテレビでも警視庁や司法担当の記者は少なくとも数人のブラックジャーナリストとの付き合いがあるのが普通だ。

——コンプライアンス？　これも時代なのか……。いや、あり得ないだろう。

それに鮫山を切る決定をしたなら、組織上、繋がりがあった諸橋に一言入れるのが筋だ。それさえもしない組織と、断りすら入れてもらえない自分の両方に失望した。

「すみません、それ知らなかったです。相馬もできる奴なんですけどね。トラブル起こすなって上から言われたんでしょう」

「まあね、俺もいまだに組ともマフィアの連中とも適度にお付き合いしているからね。あと、半グレの奴らも付き合いは欠かせねぇ。昨日だってさ、歌舞伎町中で若いホストを探せって、鬼頭(きとう)組(ぐみ)の連中が必死になってさ。何事かと思って聞いたらなんてことはない、若いホストが寝た女が実は鬼頭組の若頭の女だったたって話でさ。半グレどもも盛り上がっていた。こんな話、別にニュースになるわけではないけど、すぐ使えないような情報でもどこかで役に立つもんさ。俺達と付き合っているとこういうこぼれ話的なネタも入るんだけどね。でも、若い記者さん達ってエリートだからあまり興味がないんだよね。だから上から言われて付き合わないっていうより、そもそも裏情報や裏社会に詳しい俺たちに関心がないのかもしれないね。こんなこと言うのは古いのかな？」

「鮫山さん、そういう話、私すごく興味があります！　もっと教えてください！」

　カウンター内の若い女性が目をキラキラさせて鮫山におねだりした。

「駄目だよ、ミサキちゃんはこんな危ない世界に首突っ込んじゃあ。それにホストになんてハマっちゃ絶対に駄目だよ、あいつらカスだから」

　ミサキは顔を膨らませてむくれている。

「私、ホストなんて大嫌いですから」

「よしよし、それでいいの。で、こっからは大人の話」

「はいはい、耳を塞いでますぅ」

　ミサキが二人から離れ、洗い物を始めたのを見届けて、鮫山は簗瀬拓人について語り出した。

「簗瀬拓人については以前から悪い話が囁かれていた。特に問題なのは女絡みだ」

「週刊誌の記事にもなっていますよね」

「ああ、簗瀬の女好きはＩＴ業界でも有名だ」

鮫島によると、簗瀬拓人は随分、西麻布や恵比寿のクラブやラウンジの女に金をばら撒き、そのうちの一人とは訴訟沙汰になったという。

「女に中絶させたというんだが、どうやらまたしでかしたらしい。俺の知り合いのところに暴露記事の持ち込みが来ている」

「また、中絶？」

「いや、今回の女は堕ろすことを拒否していて、産むと主張しているようだ。親権も自分が持つので金を出せというんだが、簗瀬拓人は渋っているようでね。ただ、誘拐とは関係はないと思う」

「女絡みではないならどんな奴が誘拐したんでしょうか？」

「誘拐の話は裏社会の一部で広まりはじめているが、有力な筋がどれかという程、俺は情報を持っていない。ただ、注目している奴はいる」

鮫山はコーヒーを飲み干すとタバコを取り出した。

「ツインズ・グループの総資産は株価に加えて自社ビルの価値を考えれば三百億円以上あるだろう。ただ、最近、本業のＩＴ事業の収益が悪化して、上海の投資集団が目をつけているという情報がある。これが真っ当な相手だったら問題なかったんだが、そうは問屋が卸さない」

「筋が悪い系というとマフィアですか？」

「ああ。名前が挙がっているのが上海のレッドストーングループだ」

レッドストーングループについては諸橋も聞いたことがあった。真っ当な商売ももちろんしているが、裏ではマフィアと繋がって、恐喝や脅迫をしているという。中でもウァー・シンというグループはレッドストーンの資金力を背景に中国本土だけでなくアメリカにも進出し、殺人や誘拐にも手を出している。歌舞伎町でも上海マフィアは昔からタチが悪い連中として嫌われているが、所詮、昔は拳銃をぶっ放したり、青龍刀（せいりゅうとう）を振り回すレベルだった。ウァー・シンはそんなレベルではない。

「アメリカでは機関銃やショットガンを使って対立組織を潰しにかかっているからな。あんな奴らが噛んでいる会社なんてロクなことがねぇ」

「機関銃やショットガンって、映画じゃあるまいし、日本では活動できないでしょ、そんな連中は」

　鮫山は首を振った。

「俺が上海筋から得ている情報ではウァー・シンの息がかかった連中がどうやらもう日本に上陸しているらしい。つい最近も潰れたキャバクラを居抜きして豪勢な内装を施した中国人向けのクラブができたらしいが、そのスポンサーがどうやら、そいつらじゃねぇかっていう噂さ。新宿のマル暴は手も足も出ねぇ」

　諸橋の鼓動が早まった。鮫山は外国人マフィア、とりわけ上海マフィアに太いパイプを持っている。鮫山の話は具体的だった。噂を軽々しく口にする男ではない。これまでの鮫山との情報のやり取りから考えれば、単なる噂ではなく、かなり核心をついた情報と捉えるべきだ。

　仮にレッドストーングループがツインズを狙っているとして、果たして狙いはＩＴ企業としてのツインズか、それともツインズ・ビルか。おそらく後者だろう。日本の土地は世界的に見れば割安で、コロナの影響を受けて廃業、転業した会社のビルを求めて中国の不動産屋が連日、銀座に商談に来ている。落ち目の動画投稿サイト目当てではあるまい。

「でも、上海マフィアが簗瀬社長の子供を誘拐したとして、彼らに何の得が？」

「買収のタイミングで揺さぶりをかけるのは向こうの世界の常套手段だ。誘拐された場所が本社ビル内の託児所であることから会社の株価を下げようとしているのかもしれない。連中が直接手を下している訳ではないだろうから、仮に失敗したところで痛くも痒くもない。大体、あいつらが十億円で誘拐しないだろう。簗瀬なら払えない額ではないしな」

上海マフィアといえば、その荒っぽさは諸橋も記事で読んだことがある。身代金目的の誘拐事件はこの十数年間起きていないが、それは日本人をターゲットにした場合で、外国人相手であれば数回事例がある。その手口は国境を越えていて、日本にいる外国人を攫い、本国にいる家族から金を奪うというものだ。本国にいる家族は日本の警察に相談しようにも、言葉の壁、国の壁で誰も頼れない。この手口で犯行を重ねているのが上海マフィアだという。彼らは金を奪うためなら、人質の指を切断するなど手段を選ばないだろう。

「メディアは簗瀬拓人を時代の寵児などとおだてているが、真の姿は親の代から築いた不動産でリッチな二世経営者だ。要はボンボンだよ。ツインズ・グループの総売り上げも不動産が三分の二を占めていて、動画投稿などＩＴ部門は実は大した利益は立っていない。妻の美優もバツイチでモデルってことばかりが書かれているが、財閥系の家柄だしな。最初から金には困らない夫婦なんだよ」

確かにツインズの売り上げの大部分を占めている不動産については、本社ビルから撤退する企業が相次いでいて、ここ数年は経営に黄色信号が灯っている状況だ。それに加えて動画投稿サイトは数年前までは広告収入が好調だったが、外資系の YouTube や TikTok の台頭でかなり苦戦しているといい、このままでは来年度の決算で赤字に転落すると鮫山は見立てを披露した。

「だから中国系資本が目をつけたと?」

「この数年、下がり傾向に歯止めをかけようと新規事業を立ち上げたり、グループの会社を随分リストラしたりしていたようだ。その不満もかなり溜まっているらしい」

「愛人に社内の不満分子、随分、恨まれている男ですね」

「金持ちなんてそんなもんだ。庶民が一番いい」

「庶民って誰ですか?」

鮫山は笑みを浮かべた。

この笑みを見れば、この男が対立する企業グループの番頭格を半殺しにした過去がかってあったとは思えないほどだ。この陽気な顔の裏に底しれぬ闇があることを諸橋は知っていた。

「恨まれているといえば、簗瀬拓人を一番恨んでいたのは誰だか知っているか?」

「中絶を強要された愛人ですか?」

「いや、あの女はそんなタマじゃない。慰謝料をがっぽりもらって、今では渋谷に小洒落たバーを開いている。どちらかといえば、簗瀬が被害者だろう」

「鮫山さん、それコンプラ的にアウトだから」

「ははは! ブラックジャーナリスト相手にコンプラを説くとは。面白いよ、諸橋さん」

「で、一番恨んでいたのは誰?」

鮫山は満面の笑みを浮かべた。

この笑みが出た時は必ず核心を突く情報を教えてくれる。

「父親だよ、先代の社長、簗瀬雅史(まさふみ)。社内に愛人を作って、セックスルームまで設けていたトンデモ親父だったが、不動産を見る目は確かだった。ただ、耄碌(もうろく)して引退させられてしまった。一説には認知症という話もあるが、社内でもそこら辺の情報は詳しく明かされていないようだ。いずれにせよ、親父が健在であれば本業が傾くことはなかっただろうよ」

メモは取らず頭に叩き込んだ。彼の目の前でメモを取ったことはない。重要なことを覚えられないような記者とは付き合わない、それが鮫山だ。

電話が鳴った。警視庁記者クラブからだ。諸橋は通話を終えると、中座しようと腰を浮かせた。

「急いで戻らなくてはなりません。報道協定を巡って会議があるんです」

「エターナルってネットニュースの件だろ？　協定解除か？」

諸橋は驚いた。鮫山は既にエターナルのことを知っている。

「いえ、そうとも言えないらしいです。そのエターナルですが、どうやら報道協定に加わりたいと言っているようで」

「なんだそりゃ？　それじゃあ、既存メディアと変わらないじゃないか」

「鮫山さんならエターナルにも知り合いはいるんでしょ？」

鮫山は首を振った。

「いや、ネットメディアには疎くてね。知っている奴がいたら紹介してくれよ。それで見返りはチャラでいいからさ」

「考えてさせてください。とにかく、上海絡みの情報があったら、教えてください」

「もちろんだよ、諸橋ちゃんに真っ先に知らせるよ」

警視庁に駆けつけるため、新宿通りでタクシーを捕まえようと諸橋は店を出た。ふと、振り返るとミサキにニヤつきながら話しかけている鮫山が店のガラス越しに見えた。

二〇二四年十二月六日　午後一時　種田由梨

昼過ぎから行われた捜査本部の会議は難航していた。報道協定が崩壊する可能性があるという重大事態を前になす術ないという状態だった。幹部からは「エターナルとの協議は慎重に行うように」という方針とも言えない方針が示されただけで、何の解決策も示されなかった。丸投げされた格好の広報課の管理官が汗をかきながら調整している姿を見ると種田は不安しか覚えなかった。結局、協定がない以上、エターナルの良心に委ねるしかない。

仮にエターナルが報道の自粛に賛同したとしても問題は山積していた。今後、誘拐に関する情報提供をどうするのか、一社だけ特別扱いすることを新聞協会各社と合意できるのか。そもそもエターナルが知ったということは、他のネットメディアが知っていてもおかしくない。それに悠斗ちゃん事件と同様、ＳＮＳで情報が流出することも考えられる。そのリスクは十四年間、変わらず存在していた。実際にいざ起こってみると警察が何も対応策を考えてこなかった事実だけが改めて浮き彫りになっていた。だが、誰もそのことに触れようとしない。

簗瀬拓人が大石班に提案した内容は捜査本部幹部には上がっている。だが、まだ会議で報告する段階までは至っていないため、ほとんどの捜査員は提案内容を知らない。簗瀬の提案内容は、ネットメディアも報道協定の枠組みに加えようというものだった。そのために簗瀬はもう警視庁に着いていて、警視庁の広報課長、捜査一課長を含めた幹部らと協議を重ねているはずだ。

会議では簗瀬拓人と交際していた人物が停電していた間にツインズ・ビル周辺の防犯カメラ映像に映っていたことが明らかになった。名前は犬塚（いぬづか）あゆみ。六本木のキャバクラ「イレブン」で、

「瀬奈」の源氏名でキャバ嬢をしていた。簗瀬社長によると交際はすでに終わっている。しかし、妊娠したと告げられ、弁護士を交えて話し合って金で解決を図ったものの、あゆみは納得していないため揉めている最中だという。女は翔太を迎えにロビーに降りてきた簗瀬拓人に接近しようとしていたとも推測され、現在、任意での事情聴取を受けているらしい。

防犯カメラ映像には翔太が連れ去られた姿はなく、男児を入れて運び出したと思えるものも映っていなかったが、カメラには死角がいくつもあった。その上、建物内は捜索し尽くされていた。そうなると後は停電の最中に外に連れ出された可能性しか残らない。

その停電に関して重要情報が報告された。科捜研から派遣された職員だ。

「館内の送電システムに異常は見られませんでしたが、ビルのサーバーを調べたところ、外部からハッキングされた形跡が見つかりました」

職員の発言に一課長は目を剝いた。

「ハッキング？」

捜査本部内からもどよめきが起こった。

「ツインズ・ビルはサイバーセキュリティーもしっかりしていたんだろう？」

「ハッカー集団の犯行ってことか！　単独犯の犯行じゃないかもしれないな」

「外国人の可能性もあるんじゃないか？」

「内通者がいないとこんなことできんだろう！　職員の身元調査はどうなってる！」

会議の模様を簗瀬邸で聞いていた刑事たちも驚きを隠せないでいた。種田はこの後に予定している美優との会話が一層重要に思えてきた。会議前に美優から個人的に話したいと相談されていたのだ。

会議が終わり、美優とは寝室で二人だけで話すことにした。告白された内容は愕然とするものだった。犯人からの最初の電話で警察に明かしていないメッセージがあったのだ。


「お前の息子を誘拐した」

「誘拐？」

「四十八時間以内にビットコインで十億円分を用意しろ」

「そんなこと急に言われても、それより翔太は無事なんですか！」

「早くしろ、時間がないぞ。息子の命が大切なら旦那に連絡しろ。また電話する」


これまで簗瀬夫婦から伝えられていた誘拐犯とされる人物からの電話連絡は以上だった。だが、このやりとりには続きがあった。


「あと、もう一つ要求がある」

「何でしょう。息子は無事なんですか？」

「お前、オレオレ詐欺じゃないかと疑ってるな？　おい、ママだぞ」

「お母さん！」

「翔太！　翔ちゃん、どこにいるの？」

「助けて！　助けて！」

「わかっただろう。本物の誘拐だ」

「なんでこんなことをするんですか！」

「お前の旦那に伝えろ。十四年前に何があったか、自分が何をしでかしたかを日本中にわかるよう、ネットで公開しろ」

「え？　夫が何をしたって言うんですか？」

「聞いてないのなら旦那に聞け」


電話はここで切れたと話し終わった直後、美優は堰を切ったように泣きだした。

「十四年前に起きた児童誘拐殺害事件で夫がとんでもないことをした、そのことを公表しろというんです」

十四年前の事件といえば、佐久間悠斗ちゃん殺害事件だ。結末の悲惨さと共に、この事件を強く記憶に留めさせているのは誘拐に関する情報がＳＮＳで事前に漏れ、報道協定が成立しなくなってしまったためだ。特殊班に異動になった際にこの事件の顚末は誰に命じられるまでもなく勉強している。

「とんでもないことって何なんですか？」

「夫は当時ブロガーで、誘拐事件のことをブログに書いてしまい、そのことで誘拐された子供が殺されてしまったというんです」

――簗瀬社長が山下コースケだった？　何でこんな重要なことを黙ってたの、この馬鹿夫婦は！

美優は泣きながら説明を続けた。

「夫は自分が山下コースケであるのは事実だと話してくれました。私はそのことを要求通りに公開してとお願いしたんですが、ちょっと考えさせて欲しいと言って、警察に言わないようにと釘を刺されたんです。でも、私、不安で不安で……」

美優が嘘をついていないのなら犯人の真の要求は金ではないことになる。

種田は「大丈夫よ、きっとお子さんは帰ってきます」と言って背中をさすりながらも、泣いている女の表情を冷静に観察した。嘘をついているようには思えないが、女の涙が当てにならないことは同性である自分が一番わかっている。

彼女の話が終わった後にはさすがに事態の重さに語気がやや荒くなってしまった。

「どうして、そんな大事なことを私達に言わなかったんですか！」

「主人は犯人が亡くなった悠斗ちゃんの父親だって言い張るんです。山下コースケ、すなわち自分への復讐を考える人間は、父親の佐久間宗佑以外考えられないって。父親が犯人なら、復讐のために自分の子供と同じような年の子供を手にかけるとは思えない。次の要求が来るまで考えさせてくれって」

「お子さんの命を何だと思っているんですか！　そんなのただの思い込みじゃないですか！」

「思い込みって、違うんですか？」

美優はオロオロしている。まさか刑事に怒られるとは思わなかったのだろう。本当に愚かな夫婦だ。物事の道理をわかっていなさ過ぎる。今後のためにもここは強めに注射を打っておく必要がある。

「犯人と決めつける前に悠斗ちゃんのご両親がどこで、何をしているか確認されましたか？　もし、別の誰かが容疑者だったらどうするかお考えになったんですか？」

「いいえ、そんなこと思いもしなかった」

美優はわんわん泣いている。事件が解決したら警視庁宛に抗議が来るかもしれない。だが、言わないわけにはいかなかった。それに、この女はまだ真実を全部話していない。種田は嘘をつく人間を見抜くのが得意だった。

「まだ話してないことがありますね？　美優さん。本当のことを言ってくれないとお子さんを救出できませんよ」

美優は暫く黙っていたが、意を決したように喋り出した。

「だから私、グループ企業の警備会社に相談して連絡したんです」

「連絡？」

「はい……」

「誰にですか？」

全部を話してベッドに座り込む美優を置いて、種田は応接室にいる大石班長に報告するため部屋を出た。本当に呆れた夫婦だ。二人で嘘をついて、子供の命を危険に晒していることに気がついていない。だが、事態を客観的に見る必要もある。夫婦が考えたように、現時点で一番疑わしいのは十四年前の誘拐事件の遺族関係者、特に両親だろう。種田が大石班長に報告するために応接室に移動しようと部屋を出かけた時だった。

「きゃああああああ」

美優の悲鳴が鳴り響いた。

二〇二四年十二月六日　午後二時　諸橋孝一郎

諸橋は警視庁十階の会議室に呼ばれていたが、その前に記者レクの会場をのぞいてみた。講堂には記者やカメラマンが三十人ほど待機していた。事件発生からほぼ一日が過ぎて、警視庁側が状況説明するレクは三時間おきに行われていた。最初と次の二回目こそ話す内容はあったものの、犯人からの二回目の要求がないため、三回目以降は五分で終了していた。そんな会見を引きずってか、スタンバイ状態のカメラマンたちは気だるそうな雰囲気を隠そうともしない。コンビニの弁当を食べている者、ひたすらスマホをいじっている者、目を瞑って寝ている者もいる。

　諸橋は捜査本部が置かれている警察署ではなく、警視庁本庁舎でレクを行っている状況をおかしいと考えていた。警視庁からすれば捜査本部で喋るのも本庁舎で話すのも一緒だろうということだろうが、記者の性として、できるだけ現場の近くにいたい。現場でしか味わえない雰囲気を感じ取ってこそ、生き生きとした原稿が書ける。諸橋はそう信じていた。

　十階を訪れると、警視庁に拠点を置く記者クラブの代表二人と警視庁広報の蓮見係長、室橋広報課長がすでに待っていた。まもなく、現場代表として捜査一課のナンバー2である理事官、そしてキャリアである刑事部参事官が来て、エターナルへの対応を協議することになった。

　警視庁には記者クラブが三つある。朝日、毎日、読売、東京、日経、共時の新聞・通信社六社が加盟する「七社会」、ＮＨＫ、産経などが加盟する「警視庁記者倶楽部」、そして東京中央テレビなど民放各社が加盟するのが「ニュース記者会」で、これらが便宜上まとめて「警視庁記者クラブ」と呼ばれている。それぞれが毎月幹事社を決めていて、今月、ニュース記者会の幹事になっているのが東京中央テレビだった。本来は相馬キャップが出席するはずだったが、相馬は昨夜から熱を出して記者クラブに出勤できずにいた。サブの小峯が記者クラブから離れる訳にもいかず、「本社総務担当」という肩書きで、かつてキャップだった諸橋が担ぎ出されたのだ。本社総務担当なる肩書きは丸山部長の発案で急遽できたお飾りだったが、元キャップの肩書きは警視庁広報には効果絶大だった。

「諸橋キャップ、お久しぶりです！」

会議室で出迎えたのは係長の蓮見だ。蓮見は諸橋のキャップ時代も広報で働いていたが、当時は巡査部長だった。昇進試験を無事パスして警部補となり、係長になったという。警視庁は階級社会だ。昇進で全てが決まると言っていい。巡査の次は巡査部長、そして警部補、そして警部。ノンキャリの叩き上げの警官のなかで警視長まで上り詰めるのはごく僅かだ。この階級社会のルールが記者クラブにも適用され、キャップが向き合うのはトップの警視総監、一課長に夜回りできるのは一課の「仕切り」と呼ばれる記者だけだ。記者クラブでキャップを経験したということは総監と話せる立場であったということで、警視庁、特に記者の対応をする広報課ではリスペクトされる存在になる。

「エターナルからは、警視庁に詰めている記者クラブと同等の情報を得られれば報道を自粛するとの申し出が記者クラブと警視庁双方に伝えられています」

蓮見係長が冒頭、エターナルについての最新情報を出席者に伝えた。すると、幹事社である大手通信社のキャップが口を開いた。

「それはちょっと都合良すぎないですか？　記者クラブは警視庁と培ってきた信頼関係で、取材、報道の規制というメディアにとって一番重要な権利を条件付きで制限しています。特に誘拐事件については人命尊重の観点から慎重さが求められるんです。昨今、記者クラブ批判もある中であくまで例外的な措置です。そうした積み重ねで得てきた枠組みに、ぽっと出のネットメディアを入れるのは流石にいかがなものかと思いますが」

「では、あなたはエターナルが記事を書いてしまってもいいと。そうなれば報道協定は崩壊する。

誘拐された男児の命はどうなってもいいというんですか？」

挑発的な言い方をしたのは捜査一課の理事官だ。ノンキャリの叩き上げで、記者対応も厳しいと噂で聞いたことがあった。キャップはそう聞かれるのを想定していたようだった。

「どうなってもいいとは思っていません。ただ、一つ例外を認めると次も認めなくてはなりません。報道協定はそんな簡単なものではないと言いたいんです」

「それはそうかもしれないが」

キャリアの参事官が口を挟んだ。刑事部付きの参事官になる前は在外公館（ざいがいこうかん）に勤務していたはずだ。

「そんな論理が通じるのは日本のマスコミだけですよね。記者クラブの仕切りを重んじているようですが、海外では記者クラブなんてものはそもそもありません。それでも誘拐事件が起きた時にはきちんと広報対応がなされている。あまり情報の出し口を絞ると、エターナルを入れないのは独占禁止法に抵触するという議論になりかねない」

「記者クラブの廃止論は今、ここでするべきテーマではないんじゃないか」

責められたキャップが憮然として答えた。だが、キャリア参事官はさらに畳みかけた。

「エターナルは元々、韓国の会社だというじゃないか。その外資系メディアが記者クラブの仕切りに従うと言ってるんだ。決して理不尽な申し出とは言えないのでは？」

言葉遣いは丁寧だが、その内容は厳しい記者クラブ批判だ。在外公館勤務時代に記者クラブがない実情を目の当たりにしていたとすれば、そうした考え方になるのは自然だ。だが、諸橋は持論があった。

「ニュース記者会幹事の東京中央テレビの諸橋です。参事官のおっしゃられたことは一理あるかと思いますが、根本的に海外と日本とでは違う土壌があります。第一、報道協定は被害者を守るためにできた制度ですが、海外では協定自体そのものが存在しておらず、自由に報道されていま す。報じたことでメディアが非難される場合もありますが、被害者側も日本とは比べ物にならないほど自分の責任で発言します。被害者を守るという考え自体が日本独特の文化で、それが故に報道管制ともいうべき報道協定が必要になっていると思います。そうした文化の違いなくしてこの議論は進みません」

刑事部の理事官が一同を見渡した。

「俺は海外と日本の違いなどどうでもいい。大事なのは被害者家族のメンタルケアだ。今、エターナルが野放しのままになれば、誘拐が報じられる可能性は高まる。それに、誰が喋っているのか知らないが、他のネットメディアもいずれ知ることになるだろう。報道協定のあり方を問うのは事件が終わってからやればいい。今やるべきことはエターナルを野放しにするかしないかの決断だ」

半時間ほど侃々諤々の議論が続いた。事前に議論は三十分以内と決めていた。何が起こるかわからない状況で議論のために一時間も割いてなどいられない。結論はエターナルを臨時の措置として会見に入れる、その代わりに新聞協会で定められた規約に従って、協定を守る誓約書にエターナルの報道責任者がサインすることで合意した。

「要はネットメディアの連中も自主的に報道協定のようなルールを作ればいいんだ。ネットニュースビジネスができて一体、どの位の時間が経っているっていうんだ。こんな事態はとっくの昔に想像できただろう。十四年前にすでに最悪の事例を見てきたじゃないか」

別の社のキャップが語気を強めて発言した。皆が頷いた。諸橋も同じことを考えていた。報道協定のあり方自体は理事官の言うように今、長々と議論するものではない。重要なのはネットメディアに一定の歯止めをかける方法を模索することだ。それで問題が全部解決するものではないが、仮にネットメディアが自分達でルールを作れば日本の会社が大半なので大体が従うだろう。

決められた時間はすでに過ぎようとしていた。広報課長が立ち上がって発言した。

「時間になりました。エターナルが報道協定に加わることで合意したということで、この会議は終わりとし、ネットメディアの自主的なルール作りは今後の課題とさせていただきます。取り敢えず、今回、取材を申し出てきたエターナルのみに対応し、業界全体でどうするかはこの場で話し合うのは適当でないということがこの会の結論ということでよろしいでしょうか?」

皆が頷いた。それぞれが立ち上がり、会議室を出た。諸橋は記者クラブに向かった。今はクラブ員ではないが、小峯がいるおかげで気軽に立ち寄れる。

だが、諸橋のすることは何もなかった。かつてキャップであっても今は違う。報道協定に関しては現キャップの代打ちとして、警視庁や他社との会議に出たが、記者クラブのスペースでは単に邪魔者だった。記者クラブでは各社がワンルームマンションほどの空間を専有している。だが、キャップ以下、十名ほどの記者がいるため、全員が入るとかなり狭い。歴代の記者が保存してきた資料も定期的に捨てたり、データ化してクラウドに保存しているが、それでもかなりのスペースを占めていた。クラブ員でもないロートルがいる場所はない。

キャップの相馬が不在中、サブの小峯が記者クラブをまとめていた。小峯は丸山部長、遠藤筆頭デスクという諸橋にとってはやりづらい面子が仕切る社会部の中では気心も知れている。だが、若い記者達はそうではなかった。諸橋のことが嫌いだとか、部長らに干されているから近づきたくないという問題でもなかった。二十代、三十代の記者達は諸橋に関心すら示さないのだ。

きっかけを作ろうと、簗瀬社長の愛人にまつわるスキャンダル話や、ツインズが買収されるかもしれないというネタを披露したが、誘拐事件の中心的な担当である一課担当の記者も、企業犯罪ネタなどを扱う二課担当の若手記者も共に関心を示すことも質問することもなかった。

「容疑者かどうかわからないのに、無闇に突っ走っても時間の無駄じゃないですか。それより、警視庁の発表を待って、一気に関係者を当たった方が効率的です」

数年社会部で経験を積んだはずの記者からして、当局の発表を待てばいいという受け身の姿勢だったことは諸橋に衝撃を与えた。

諸橋に見向きもしない若い記者達を見ながら、ふと一人息子のことを思い出した。社会人の先輩として組織の中で立ち回るにはどうしたらいいか、上司との付き合いを適度にこなすコツなど小手先のテクニックは伝授したかった。だが、慎也から話しかけてくることはなく、きっかけを見つけて話そうとしても「うるせぇよ！」と拒否されるだけだった。妻の洋子にそのことを愚痴ったら「誰だって信頼関係がない相手から説教されたら嫌でしょう」と一蹴されてしまった。

確かに小学校時代に不登校になりかけた時、諸橋は警視庁キャップで悠斗ちゃん事件、そして翌年の東日本大震災などを抱え、小学校での面談は全て妻任せ、高校で留年して大学を探そうというタイミングでは担当番組でやらせ事件が起きて、これまた洋子に頼りっきりだった。もちろん良い思い出もある。一緒にプラモデルを作り、サッカーを教えていた時期もあった。だが、楽しい思い出は年々霞がかかったようにぼんやりとしてしまっている。年のせいなのか、最近気弱なせいなのかはわからないが、自分ではなす術がなかった。

そして昨日も心療内科の受診に付き添うはずだったのにドタキャンしてしまった。今朝は起きて、まだ洋子とも昨日の件を話せていない。洋子が怒っている時、ＬＩＮＥは既読スルーされることが多い。昨夜から相変わらず反応はない。慎也とは再び話せるようになるきっかけが欲しい。だが、それがどのようにすればできるのかわからなかった。記者クラブの若手と話せないのも同じだろう。お互いに接点がないから信頼関係もない。

「何だと！」

「おいおい、最悪だ！」

ブースの外が突然騒がしくなった。記者クラブの各社のブースにはドアがない。カーテンがあるだけだ。個室というより、警視庁に詰めている記者達の待機場所ともいえる場所で、何かあった時に広報が各社に一斉に連絡する時、いちいちドアを開けていられないからだ。だから内緒話がしにくく、機密度が高い話がある時は廊下に出たりするなど不便なこともある。だが、各社の雰囲気を知るには最適な環境だった。

騒がしくなった理由はすぐにわかった。東京中央テレビの記者クラブの卓上電話が鳴った。電話を取った小峯の顔が厳しくなった。相手はおそらく捜査一課にいるネタ元だろう。電話を終えると小峯は若い記者、そして諸橋に犯人から二回目の連絡があったと伝えた。

「誘拐された男の子の安否に関わるレクになるようだ」

「何だって！」

「それってどういうことですか！」

記者達が次々と小峯に質問する。

「わからん。だが、何かエグい写真が犯人から送り付けられたようだ」

その直後、記者クラブのカーテンの外から大声がした。

「至急、お知らせです！　犯人から二回目の連絡がありました！」

カーテンを開けると広報課の腕章をつけた職員が記者クラブの共有スペースに飛び込んで来ていた。

皆、各社の記者が職員に詰め寄る。

「新たな要求は？」「入電はいつだ？」「人質は無事か？」

だが、職員はどの質問にも答えようとしない。

「取り急ぎ、次のレクまでお待ちください。ただ、今回は容疑者から被害者家族に画像が送られて来たようです」

「すぐ行け！」

小峯が怒鳴る。諸橋は若手の記者二人に続いて会議室を出た。記者レクが行われる十八階に向かうため、非常階段を駆け上がった。

第四章

事件発生二日目　二〇二四年十二月六日　午後二時三十分　諸橋孝一郎

二回目の連絡

「金は準備できたか？
締め切り時間が迫っているぞ。
約束の時間を忘れていないだろうな。忘れないよう子供の写真を送ってやる。
警察に話さない分別はあると思ったが、違ったようだ。
報道協定があるから、事件のことは知られないと思っているなら大間違いだ。
情報は必ず漏れる。
事件が報じられた時点で子供の命はない。
写真が我々の覚悟の証しだ。
お前たち、覚悟しておけ」

諸橋も会見場となる会議室で席を確保した。息は切れていたが、目眩がするほどではない。五十歳を過ぎても体力には自信があった。

——まだ若い者には負けないさ。

百はあるパイプ椅子はあっという間に満杯になった。壇上で、若い男が白い紙を持って立っている。幹事社である東京中央テレビのカメラアシスタントだろう。カメラのホワイトバランスをとるためだ。各社のカメラマンがフラッシュやライトを一斉に照らす。先程の気だるさはどこかに吹き飛び、会議室は異様な熱気を一気に帯びてきた。記者達はノートパソコンを開いて刑事総務課長が来るのを待っている。メモはすぐにクラウドで自社のクラブ員、そして本社の社会部デスクに共有される。諸橋を含めて三人の記者が会見を聞く体制だ。二人は諸橋のことを一瞥もせず、最前列に並んで陣取っていた。

レクの開始予定時間と同時に刑事総務課長、そして広報課長が講堂に入ってきた。広報課の職員が資料を記者達に配る。記者たちは一斉に職員の元に駆け寄り、資料を引ったくった。さながら、号外に群がる人たちのようだ。

「資料は十分な数だけあります。落ち着いてください！」

職員の言葉は届いていなかった。皆、殺気立っている。今回の犯人の連絡で何か尋常ではないことが起きたと気づいているのだ。資料は一枚のみだった。被害児童の母親にメールで送られてきたというメッセージの文面が書かれているだけだ。資料が配り終わったのを見届けてから刑事総務課長が話し始めた。

「まず、今回の事案について現在、各記者会とは報道協定を結んでいるところでありますが、今回、新たにネットニュースサイト、エターナルについて警視庁が同様に協定を結んだことをご報告させていただきます。詳しい経緯は記者クラブの幹事社から説明があったと思いますのでこの場では割愛させていただきます」

刑事総務課長が話を続けた。

「では、犯人グループと見られる人物から送られた新たなメッセージについてご説明します。誘拐された翔太くんの母親、美優さんのスマホにメッセージが送られてきました。送り主は不明、メッセージの内容は『約束の時間を忘れていないだろうな。忘れないよう子供の写真を送ってやるよ』というもので、添付ファイルで写真が送られていました。映っていたのは子供の小指と思われるものです」

「え！」「嘘っ！」

記者の中から悲鳴が上がる。

「画像を分析中ですが、誘拐された翔太くんのものか、本物の指かは不明です。以上」

一斉に手が挙がる。

「もっと詳しい状況を！」

「写真が子供のものと判断した理由は？」

「翔太ちゃんが負傷していると判断を？」

「なぜ、犯人は期限前に指を送りつけたんですか？」

質問の度に刑事総務課長は「これ以上詳しい状況はお答えしかねます」とだけ答えた。諸橋はげんなりした。

——捜査経験がろくにないんだから、答えようがないのは当たり前だろ。

レクで対応している刑事総務課長は警察庁出身のキャリアだ。いつでも冷静さを保つことで知られ、記者の応対も安定しているとの評判だった。だが、所詮、捜査経験はほとんどないお役人だ。簗瀬夫婦の表情などディテールが何もない。これでは記事を書きようもない。

「失礼します！　エターナルです！」

全員が声の方を向いた。諸橋にはその声に聞き覚えがあった。この数年、交流は絶えていた関東テレビの元キャップ、緒方だった。

――エターナルに転職していたとはな。

「エターナルの緒方です」

「君は確か関東テレビでキャップをやっていたな」

「今はエターナルで記者をしております。記者会見に臨席させていただき、ありがとうございます。ここにいる記者の方々にも感謝しております」

丁寧な言葉遣いだが、言い方がやや鼻についた。かつての警視庁キャップ時代のライバルがどんな質問を繰り出すのか、諸橋は固唾を呑んで見守った。

「我々が持っている情報ではこの小指は間違いなく、簗瀬翔太くんのものだということですが、コメントをいただけますか！」

ざわめきが起こった。刑事総務課長は「詳しい状況はお答えしかねます」と何度となく述べている。それなのに緒方はあえて喧嘩を売るような質問の仕方をしている。緒方はさらに畳み掛けた。

「指を送りつけるという行為は日本人離れしていて、どこか海外の犯罪集団の匂いさえ感じさせます。その辺の情報はないんですか？」

――緒方には何か隠し球があるのか？

だが、刑事総務課長は「お答えしかねます」を連発するだけだった。レクが終わった後で、諸橋は緒方に近づいた。

「緒方さん、久しぶり」

「おお、モロさん、久しぶりだね」

「エターナルに転職していたんだね」

「まあね。実績主義のネットメディアは俺には肌に合うよ。給料もだいぶ上がったよ。モロさんも社内で不遇って聞いたよ。うちに来ないか？　口を利いてあげてもいいよ」

かつての関西弁を交えて、愛嬌があった頃のイメージからはかけ離れた物言いだった。

「考えておきます」と社交辞令を言うのも鬱陶しく、何も言わずに緒方を残して会議室を出た。

――こんな奴には絶対負けたくないな。

二〇二四年十二月六日　午後二時過ぎ　種田由梨

急遽、自宅に戻るよう要請され、リビングで「写真」を見た簗瀬拓人は顔面が真っ白になっていた。

「ふざけんな！　イカれてる！　早くあいつを捕まえてくれよ！　佐久間宗佑が犯人に決まってる！」

美優は画像を見て半狂乱になっていた。寝室で泣き叫んでいる。

「翔太に危害は及ばないって言っていたじゃない！　話が違うわよ！　さっさと金払って、要求飲んじゃってよ！　期限、もうすぐきちゃうわよ！」

犯人の要求する四十八時間までもう二十四時間を切っている。夫がなだめるが、かえって逆効果だった。

「落ち着こう！　これが翔太のものと決まったわけじゃない」

「なんでそう言い切れるの！　いい加減なことを言わないで！」

——自業自得だわ。

警官としてこんなことを思うのは失格だと思いつつ、簗瀬拓人に同情する気にはなれなかった。

美優が激怒するのは当然だ。二人を寝室に残したまま、対策班のメンバーは応接室で急ぎ協議した。種田は美優のメンタルを心配していた。もう限界点を超えかけている。

「捜査本部の今後の方針はどうなっています？」

「さっき、管理官に聞いたが、捜査本部も佐久間悠斗ちゃんの父親、宗佑から事情を聞くべく所在を探しているようだ」

「ちょっと待ってください！」

種田は思わず叫んだ。

「確かに悠斗ちゃんが誘拐されたことをネットに上げたブロガーだった簗瀬拓人を恨むのは分かります。ですが、自分の息子を殺された父親が他人の子供を誘拐しますか？　しかも指を切断したような画像を送りつけるなんて、日本人の犯罪とは思えません。まるで外国のマフィアの手口です。そっちの可能性は探らないんですか？」

「私も種田巡査部長に賛成です」

網島圭吾（あみしまけいご）、一番若い刑事だ。まだ二十代で経験は浅いが捜査一課きってのホープだ。

「建物内から忽然と姿を消した謎もあります。電源が切られた中で行われたことを考えれば、ツインズ内に内通者がいるのは間違いない。佐久間宗佑一人でそんなことができるでしょうか？」

大石はいたって冷静だった。

「もちろん、一人ではないだろう。そもそも、佐久間宗佑が一人でやったとは誰も考えていない。病院の理事長だった男だ。金はある。内通者や実行犯を雇っているという考えもある。みんな、冷静になるように。どんな人間も変わる。あの人だから人を殺さないという先入観は禁物だ」

「ちょっと待って『理事長だった』ですか？　佐久間宗佑はもう理事長ではないんですか？」

種田が知らない事実だった。大石が頷いた。

「彼は理事長の座を昨日で正式に辞している」

一同が息を呑む。

――昨日、辞めているということは……。

「そうだ。捜査本部としては佐久間宗佑がホシである蓋然性が最も高いと判断している。それに、なんと言っても今日は息子の命日だ」

――そういう話なら佐久間氏を疑うのも当然だわ。

「すでに自宅に捜査員が向かったが誰もいない。捜本は重要参考人として引っ張ることも考えているようだ。令状を請求して自宅に入れるよう担当検事とも話しているところだ」

「記者への対応はどうなっていますか？　犯人が簗瀬社長に山下コースケだったことを白状しろと迫っているのは記者にレクしたんですか？」

いつまでも伏せたままではいられる訳がない。だが、大石の口から出たのは予想もしない方針だった。

「警察庁とも協議した上で、その部分を除いた文面と、送られてきた写真についてのみメディアに開示する」

信じられない思いで種田は大石に抗議した。

「まずいですよ、班長！　こんな重要なことを明かさないなんて。後でバレたらどうするんですか？　大混乱を招きますよ！」

「俺に言われてもなあ、これはすでに上が決定したことだ。だけど、それにも一理ある。山下コースケの正体を明かして復讐することがこの誘拐の動機でしたと明かせば、犯行動機を持っているのは被害者遺族だと誰もが結びつける。万が一、この情報が外に漏れたら皆が佐久間宗佑を探そうとするだろう。これでは事実上の公開捜査になってしまう。翔太君に生命の危険が及ぶリスクも限りなく高まる。その意味で仮に俺が警視総監でもその情報は明かせない」

そんな説明で種田は納得しなかった。

「だから、情報漏れを防ぐために報道協定があるんじゃないですか！　漏れるとまずいから隠すのでは、そもそも協定の意味がありません」

「でも、この情報は犯人であることを如実に示す秘密の暴露になる。公判維持(こうはんいじ)には不可欠だ」

――はぁ、何だそれは。

それは捜査側にとっての理屈だ。それはまさに今から四十年以上前に当時の兵庫県警本部長に記者が苛立った理由と同じだ。報道協定を結んでいる以上、メディアとの信頼関係を損ねないよう情報は努めて明らかにする必要がある。実際、過去の誘拐事件では被害者の父親にかかってきた電話内容の詳細まで明らかにされている。一九八〇年に兵庫県宝塚市で起きた児童誘拐事件では、犯人からかかってきた八回の通話の模様を兵庫県警は記者会見で事細かに発表していた。だが、発生当初は警察も公判維持を理由に概略しか発表しようとしなかった。種田は特殊班に異動になった時に事件の詳細をまとめた本を熟読していた。特に七回目の会話はその生々しさから一言一句を覚えていた。

七回目の通話記録

犯人「警官らしい男が来ているではないか。金も持っていけんし、子供も連れていけん。早く警察をのかせるようにしろ」
父親「そんなことはありません」
犯人「店が閉まったら外で待っておれ」

公判維持を盾にする警察幹部に、当時の記者が言葉遣いや方言まで正確に警察が説明しないとレクの内容に信頼感が持てないと迫るシーンは、本の中で一番印象に残っている。

記者「公判維持より、被害者の命と、警察の信用が大事ではないでしょうか。これが外に漏れたら警察は終わります」
警察幹部「そんな大袈裟な……」

種田も警察の一員である以上、情報を全部開示したくない警察側の事情も理解できるが、決定的な情報を開示しないと協定維持の根幹に関わることをその本で学んだ。だからこそ上の決定が俄かには信じられなかった。頭の先からつま先まで「お役人」の大石にはどう説明しても理解してもらえなさそうだった。それに班長を納得させたとしても、大勢には全く影響はない。所詮、現場のノンキャリが不満を言い立てたところで何も変わりはしないのだ。

種田の脳裏にある思いつきが浮かんだ。今まで自分のルールで決してしてこなかったことだ。

——彼女に連絡してみよう。

ある女性記者の顔が思い浮かんだ。種田は記者と個人的な付き合いはしないようにしていた。家族がいる家に記者が朝や夜来ては平穏な暮らしは営めない。それに職務上知り得たことを外に漏らすのは倫理上問題だと思っていたし、メリットがあるとも思えなかった。だから記者の名刺はもらっても捨ててしまっていた。

二人だけ例外がいた。一人は東京中央テレビの男性記者。昔、警視庁担当の記者だったが、今は高齢者虐待などのテーマを調査報道しているといい、ある高齢者の死亡事案で情報交換したことがあった。こちらの家庭事情を考慮して、家に押しかけてくるということはなく、きちんと一線を守ってくれた。もう一人はその男性の後輩で、個人的に気に入った女性記者だ。その記者は若くて正義感が強かった。弱者に寄り添う記事を書き続けたいという信念を持っていた。その信念が貫けないという理由でテレビ局を辞めてしまったが、その心意気は印象に残っていたので名刺を今も持っていた。

最後に会った時は別の会社に転職して記者を続けていたが、「優秀な記者ばかりで大変なんです。実力主義だから、成果を挙げないと本当にクビになりかねません。外資って厳しいですね」

と泣き言を言っていた。

――上の方針はどうかしている。メディアに内々にでも知らせておくべきだ。そうすれば、一部の良心ある者が事前に伝えられていたという事実は残る。それに漏らしても彼女なら事件が解決するまでは記事にすることはない。

手帳に彼女の連絡先をメモしていた。

「エターナル　記者　アン・ジヒ」

何度か見慣れない番号の着信履歴があったがアンの電話番号と一致していた。

――ちょうどいい。向こうもこっちに連絡しようとしていたんだ。これは運命ってやつよ。

目当ての在日韓国人の記者の連絡先をスマホに登録した。スマホをハンドバッグにしまい、寝室のドアの前で中の様子を探る。中からは相変わらず美優の泣き叫ぶ声が漏れていた。しばらく出てこないだろう。種田はトイレに行くとスマホを取り出し、アンに送るメッセージを入力し始めた。

「おい、待ってくれ！　困るんだよ！」

メッセージを打ち終わろうとした時、ドアの外が騒がしくなった。メッセージを送ってトイレから出ると大石が不愉快そうな顔をして立っていた。

「どうしたんですか？」

「どこまであいつに振り回されなくちゃならないんだ。被害者の親だからって、何をしてもいいわけじゃない」

「どういうことですか？」

「簗瀬社長が外出してしまったんだ。警視庁にまた行くってよ」

「大丈夫ですか、メンタルが心配ですが」

「山下コースケの件はまだ外に漏らさないでくれと釘を刺した。社長もそこは了解してくれた」

「だけど、自分が山下コースケだと明かさないと子供が傷つけられる可能性があるっていうのによく同意しましたね」

「佐久間宗佑の身柄を今、探しているところだと話したら、事件がまもなく解決すると思ったんだろう。納得してくれた」

「でも、奥さんは？」

「そこが問題だ。早く公表しろとまだ大騒ぎしている。公表したところで解放される保証はどこにもないのにな。種田、何とかしてくれ」

「わかりました」

「頼んだぞ。今、犯人から電話でもかかってきたら、とても話せる状態ではない。何とか落ち着かせてくれ」

簡単に言ってくれる。だが、これも仕事だ。種田はアンに送ったメッセージのことは一旦忘れて、美優のケアに専念するため、寝室のドアを再びノックした。

二〇二四年十二月六日　午後三時　諸橋孝一郎

「ちきしょう！」

諸橋は感情を爆発させた。若い記者達がビクッとして、何人かが諸橋のことを見た。

「子供の指を切るなんて、何て奴だ。まともな神経じゃない。捜査本部は容疑者像をどう考えているんだ？」

捜査一課の仕切りの記者に視線を向けると、慌てて目を逸らした。警視庁本庁舎の捜査一課長室や一課の大部屋には会見が終わって誰もいない。皆、捜査本部にいるからだ。捜査本部がある渋谷警察署に記者は出入りを禁じられている。記者が記者クラブに留まっていること自体が報道協定下の取材の難しさをまさに体現していた。

小峯が後輩の記者達に指示を与えた。

「指の件から考えても、これは怨恨の線が強いと思います。簗瀬社長に恨みを持つ者をもう一度洗い出さなくてはなりません。今日の夜は各自、徹底して捜査員宅を夜回りすること。捜査本部がある渋谷署に泊まって帰っていない刑事が大半だと思いますが、それでも今のご時世、自宅に帰ってくる刑事もいるはずです。今日は家に帰れないかもしれませんが、よろしくお願いします」

「はい！」

若い声がユニゾンしてブース内に響く。誰もが徹夜になる覚悟をしていた。

諸橋は別のことを考えていた。簗瀬に恨みを持つ者、その最有力は佐久間宗佑に他ならない。

——でも、誰がなんと言おうと佐久間宗佑の犯行ではない。彼がこんなことをするわけはない。

諸橋は佐久間宗佑と交流する内に、純粋に子供を失って悲しむ父親としての姿をこの数年見てきた。長い時間話したことは一回しかないが、彼の人格は理解しているつもりだ。宗佑が誘拐をするような一面を持っていたとも、ましてや子供の指を切るという蛮行に走ることなど全く考えられなかった。

その一方で、佐久間のメールと同じタイミングで誘拐事件が起きていることは決して偶然とは思えない。諸橋は偶然を信じなかった。

――自分は予断を持ちすぎているのではないか。

会って確かめたい。いや、その前に小峯には話しておくべきなのではないか。小峯に打ち明けようとした時だった。諸橋のスマホが振動した。慌てて話しかけるのを止める。

「ちょっと、すまん。電話だ」

諸橋は東京中央テレビのブースを出て、廊下で電話をとった。発信先は久しぶりに見る名前だった。電話してきたのはアン・ジヒ、今から九年前に東京中央テレビに入社した後輩だ。

「お久しぶりです。モロさん」

懐かしい声だった。

「アン、まだエターナルにいるのか?」

「はい」

「エターナルも今回の事件で大活躍だな」

「実はその件で、モロさんにご相談したいことがあって、至急お会いしたいんです」

声のトーンは切迫していた。単なる情報交換ではないらしい。

アン・ジヒは在日韓国人だ。生まれ育ちは大阪だが、高校からソウルにある女子校に入学した。そのまま現地で就職はせず、日本に帰国して東京中央テレビに入社した。当初から調査報道を希望し、記者クラブでの仕事より、番組での企画や遊軍の仕事、とりわけ諸橋の仕事に強い関心を示した。諸橋は遊軍記者になって、いくつかのテーマを取材していたが、そのうちの一つが高齢者虐待で、アンは地道に被害者を探してインタビューを撮っていく諸橋の手法を学びたいと諸橋の取材、編集作業にもできるだけ参加していた。

だから諸橋のことを嫌っている丸山、遠藤などの「主流派」からアンも胡散臭く思われるまで時間はさほどかからなかった。東京中央テレビでは入社一年目は社内で様々な研修を受け、二年目から社会部なら警視庁、司法などの記者クラブに配属される。アンは二年目で異例の遊軍担当になった。入社二年目のピカピカの若者を遊軍に投入するなど基本的にあり得ない選択肢で、明らかにアンを異端児扱いしている証左だった。

だが、アン自身は遊軍記者であることを楽しんでいた。元々、記者クラブの発表に基づいて書く仕事より、自分自身で見つけてきたネタを掘り下げるのが好きだとあっけらかんと話し、幹部からさらに不興を買っても平気な顔をしていた。入社四年目には癌の新薬を巡って行われた治験の不正について何度かリポートしたことがテレビ業界では一番権威があるギャラクシー賞の報道活動部門で大賞を獲る快挙になった。そんなアンだったから入社五年目にして「晴れて」警視庁記者クラブに異動を命じられた直後に退社届を出したのは諸橋にとっては驚きではなかった。彼女の転職先は聞いていた。そう、報道協定を脅かす存在として警視庁、マスコミ双方に衝撃を与えたエターナルだった。

エターナルは元々韓国系のニュースメディアで、新聞社やテレビ局を辞めた記者を次々と採用、勢力を拡大していた。エターナルが警視庁に取材を申し込んだと知った時、諸橋は一瞬、アンに連絡する選択肢が頭に浮かんだ。アンは上昇志向が強い女だった。なぜ韓国で就職しなかったのか、在日ということで苦労はなかったのか、差別はあったのかと送別会も兼ねた飲みの席で根掘り葉掘り聞いたことがあった。アンの答えはシンプルだった。

「在日ということで悪口を言われたり、偏見を持たれるのは日本でも韓国でも一緒です。そういうことより、給料がある程度良いこと、何より自分の指向性に合ったところに移っただけなんです」

日本の職場では驚かれたものの、学生時代に留学していたアメリカでは転職でキャリアアップするのが当然だったとあっさり話すアンに「キャリアアップしてネットメディアかよ」という台詞を諸橋は飲み込んだ。

あのアンがどう成長したのか。外資系のメディアらしく、パフォーマンスが悪いとすぐに首を切られるという噂の会社で生き残っている以上、相当タフになっているのは間違いない。それに緒方とはどういう関係なのかも知りたかった。次のレクは記者クラブのメンバーに任せておけばいい。どっちみち、ここにいてもやれることはない。アンが言う「至急」が気になった。残念ながら、東京中央テレビは情報で遅れをとっていた。新しい話は何一つ記者クラブのメンバーからは出てこない。

——だったら俺が大きなネタをとってやろう。

そんな気分になったのは久々だった。体の中に活力が満ちているのを感じる。かつての後輩から連絡が来て触発されたのだろうか。諸橋は待ち合わせ場所に指定された、警視庁から歩いてすぐの場所にある日比谷公園内の洋食屋に向かった。

二〇二四年十二月六日　午後三時三十分

待ち合わせに指定されたのは日比谷公園内にある老舗、松本楼(まつもとろう)だった。ここはかつてアンと共に近くの厚生労働省で取材をして、ランチや軽く夕食でもとろうという時に諸橋が選んだ店だった。待ち合わせの五分前に着いた諸橋は、窓側の席で入社二年目のまだ初々しい当時のアンを思い出していた。彼女がエターナルに転職した後は会っていない。四年ぶりの再会になる。

「お久しぶりです、モロさん」

「お、おお」

諸橋は正直、見た目で驚いてしまったことを隠せずにいた。以前は黒髪のショートだったアンは、長い髪の毛を金色に染めていた。

「モロさん、そうやってジロジロ見ていると、セクハラで首飛びますよ」

席に座るとアンは髪をかきあげた。諸橋は思わず目を逸らしてメニューを手に取った。服装も大きく変わっている。紺のスーツばかり着て、スカート姿は見たことがなかったが、明るいオレンジ色のニットに、下はレモンイエローのスカート、若さが眩しい。

「私はホットコーヒーで」

アンは早速用件をいきなり切り出した。

「モロさんがかつて取材した男児誘拐殺害事件、今回の事件に関係しているんです」

――やっぱり関係あるのか……。

思わずため息が出た。

「関係してるって、どんな形で？」

諸橋が冷静な様子を見て、アンは驚いたようだった。

「記者クラブの記者はまだ誰も知らないはずですよ。モロさん、知ってたんですか？　どのルートで？」

情報源を記者であれば明かせないことを知って、あえてアンは聞いてきた。余程意外だったようだ。

「手の内を聞くなら、そっちのカードも見せないとな」

かつて可愛がった後輩だが、今は他社の記者だ。

「それはそうですよね。捜査本部に詰めている増田管理官に聞いたんですが、このネタ、当ててきた記者はまだいないそうです。私の完全な独自ネタです」

増田管理官はアンが一年間捜査一課の担当をする中で食い込むことができた数少ない一人だ。元々、諸橋のネタ元だったのだが、アンが捜査一課担当になって苦しんでいたので紹介した。基本的に口は固い昔気質の刑事で、諸橋に対してはこっちが入手した情報が明らかに間違っている場合だけのみ、「それ違うから」というだけで、向こうからネタをくれることはほとんどなかったが、熱心に通ったせいか、アンは増田からもらったネタで二、三、スクープを手にしたことがあったはずだ。

「ネタ自体は増田さんからもらったものではないですよ。私がかなり詳しく知っているので、他社が追いついていないことは教えてくれました」

詳しいとはどの程度なのだろうか？　今度はこっちのカードを切る番だ。

「正直言って、決定的なファクトを摑んでいる訳ではないが、事件に関わる話として、まだ会社にも上げてない注目している事実がある」

諸橋はアンに悠斗ちゃんの父親、佐久間宗佑から突然「山下コースケの正体が分かりました」というメールが、簗瀬翔太ちゃん誘拐事件が起きた直後に送られてきたこと、またそのことが今回の事件と関連しているかもしれず、偶然ではないと考えていることを明かした。

「おそらく、このタイミングを考えれば、簗瀬拓人が山下コースケだったとしか考えられない」

「モロさん、それって当たりですよ！」

アンが興奮して叫んだ。だが、すぐに小声になる。

「誘拐犯からの要求は実はレクで全部明かされていないらしいんです。実は誘拐犯は金の他に翔太ちゃんを解放して欲しければ、山下コースケは自分だったと公表しろと簗瀬社長に要求しているようなんです」

「何だって！」

今度は諸橋の声のトーンが上がった。アンの情報は重大な意味を持っていた。もし、彼女の言うことが正しければ、警視庁は報道協定に違反し、事件に関する最も重要な情報を隠蔽していることになる。だが、そんなことがありえるのか。

「もし、十四年前に起きた事件と深く関係するなら、あの事件に詳しいモロさんから協力を得るのが一番だと思っていましたが、やっぱり正解でしたね。モロさん、一緒にやりましょうよ！」

アンから持ちかけられた取引に諸橋の心は揺れた。簗瀬が山下コースケだとしたら、やはりこれは身代金目的の誘拐ではなく、簗瀬に恨みを持つ者の犯行としか思えない。そして、その有力候補は悠斗ちゃんの父親、宗佑だ。しかも、悠斗ちゃんの命日は今日だ。佐久間宗佑が誘拐犯——最も考えたくないシナリオだが、蓋然性はありすぎるほどある。アンの次の言葉は諸橋が考えていることが正しいことを証明した。

「捜査本部は十四年前の事件の被害者の父親、佐久間宗佑氏を重要参考人として探しています」

「そうか……」

諸橋はアンと話しながら、この情報をすぐに警視庁記者クラブのメンバーに伝えるべきか考えた。この情報通りであれば警視庁は明らかに報道協定の精神を踏み躙(にじ)っている。次のレクで警視庁を問い詰めなければならない。だが、その一方で、まず佐久間宗佑に秘密裏に接触し、本当に容疑者の可能性があるのかを確かめたかった。仮に丸山社会部長始め、社会部の幹部陣に伝えれば、宗佑が犯人の可能性がある以上、報道協定で定められている「取材、報道はしない」ことに抵触すると反対され、確かめる道はなくなる。ここが分かれ道だ。

「この情報はエターナルでは共有しないのか？」

「してません」

アンの言葉に力がこもった。諸橋が社内で情報を共有しないことを瞬時に察知したに違いなかった。

「今回、誘拐事件が起きたことを摑んだのは別の記者ですが、彼とは別の動きをしています」

——別の記者というのは緒方のことだな。

「エターナルは完全な実績主義で、今後、あの中で勝ち残れるかどうかはぎりぎりの状況なんです。このネタを今、社内で共有してしまえば大した手柄にはなりません。誘拐犯がもし、悠斗ちゃんの父親ならモロさんを通じて、独占インタビューが取れたり、万が一ですけど、翔太ちゃんを解放する場面なんかが撮影できたら、誰にも負けないスクープが取れるじゃないですか」

「だから、俺に接触してきたのか」

「はい。モロさんだって、干されてきつい状況にいるんじゃないですか？　来年、役職離脱ですよね？　ここで一発逆転を狙ってみませんか？　筆頭デスクを飛ばして社会部長だって視野に入ってくるかもしれません。やりましょうよ！」

髪の色が変わっているだけで、目の輝きは以前と変わっていないように見えた。だが、かつて自分の取材を熱心に学んで後から付いてきた純粋な若者はもう目の前にはいない。今ここにいるのは鮫のような嗅覚で、犯人の単独インタビューを取ろうとしている貪欲な記者だった。

「俺は一発逆転なんか興味はない。でも、佐久間さんが犯人でないと信じたい。それを確かめたいだけだ」

アンは頷いた。

「お互い、知ったことは共有して抜け駆けはしないことが協力する上の条件だ」

アンに釘を刺す。

「はい、約束は守ります」

かつて同僚だった頃、彼女が嘘をついたり、騙したりしたことはないが、それはあくまで過去だ。昔の彼女しか知らない中で、危険な賭けをしていいのか。一方、諸橋は局内で孤立していて、協力者がいないと動けないのも事実だった。それはアンも同じだ。成長したアンは強力なパートナーになる。

「やったぁ」

満面の笑みを浮かべるアンを見て、思わず表情を緩めた。内心では気を引き締めろと言い聞かせる。甘く見ては火傷をする。それに、もし佐久間宗佑が犯人だとすると、このまま取材を進めれば報道協定に大きく抵触し、いずれ大きな問題になるのは間違いない。

「よし、交渉成立だ」

「仮に父親が容疑者だとすれば、慎重に接触しなくてはならない。それができるのは俺だけだ」

「はい」

「ただ、父親が犯人ではないという可能性もある。当時の悠斗ちゃん誘拐殺害事件の関係者で山下コースケこと簗瀬拓人を恨んでいる者が他にいないか急いで調べてほしい」

「了解です。エターナルは周辺取材に十人の記者を投入して、簗瀬拓人を脅していた愛人と、社内の不満分子を手分けして調べています。国内だけでなく、海外マフィアの線も調べているようです」

「海外マフィア？」

「ええ、あのチームがどんなきっかけで取材をしているのか、具体的なことはわかりません。教えてもらってないんです。もし、これらの線が当たっていたら私はどのみち追いつけません。モロさんとの取材に賭けるしかないんです」

東京中央テレビは当局取材が精一杯で、周辺取材に動いているのは諸橋ただ一人だ。取材体制の違いに内心では愕然としていた。諸橋が情報屋の鮫山から入手したネタをすでにエターナルは入手し、しかもその裏取りに動いている。

ただ、仮に東京中央テレビに投入できる記者がいたとしても協定を意識して、実際に取材できるかどうかは極めて疑問だった。エターナルがここまで踏み切れるのは外資系だからだ。エターナルは韓国系のネットニュースサイトで、八年前に日本に進出してきた。最初はテレビでの著名人の発言を手っ取り早く記事にして、他人の褌(ふんどし)で相撲を取って楽にＰＶ稼ぎの記事を濫造していると悪口を叩かれていた。だが、この数年で状況は一変した。折しも、この頃、日本の大手新聞社では大規模なリストラが進行していて、エターナルにも多くの元新聞記者たちが移籍した。記事の質は格段に良くなり、さらに外資の特徴も受け継いだことで、日本のメディアではこれまでにないほどアグレッシブな媒体になった。

その一環が情報公開のために記者クラブの廃止を求めていることだった。韓国では昔は日本のように記者クラブがあったが、韓国政府は二〇〇七年、これまで省庁ごとに三十七あった記者クラブを大統領府や国防省など一部を除いて原則廃止した。その代わりに記者会見などを行う「合のだ。

同ブリーフィングセンター」を新設し、インターネットで質疑を交わす「電子ブリーフィング制」の導入も行った。つまり、国家安全保障に関わる事案以外では原則、情報をオープンにしたのだ。

アンは高校から大学まで韓国で過ごしている。高校はソウルの女子校、大学はメディアに就職する人が多い有名大学を卒業しているが、韓国の新聞社でインターンをしたと聞いたことがある。エターナルの体質に適応しているのは当然だ。

「当時の事件関係者で調べなくてはならないのは二人、バス運転手の遺族、そして情報を漏らしてしまった警察官でしょうか？」

「そうだ。当時、バスの運転手の遺族である妻には取材を断られてしまった。夫婦に子供はいなかったはずだ。夫を死に追いやったマスコミには会いたくないと、自宅に行った時は玄関先で水をかけられてしまった。一方、情報を漏らしたとして批判された巡査部長と家族が住んでいた警察官舎でも聞き込んだ。巡査部長には妻と娘がいたが、一家でどこかに引っ越したようだ。現在も県警にいるのかどうかなど追跡取材はこの数年していないのでわからない」

「私、県警には知り合いがいます。バス運転手の関係者の連絡先は……」

「メールですぐに送る」

「これから都内を離れなくてはなりませんが、その間、悠斗ちゃんのお父さんのインタビューを取れる機会があったら、すぐに連絡お願いします。私ができるだけ早く駆けつけますが、間に合わない場合は私が信頼するエターナルの記者を応援に出します」

「わかった。それはこっちも同じだ」

アンが先に店を出て、諸橋も警視庁記者クラブに戻ろうと会計をしようとした時、スマホが振動した。サブキャップの小峯だ。

「モロさん、今どこですか？」

「すぐそばで関係者と会っていた」

「今、簗瀬社長が警視庁に来てるんです」

「社長が？　どういうことだ」

「わかりません。警視庁記者クラブに申し入れをしたいとのことです。警視庁との打ち合わせの後で記者クラブ代表と話がしたいと言うんですが、前回のように出席していただけますか？」

——簗瀬拓人は何をする気だ？

咄嗟に頭に浮かんだのは、自分が山下コースケだと世間に明かすことだった。この話をアンから聞いた時、自分だったらどうするかを考えた。子供を守るために事実を明かすことが一番シンプルな選択肢だ。

「会議は一時間後ということですので、それまでに戻ってください」

警視庁に戻った諸橋は協定について打ち合わせをした会議室に駆けつけた。簗瀬拓人はすでに椅子に座って、じっと下を見ていた。

二〇二四年十二月六日　午後四時三十分　アン・ジヒ

人質の命がかかっているだけに時間の無駄は許されない。アンは関係先のうち、まずバス運転手の遺族を当たることにした。エターナルの緒方のチームが元バス運転手や元警察官の取材に人を出している様子は今のところはないが、彼らが目をつければあっという間に追いつかれてしまうだろう。

　諸橋が提供してくれた取材メモによると、バスの運転手、奥崎徳之助の妻、綾子は事件当時、勝浦市内の一軒家に住んでいたものの、記者が押し寄せてきたことに嫌気がさし、翌年、千葉県市川市内の実家に身を寄せていた。実家は市川市の東西線南行徳駅近くにマンションを持っていて、その一室で綾子はパソコン教室を開いているというのが最新の情報だ。ただ、一番新しいといっても今から四年前、事件から十年ということで関係者を回った状況を記しているだけで、奥崎綾子の欄には「取材拒否」としか書かれていない。水をかけられた諸橋はもう追跡取材をしていないということで、当時の詳細を知る者は誰もいなかった。

　パソコン教室の隣が綾子の自宅だったので見に行ってしまおうと、諸橋と日比谷公園で別れてすぐにアンはタクシーで南行徳に向かった。都心から車で一時間半かかる勝浦と違い、市川市南行徳は飛ばせば三十分で着く距離だ。当時のメモが正しければ綾子は一人暮らしで、子供はいない。徳之助の件で恨んでいるとしたら綾子本人以外は考えられなかった。先輩の諸橋に話したことに嘘はなかったが、アンの個人的な事情を全て話している訳ではなかった。

「エターナルは完全な実績主義で、今後、あの中で勝ち残れるかどうかはぎりぎりの状況なんです」と説明したが、実はその続きがあった。会社からはもっと実績を上げないと来年の契約は結べないと通告されていた。ネットニュース業界は年々、競争が厳しくなっている。記事がバズれば広告がついて右肩上がりに儲かった時代は終わり、広告の単価は下がる一方だった。かつてはテレビを凌駕すると言われたYouTubeでさえもその例外ではなく、一部の優秀な者以外、引退するYouTuberがこの数年相次いでいる。

　アンが東京中央テレビを退社し、エターナルに入ったのは、日本のメディアでは書けないような記事を書けるから、そして記者クラブに所属するより自由に活動できるからだった。記者クラブが廃止されていた韓国の新聞社でのインターン経験も影響している。エターナルは既存のマスメディア、特に新聞に対抗すべくPVや滞在時間を増やそうと優秀な記者を新聞社やテレビ局からヘッドハンティングしていて、アンもその流れで入社したのだったが、その当時からすでに人件費がかかり過ぎだと社内で問題になっており、リストラを検討し始めていた。

転職したものの、現実は厳しかった。より目立つ見出し、センセーショナルな結論、結論まで引っ張る小見出しをつけることに日々追われ、最近では転職した意味を見失いがちになっていた。とは言っても、さらに転職してもより良い仕事がすぐに見つかる訳ではない。それにエターナルでの給料は東京中央テレビよりやや下がったとはいえ、年収は七百万円を超えていて、同世代の中では高い水準だった。

アンは給料については妥協したくなかった。在日韓国人の両親は小さいながらも商社を経営していて、アンを母国の名門、ソムン女子高等学校に留学させた。高校留学後、アンは東国大学校の演劇映画学科に入学したが、悲劇は大学二年生の時に訪れた。両親が経営していた会社が倒産したのだ。韓国の大学の年間授業料はおよそ四十万円と日本の私立ほどは高くないが、仕送りがない中でアルバイトをしながら大学に通うのは大変だった。

学生時代の前半は日本で言えば六本木に相当する人気スポット、梨泰院にある高級マンションでの学生生活を謳歌していたが、後半は打って変わって住宅がない人たちが主に利用する低家賃の「考試院」と呼ばれる小さな間取りの部屋を借りての生活を余儀なくされた。そこは月三万円程度の家賃で、バストイレは共同、台所も共用だった。最初はカフェやバーで働いていたが、学費と生活費を払うのは物価が東京と比べても格段に高いソウルでは大変で、日本で言えば銀座に当たる江南（カンナム）の繁華街にある日本人の女性たちがホステスを務めるキャバクラで働かざるをえなかった。

　顔やスタイルが普通よりはいいと自信があったので、手っ取り早く金を稼ぐ先として迷いはなかったが、自分の親ほどの年齢の男たちから手を握られたり、時には肩を抱くふりをして胸を触られる度に反吐（へど）が出そうになった。全ては「いい将来」を得るためだと思って我慢した。そんな我慢を経てきただけに、成功しなくてはならないという思いは人一倍強かった。だが、韓国の大学で学んで分かったのは、コネも実力も他人より頭抜けた物がない在日韓国人は、タダでさえ厳しい韓国の就職活動で全く太刀打ちできないという厳しい現実だった。だからこそ、日本で就活し、さらにステップアップとして外資系企業に移籍した。そうして努力して得た仕事を失う訳にはいかない。

　奥崎綾子が勤務するパソコン教室の住所はすぐに見つかった。東西線の南行徳駅から歩いて十分程、住宅街に建つ四階建てのマンションの一階だ。マンション自体は親族のもので、そこに二部屋借りて住居用と教室用にしているというのが四年前の情報だった。当時の資料には写真も添付されていて、「奥崎パソコンスクール」という看板がマンションの玄関に掲げられていた。だが、マンションの前でタクシーを降りるとすぐに異変を感じた。

　マンションの一階の一部屋のベランダにゴミが高く積まれていた。段ボール箱や自治体のゴミ収集袋にぱんぱんに詰められたゴミがベランダに山のように積まれていて窓が見えない。嫌な予感を持ちつつ入口からマンションに入った。昔あったパソコンスクールの看板はどこにもない。

——廃業したっぽいな。

　ゴミが積まれている部屋は入口から見て、三つ目の部屋だ。オートロック式のマンションではないので、玄関から敷地内に入り、部屋番号を確かめることができた。

「１０３」

予感は当たった。「ゴミ部屋」は奥崎綾子のものだった。「１０３」号室も、パソコン教室があるはずだった「１０４」号室も呼び鈴を鳴らしても応答はなかった。マンションの玄関先には、かつてパソコン教室の看板があった場所に「空き部屋あります」という不動産屋の案内が代わりに掲げられていた。不動産屋に電話をすると幸いにもまだ開いていた。地域に根差した業者で、南行徳駅近くに事務所を構えているというのですぐに向かった。

「ああ、あの家には困っていてな」

七十歳は超えているだろう老経営者はため息をついた。

「奥崎さんところの綾子さん、ついこの間、施設に入ったんだよ」

「施設とは？」

「認知症の人が集団で住む、グループホームってやつあるだろう。あれだよ」

「じゃあ、ここにはもう住んでいないんですか？」

「そうだね。パソコン教室も、もう一年近く畳んだままになっていて、家賃は一応振り込まれているんだけど、住んでいる部屋があれじゃあね。中のもの、早く処分してくれないといけないんだけど、マンションを持っている親戚も困ってしまっていてね。本人の了解なしに勝手に捨てられないし。他の部屋を見にきた人もあのベランダ見て、帰っちゃうし。ほんと、どうしたらいいんだかわからないよ」

お礼もそこそこにアンは現場を離れた。

――ちぇっ、無駄骨だったか。やっぱあいつのとこ行かなきゃいけないのか……。

奥崎綾子が誘拐犯の可能性はない。気持ちをすぐに切り替えた。次に向かった先は千葉県警本部だ。山下コースケに聞き込みの情報を漏らされてしまった警察官については、名前、当時の所属先、当時の住所までは東京中央テレビの記録に残っていたが、事件後にどうしているかの情報はほとんどなかった。奥崎綾子の線はなくなり、仮にこの警察官の筋も不調に終わったとしても、大切なのは佐久間宗佑と繋がっている諸橋に食い込むことだと割り切っていた。十四年前の事件と繋がりがあるという情報に接した時から、アンは佐久間宗佑が本ボシと睨んでいた。だが、彼についてはは何の情報も伝手もない。だから、諸橋を頼るしかなかった。

諸橋がかつて同じ職場で働いていたことにシンパシーを感じ、優しく接してくれたのは想定内とはいえ、ここまで協力的だったのは大収穫だった。「昔は仲間だったが、今は同業他社でライバルだ」と言って協力を拒否されてもおかしくなかったし、自分が知っている韓国人だったら当然のように「協力する見返りはなんだ?」と迫ってきただろう。なのに諸橋は、両手(もろて)をあげて歓迎してくれた。

諸橋は記者一筋に生きてきた不器用な先輩だった。捜査一課の担当記者時代は特別捜査本部が立つような大型事件の捜査情報を抜いたり、時には容疑者に独自に辿り着いて単独インタビューをものにしたりしていた。公安ネタでは、一番難しいとされている外事系、特にスパイ摘発を嗅ぎつけ、ロシアの大物スパイが国外追放される顛末をリポートして、同業他社、特に新聞の公安担当記者からは「これ以上、諸橋さんに抜かれると地方に飛ばされてしまうから勘弁してくれよ」と泣きつかれたこともあったという。それほどの敏腕記者だったが、番組のプロデューサー時代に部下を信じ過ぎて「やらせ」を見抜けなかった。それ自体、クビになってもおかしくないことだったが、まだ遊軍記者として生き残っている。本人や周囲は諸橋が干されたと思っているし、実際そうなのだが、それで給料が激減したわけでもないのも事実だった。

――ニッポンの会社って、つくづく甘いわ。

甘いのは東京中央テレビだけではなく、日本の企業全般に言えることだった。だが、アンが今、働いているのは外資系、それも厳しい韓国系企業だ。生き残るためには利用できるものは利用しなくてはならない。さすがに三十歳を過ぎて「やったぁ」はみっともないと思ったが、違和感は持たれなかったようだ。ただ、安心は禁物だ。諸橋は色目を使って靡くような男ではない。その点こそが信頼に値する理由だ。これから連絡する相手とは全く対照的だ。

アンはある人物にＬＩＮＥを送った。現在、千葉県警の警備部長を務めているキャリアの警視正、有馬裕二だ。

――そろそろ、借りを返してもらう時が来た。

有馬の名前を思い出すと同時に、かつての忌々しい記憶が脳裏に鮮明に甦った。

二〇二四年十二月六日　午後四時三十分　諸橋孝一郎

警視庁記者クラブの幹事社メンバーの前で簗瀬拓人の口から出た言葉は諸橋の予想を全く裏切るものだった。簗瀬が話したのは、犯人が要求している「自分が山下コースケだった」という告白ではなく、新聞協会に所属する警視庁担当の三つの記者クラブと警視庁への提案だった。簗瀬が口を開いた。

「ネットメディアも自主規制が必要なんです」

その口調は落ち着いて、しっかりとしていた。簗瀬の申し出の趣旨は、ネットニュース各社が加盟する「デジタルニュース協会」で至急、報道協定についての基本合意をまとめるというものだった。

「エターナルほど大きくはありませんが、動画サイト『コレミテ』と、月間アクティブユーザー数に関しては、八百万人の『コレミテニュース』をツインズは持っています。コレミテニュースについてはすでに自主規制をかけています。たまたま、協会の代表幹事を現在していまして、至急、各社の意見を取りまとめたいと思います」

築瀬は他社の関係者とすでに調整していることを話し、まだ調整は始めたばかりだが取りまとめ次第、新聞協会、そして警視庁に正式な説明をしたいと表明した。警視庁側の席には数時間前にはいた刑事部参事官はおらず、広報課の担当者だけが同席していた。担当者は見るからに上機嫌だった。

「素晴らしい内容です。新聞協会の加盟社さんだけでなく、いわゆるネットの方々も報道協定に入るとなれば、事件解決に向けて混乱はさらに避けられることになります。それを築瀬さんご自身が調整されるとは」

築瀬曰く、自身が経営するコレミテニュースの他、国内の主要なネットニュースが軒並み参加する「画期的」なものになるという。新聞協会と同様、協定がある限りネットニュース各社は誘拐事実を報道せず、当事者への取材をしない。

「どの位の媒体が参加するんですか？」

幹事社の一つ、共時通信のキャップが尋ねた。

「デジタルニュース協会の活動は新聞協会とは大きく違います。取りまとめはうまくいくんですか？　そもそも記者クラブの縛りをネットニュースはよく批判しますが、我々は公共の利益のために必要だと考えているからこそ協定を結んでいます。そこの意義をデジタルニュース協会の会員はどこまで理解しているのか？　見解を伺いたい」

もう一つの幹事社からも同様の質問が出た。

「協定を破った場合の責任の取り方はどう考えているでしょうか？　結んだのはいいが軽々に考えられては困る」

二人が指摘するように、記者クラブでの約束は破れば「出入り禁止」などの措置が取られて当局への取材ができなくなるといった「既得権益」を失うことにもなる。だが、警視庁との関係性がほとんどないネットニュースに対して記者クラブに対するような「縛り」がどの程度効くのかは全く不透明だった。

今回の取り決めに参加しているのは、Yahoo! ニュースやLINEニュースを始め、ほとんどが日本のニュースサイトで、X（旧Twitter）やFacebook、ウェイボーのような外資系のSNSは入っていない。簗瀬は誘拐の事実を知らせる投稿があった場合、SNS側に速やかに削除するよう要請すると言っているが、ただでさえ外資系SNSの一部は投稿の監視について費用と労力を割かない傾向にある。イーロン・マスクが買収したXがその典型的な例だ。簗瀬の要請に応えるとはとても思えなかった。

さらに中国発のSNSについては中国本土のように規制はかけられない。日本に上陸しているSNSの事業者の日本支社には十数人のスタッフしかおらず、誘拐に関する情報が投稿されたとしても、すぐに対応できるかは疑問だった。協定の詳細について諸橋も質問したが、本当に聞きたいのは「お前は山下コースケだったのか。その事実を公表しないのか」だった。だが、誰もその質問をすることなく、会議は一時間で終わった。

諸橋は簗瀬拓人という人物の心中が理解できず、混乱していた。誘拐された子供の親であれば犯人の言うことを道理に適っていなくても聞こうとするのが自然だ。犯人が誰だかわからない中で、要求を呑むことだけが犯人と取れる唯一のコミュニケーションだからだ。

諸橋は自身の手で佐久間宗佑を探し、聞きたかった。疑いたくはなかったが、仮に佐久間宗佑が誘拐犯だとすれば、分からないのはその動機だ。息子を失って悲観していたあの父親が、恨みからといえ、幼い子供を誘拐するような蛮行に及ぶのか？　万が一、そうだとしても、なぜ「今」なのか。悠斗ちゃん事件を追い続けてきた者として、聞かねばならないという思いは強まるばかりだった。

報道協定に違反する可能性があるとしても、これまで佐久間宗佑と何度も会って話をしている自分なら聞く資格はあるはずだ。佐久間宗佑に最後に会ったのは去年の今日、悠斗ちゃんの墓参りの日だった。犯人であっても、墓参りをしているのだろうか。警視庁の庁舎を出た諸橋はタクシーを捕まえた。

「高輪の東禅寺(とうぜんじ)までお願いします」

第五章

事件発生二日目　二〇二四年十二月六日　午後五時　諸橋孝一郎

東禅寺の墓地は佐久間宗佑の住んでいる港区高輪にある。寺に着くと諸橋は思わず駆け出していた。

——直接会って言葉を交わしたい。顔を見れば関わっているかどうかも分かる。

去年、墓参りした時、佐久間宗佑は経営者として有名だった頃のギラギラした感じがすっかりなくなっていた。力士と言っても過言ではなかった体格は人並みに落ち着き、かつて親しかった人が通り過ぎても分からない程、オーラがなくなっていた。あの姿からは復讐の炎を内面で燃やしていたとはとても思えない。

寺の正門を通って墓地に入ると淡い希望は叶えられないことを悟った。敷地内は木があちこちに生えていたが、佐久間家の墓は入口からも見える場所にある。その方向に人影はなかった。

——命日なのに宗佑は来ないつもりなのか、それとも警察やマスコミの目を避けて別の日を選ぶつもりなのか。

考えれば考えるほど疑ってしまう。十数基の墓を通り過ぎて、目的の場所に着いた時、諸橋は思わず息を呑んだ。

——花が置かれている。

お墓に供えられていたのは白や黄色の菊だった。ピンクの小菊も入って華やかになっている。

この数年、花は月命日でなく、悠斗ちゃんが亡くなった日にだけ置かれていた。諸橋は改めて周囲を見渡した。宗佑は来ていた。花は生き生きとして、周囲に花びらが散らばった様子もない。昨日は雨だったが花は濡れてない。来たのは今日だ。

——あれは何だ？

花の下にクリアファイルが置かれていた。ファイルはテープで墓に固定されている。ファイルの上にも水滴はない。透明なファイルの中には封筒が入っていた。封筒には宛先が書いてあった。

「諸橋孝一郎様」

胸の鼓動が早くなる。もし、宗佑が誘拐犯だった場合は、犯行を告白している可能性がある。有力な証拠だけに自分宛だからと言って、雑に扱う訳にはいかない。これが刑事なら手袋をして、証拠として保全するところだろうが、あいにく手袋は持ち合わせていない。鞄から予備の新品マスクを二枚取り出した。決して万全とは言えないが、直手で触るよりましだろう。マスクを使って直手にならないようにして、左手でクリアファイルを墓から剝がし、別のマスクを持った右手で中の封筒を取り出した。中には便箋が一枚入っていた。諸橋への手紙だった。

「諸橋さん。この手紙をあなたが読む頃、私はすでに東京にいません。実はある人物から山下コースケがIT企業家として有名な簗瀬拓人であるという告発メールが送られてきました。その人物は簗瀬にごくごく近い人物です。『俺が山下コースケだって分かったら、会社の信用はガタ落ちだ』という簗瀬拓人自身とされる音声が送られてきました。YouTubeで公開されている簗瀬拓人の動画も見ました。音声が本当に彼のものか私としては確証を持てませんが、おそらくそうなのでしょう。

でも、今さら知ったところで息子は帰らず、妻もいません。だから、その事実を私から積極的に話すつもりはありません。簗瀬拓人に対しては今更何の感情も湧かないのです。実は私は病院の理事長を正式に辞任しました。これで俗世とは離れ、今後は妻や悠斗のことを思って、静かに暮らすつもりです。

以前、諸橋さんに話したと思いますがお遍路に行くことにしました。墓参りをした後、出発しようと前から計画していましたが、もともと予定していた日付は今日ではなかったのです。予定を変更したのは訳があります。メールによると、どうやら簗瀬拓人の子供が誘拐されているようです。なぜだか分かりませんが、簗瀬拓人は誘拐犯を私だと勘違いしています。馬鹿馬鹿しい。そんなことをする理由もありませんし、そもそも誘拐されたのは昨日らしいのですが、私は昨日の朝から今朝まで泊まりで人間ドックに入院していました。簗瀬拓人には申し訳ないのですが、私が誘拐犯でないという弁明をあえてするつもりはありません。俗世を離れようとする人間が最後にこんな意地悪なことをするのもどうかと思いますが、彼は自分がした分、苦しむべきです。彼の息子さんには恨みはないけれど、この件に関して、彼に協力する気はありません。警察に自分が誘拐犯でないと説明するのも真平御免です。しばらくは誰とも話したくないし、関わりたくありません。だから急いで出発することにしました。幸い、急ではありましたがツアーを手配できました。煩わしいのでスマホも家に置いていきます。

ただ、この手紙を読んで、何かする必要があると思えば、それは諸橋さんの自由です。この数年間、真摯に私や妻に向き合ってくれた諸橋さんを信じています」

手紙を読んで諸橋は心の底から安堵した。佐久間宗佑は誘拐犯ではない。諸橋は佐久間宗佑が手紙を残した理由を考えた。煩わしいことに巻き込まれたくないので、お遍路に旅立ったというのは本当だろう。だが、行方が分からなくなってしまっては自分が警察から疑われかねないことたのだろう。

も理解している。佐久間からすれば、諸橋が悠斗ちゃんの墓参りに来ることは想定内のことだっ

——だから潔白を信じてもらうために俺に話したということか。

だが、手紙だけでは信じられるものも信じられない。それに人間ドックにいたというが、それも言葉だけでは信じるに足りない。「この俺が言っているんだから信じられるだろう?」と言われて逆に疑うのが記者だ。「記者は疑って疑ってそれで真実を見出す生き物だ」——入社したばかりの時に先輩のベテラン記者から教わった言葉だった。

——直接会って話を聞かないと確証は得られない。

諸橋は小峯にメールを送った。

「半日ほど関係者取材で東京を離れる。キャップと筆頭デスクに伝えておいてくれ」

自分で伝えてくれと迷惑がられるかとも思ったが、ここは小峯に甘えることにした。筆頭デスクの遠藤からあれこれ詮索されることはないだろうが、理由を正直に開示すれば容疑者でもない関係者に会ってどうすると言われるのがオチだ。逆に佐久間宗佑に誘拐犯の疑いがあると言えば、触るべき対象ではないと却下される可能性が高い。今はとにかく宗佑本人に会って「あなたは誘拐犯ではないですね」と確認したかった。

手紙をファイルの中に戻して元あった場所に置いた。万が一にも証拠になる可能性がある以上、持ち去ることはできない。文面自体はスマホで接写済みだ。

東禅寺を出た諸橋はアプリでタクシーを呼んだ。羽田空港に行くまでの車内で徳島行きの便を押さえる。直近の飛行機を使えば、お遍路に向かった佐久間に追いつけるはずだ。

二〇二四年十二月六日　午後六時　アン・ジヒ

十四年前の悠斗ちゃん誘拐殺人事件との関連を調べているアンは、当時、悠斗ちゃんを送ったバス運転手の家族を調査リストから消した。無駄骨だったと嘆いている時間はない。山本コースケのブログのきっかけとなった警察官を探さなくてはならなかった。この警察官の線がなくなれば佐久間宗佑が犯人である可能性が一層高まる。それ以外の可能性は考えないようにする。つい、焦ってしまうが、一つ一つの可能性を地道に潰していくしかない。アンは事前にメールを送っている千葉県警幹部との待ち合わせ場所に電車で向かっていた。待ち合わせ場所は県警本部から三キロ程離れた寿司屋だ。個室があり、人目につきにくい。

これから会うのは有馬裕二、千葉県警本部警備部長。千葉県警の治安部門の現場トップだ。まだ四十五歳でその地位に就くのは彼がキャリアであるからに他ならない。有馬はかつてアンがソウルに留学中にバイトをしていた日系のキャバクラ店の客だった。当時は在ソウル日本大使館に警察庁から派遣された外交官として赴任中だった。有馬は酒癖と女癖が最悪だった。

アンが店を辞めるきっかけとなったのは有馬に危うくレイプされそうになったからだった。その日は有馬の誕生日で、店でご機嫌だった有馬はアフターにアンを指名した。普段だったら断っていたが、その月、テストであまり店に出られずに預金がほとんど無くなっていたのでアフターの誘いに乗った。それが間違いだった。

閉店前から有馬は露骨にアンの胸をジロジロ見て、挙げ句の果てにママや同僚ホステスらの目を盗んで胸を揉んだのだった。しかも、有馬はその様子を自分のスマホで写真に撮り、アンに送りつけてきた。当然、抗議したが、実家が経営していた会社が倒産し、学費を稼がなくてはならなかったアンはアフターを断ることができなかった。アフターに行ったバーでべろんべろんに酔わされた挙句、有馬の部屋に連れ込まれ、危うくレイプされるところだった。服を脱がされそうになったタイミングで日本から緊急連絡が入り、有馬は大使館に戻らざるをえなくなった。泊まっていけと有馬から命じられたアンだったが、何とか家を抜け出し、タクシーを捕まえて自分の部屋に戻った。

その記憶は忌々しく、しばらくは学費のためと思って我慢していたが、一ヶ月後に耐えられなくなって店を辞めた。結局、そのために学費を滞納し、また別の店で働かなくてはならなくなった。アンにとって有馬は記憶から抹消したい対象だったが、そのまま泣き寝入りするつもりもなかった。有馬が自分の胸を揉む醜悪な写真をアンはスマホに保存していた。本当はそんな忌まわしいものはすぐにでも削除したかったが、いつか使えると思って保存していたのだ。有馬が日本に帰国する直前、アンはその写真だけを送りつけた。有馬は言い訳めいた言葉を送ってきたが、アンは無視した。何か金品を要求すれば恐喝になってしまう。当時、写真を削除するのを思い留まった時に考えた。この男はいつか国家の中枢を昇っていく。その時を待って使うのだと。

学生で世間知らずだったが、そこは判断を誤らなかったと思う。そのまま時が過ぎた。今こそ、あの写真の使い時だ。アンが調べて欲しい事を写真と共にＬＩＮＥで送ると有馬は「今日は仕事が大変忙しい。少し時間をくれないか」と返信してきた。それに対してすぐに次のようなメッセージを送った。

「私は今、エターナルで記者をしています。無視すればあの写真をばら撒きます」

丁寧だが、要求は断固として通す。有馬は一瞬で陥落した。

「時間はあまりないが、必ず調べて返事をする。だから、直接会うのは勘弁してくれないか」

だが、アンには選択肢を与えなかった。

「来年はいよいよ警察庁に戻られますよね。この時期に躓いてしまってよろしいんですか？」

「これは恐喝だ。国家権力を舐めると、とんでもないことになるよ」

新たな自爆ネタを次々と書き込んでいるのが痛い。アンにとっては転がし甲斐がある男だった。

「そんなこと言っちゃっていいんですか？　借りはしっかり払ってもらいますからね」

待ち合わせ場所の寿司屋に着く直前、そばのコンビニのトイレでアンはメイクをチェックした。女であることを売るバイトで人生最悪な思いをした。だからこそ、あえて女としての武装は完璧でありたい。そう思いながらピンクのリップを重ね塗りした。

——こんなことするの、ソウルの店にいた時、以来ね。

鏡の中の自分はソウルにいた時のように弱くない。落とし前をしっかりつけさせる。店に着くとすでに有馬は到着していた。当時はひょろっとした体型だったが、今はでっぷりとした腹が遠くからでもわかるほど太っていた。店は創業五十年の老舗で、勝浦出身のご主人が奥さんと経営している大衆店だ。かつて諸橋の後について遊軍記者として取材していた時に、諸橋が馴染みということで連れてきてもらった。お任せも三千円と手頃で、キャリア幹部が来る店ではない。だが、千葉県内ではノンキャリの警察官に見られては致命的だ。だからアンは事前にこの店の主人に、警察関係者が出入りしているか確認してもらっていた。個室に入ると、座ったままでアンを睨んでいる。

「こんな県警本部近くの店を選ぶなんて、いい加減にしろ！」

怒気が入っているが、大声ではない。

「お久しぶりに会って、いきなりですね。この店は外から二階に直接行けるようになっていて、人目につかないじゃないですか。それにここ、大将に聞いたんですが、県警の方、来られないんですよ。今後、隠れ家として使ってください」

「ふざけるな！」

アンは座って有馬の顔を直視した。額に汗が滲んでいる。店の暖房はそれほど暑いわけではない。

——まるで豚ね。無様でいい気味よ。

交渉は緊張している方の負けだ。かつて諸橋が取材の心得として教えてくれた。自分でも驚く程落ち着いていた。まるで有馬の心臓の音が聞こえてくるようだ。アンは予約した際に刺身の盛り合わせを頼んでいて、席に着くと同時に女将が料理を運んできた。ここは刺身が旨い。だが、有馬は箸をつけようとはしなかった。アンは空腹だったので好きな鯵を次々と口に入れた。

「食べないんですか？　美味しいですよ」

有馬はずっと睨んでいた。だが、その時間は長くは続かなかった。スーツの胸ポケットから小さく畳んだ紙を取り出し、アンに手渡した。

奈良橋洋次郎　勝浦警察署刑事課巡査部長
二〇一一年二月一日付で千葉県警を退職
同年　四月一日　千葉県千葉市の松本警備保障に再就職
二〇一五年二月一日付で松本警備保障を退職

「で？」

「『で？』って、これじゃあ駄目なのか？」

「二〇一五年以降の足取りが消えてるんですけど？　その後はどうなったんですか？」

有馬は顔を真っ赤にして声を絞り出した。

「我々は探偵じゃない！　松本警備保障は千葉県警のＯＢが設立した会社で、奈良橋もそこで働くことを喜んでいた。だが、突然辞めてしまって、当時の幹部も戸惑っていたらしい。刑事にはなっていなかったが、所轄での成績も良かったし、機動捜査隊も経験しているから、優秀な奴だと思われていたからな。正義感も強かったそうだ。突然、辞めた人間のことなど追跡しないのは当然だろう。別に彼は犯罪者でもなんでもないんだ。なんでこんな奴のプロフィールが必要なんだ？」

アンは失望の色を隠さなかった。

「こんな情報で昔の借りを返せると思わないでくださいね」

「冗談だろ！　胸触ったくらいで騒ぐな。だいたい、あの晩も最後までやってねぇだろ！」

有馬はハッとした顔をしたが後の祭りだ。

「本当にキャリアの方って、どうしてこうも脇が甘いんでしょうね」

アンは胸のポケットからレコーダーを取り出した。

「あ、キャリアの方って一括りにするのはまずいですよね。有馬さんがです。訂正します」

「俺を馬鹿にしてるのか！　日本人として恥ずかしくないのか、君は！」

アンは溜息をついた。無自覚で人を傷つけるこういう人間が一番タチが悪い。

「お願いしていたブツはいただけるんでしょうね？」

東京中央テレビの取材メモには情報を漏らした刑事の名前が奈良橋洋次郎であること、また妻の百合子（ゆりこ）もまた千葉県警に勤めていた元婦人警官で、夫妻には当時五歳の娘がいたこと。また娘は難病を患っていたことが、当時住んでいた警察官舎周辺でとった情報として書いてあった。諸橋が作成した最新のメモには、洋次郎の写真はなかった。

「ＬＩＮＥで送る」

目の前で有馬がスマホを操作する。苦々しい顔を見るとスッキリする。すぐに制服姿の若い警察官の写真が送られてきた。奈良橋の写真を入手した。

端正な顔の若者だった。この写真を撮った時、後に警察を追い出されることになるとは本人は想像もしていなかったに違いない。元警察官、しかも妻も子もいる。誘拐犯とはとても思えなかったが、予断は禁物だ。関係者を探っていけば佐久間宗佑以外の犯人像に迫れるのではという期待も少なからずあったが、いかにも正義を守るために警察官になった顔つきの若者の写真を見ると、その期待も薄くなってくる。

「なんで今更、当時の事件を蒸し返すんだ？」

「奈良橋洋次郎が聞き込みの過程で情報を漏らし、それを山下コースケというブロガーが記事にしました」

「ああ、それは知っている。だから奈良橋は警察を辞めたんだろう」

「事件から十四年経って、山下コースケがＩＴ企業家の簗瀬拓人社長だと分かったんです。その簗瀬の息子が誘拐されています」

「え！　東京で起きているという誘拐事件とあの件が関わりあるのか？　だから奈良橋を探しているのか」

「山下コースケを恨む理由がある人物を虱潰しに当たっているだけです。有馬さん、あなたは今、質問する立場にはありませんよ。知っていることをとにかく思い出せるだけ話してください」

額の汗の玉がさらに大きくなった。こうして追い詰めるのは気持ちがいい。

「一番恨んでいるのは当時、誘拐された男の子の親だろう。佐久間と言ったか、あの理事長」

「昔の事件なのによく覚えていますね」

「千葉県警にとっては黒歴史の一つだ。県警に赴任したキャリア幹部は誰でも事件の概要と経緯を頭に入れているはずだ」

「奈良橋巡査部長は奥さんも娘さんもいたんですよね。さすがに元警察官が妻も子もいて誘拐にまで及ぶとは考えにくいですが？」

「さっきも言った通り、辞めてからの足取りは途絶えている。まさか、彼が誘拐犯だなんて思いたくもない。父親は当たっているのか？」

「そっちは別の記者が当たっています」

「そうか。これ以上情報はない」

「また、何か思い出したら、今度は普通に対応してくださいね」

「まだ連絡してくるつもりか！　もうこれ以上の情報はない！　ああ、奈良橋の娘さんは確か重い病だったと聞いている」

「難病だったとか？」

「厳密に言えば、難病ではない。厚労省指定の難病というのではなく、先天性で心臓に問題があったそうだ。いずれ移植が必要な病で金もかかる。警察を辞めたのは本人としては極めて不本意だったに違いない。辞めてすぐに職に就いたのも金のためだろう。つまり、娘のためだ」

「でも、再就職先も辞めた」

「だから、次の仕事もすぐに見つけなくてはならなかったはずだ。余程、松本警備保障より金払いが良かったんだろう」

それ以上考えても、情報が何もない以上は想像の域を出ない。店を出ようとしたアンに有馬が呟いた。

「可哀想な奴だった。あいつは最後まで『俺は誘拐のことは喋っていない』と人事の監察に主張していたそうだ。あいつが喋ってなければ、どうやって山下コースケはネットに書いたっていうんだ」

有馬を残してアンは店を後にした。もう外は真っ暗になっていた。

――東京に戻ろう。

着信音が鳴った。スマホを見ると、諸橋からＬＩＮＥが来ていた。アプリを開いて驚いた。

「これから佐久間宗佑に会いに徳島に行く」

――徳島ですって？　何を摑んだっていうの？

一体、何が起きているのか。慌てて諸橋に電話をしたが、電話は繋がらなかった。東京を離れて徳島に行く程、何か核心情報があるのだ。

――モロさんは約束を守ってくれるだろうか。

約束を守ろうとしているからこそ、こうして連絡してくれているのだと思うが、所詮、別の会社の人間だ。本当にスクープを取った時に共有してくれると思う方が本来であればおかしい。だが、アンにとって、諸橋は最後の頼みの綱だった。内心では彼に甘えたい気持ちもあった。丁寧に教えてくれる諸橋をアンも慕っていたが、かといって、そこに付け込んで、社会人経験がない二十代の女子に色目を使うことは一切なかった。

　そんなのは当たり前のことなのだが、会社だけでなく、取材先の警察でも、有馬ほど酷くはないものの、勘違いしている奴が多くいた。そもそも、情報共有しないのはエターナルに所属する記者同士でもそうだ。外資系の世知辛さで、エターナルに勤めている者同士は仲間ではなく、ライバルだ。だから緒方にもあんな仕打ちをされている。情報が共有される時はすでに圧倒的に差をつけられて、追いつけないタイミングでしかない。

　再び通知音がした。エターナルの記者に一斉に共有されるＬＩＮＥグループの通知だった。嫌な予感がする。ＬＩＮＥの文はシンプルだった。だが、インパクトは十分だった。

「簗瀬翔太を誘拐したことを上海マフィアの一派、ウァー・シンが認めたという確かな情報がある。我々も全力で裏どりに動いている　緒方秀一」

――씨발（シバル）！　また先を越された！

　緒方は関東テレビの警視庁キャップでスクープ記者として有名で鳴物入りでエターナルに入ってきた。しかも、上海特派員の経験もある。その伝手を頼ったのだろうが、これでは圧倒的な差をつけられてしまう。このままではエターナルにいられなくなる。スマホを持つ手の力が自然に入った。

――何かスクープを飛ばさなきゃ。

大通りに出たアンはタクシーを捕まえようとした。だが、空車はなかなかやってこなかった。

――こんな時に限って！

焦りが募った。頭に浮かんだのは簗瀬社長が山下コースケだったと暴露することだった。

――いっちゃう？

頭に浮かんだアイデアをアンはすぐさま否定した。諸橋の顔が浮かんだ。だが、次の瞬間には押し寄せるプレッシャーが諸橋の顔を頭から追いやった。

――電車の中でなんか原稿を執筆できない。タクシーの車内で書いてしまえ。

ぐずぐずしていられない。アプリでタクシーを呼ぶ。誘拐事件そのものを書かなければ協定違反にはならないはずだ。編集長もこの線で書くことに反対はしないだろう。編集長はスキャンダル報道で有名な「週刊世界」の元敏腕編集者で、エターナルに引き抜かれていた。彼の口癖は「マスコミは一にスクープ、二にスキャンダル、三に批判、この三つを忘れたら、それはただの広報です。ＡＩでもできる仕事でしょう」

――あの編集長なら反対しないはずよ。

諸橋へのＬＩＮＥを既読にしたまま、呼んだタクシーに乗り込んだ。再び諸橋の顔が頭に浮かんだ。

「裏切り者」「恩知らず」「約束破り」――諸橋から発せられるであろう様々な言葉が脳裏をよぎる。だが、今ここで一発勝負しないと後がない切迫感は大手メディアの記者には所詮わからないだろう。自分の考えを正当化する考えしか浮かんでこなかった。運転手に行先を告げるとアンは執筆に没頭していった。

二〇二四年十二月六日　午後六時　諸橋孝一郎

諸橋が徳島空港に着いた時には午後六時を過ぎていた。会社の関係者には徳島行きは誰にも言わずに来た。

飛行機に飛び乗ったまでは良かったが、確実に佐久間宗佑がいるという確証があった訳ではない。佐久間宗佑はスマホも自宅に置いていると手紙で書いていたので連絡の取りようもない。飛行機の中で彼が一番いる可能性が高い場所はどこか必死で考えた。

——かつて宗佑がお遍路について喋った時の会話の中にヒントがあるはずだ。

「徳島って飛行機で一時間ちょっと、そこからお遍路のスタート地点までは車で一時間しかかからない」

お遍路の巡礼は長い時間をかけて歩いてするものという勝手なイメージがあったが、宗佑との会話でそうでないことを知った。タクシーで回ることも可能なのだ。それに宗佑は足が悪い。「ツアー」という言葉も手紙にあった。これまでお遍路に行ったことがない以上、ガイド役も兼ねて観光用のタクシーを使うはずだ。

お遍路四国八十八ヶ所霊場巡りは、修行の道場の一番から二十三番までを巡る徳島阿波ルート、二十四番から三十九番までの高知土佐ルート、四十番から六十五番までの愛媛伊予ルート、そして六十六番から八十八番までの香川讃岐ルートの四つに分かれ、合計千四百六十キロを巡拝し、最後に高野山に向かう。諸橋は機内でネット検索してあるサイトに注目していた。「お遍路ドット」というサイトだ。お遍路をGoogleで検索すると最初の方に出てくる。かつて宗佑と会話した時に、彼の言葉の中にあったのが「お遍路ドット」という単語だった。

手紙でお遍路に行くとだけ告げて、正確な場所は書かなかった宗佑だが、どこに行くのかを諸橋だけにあえて分かるようにしていたのではないかと思えた。悠斗ちゃんの墓参りに毎年、訪れていた諸橋だったが、時には他社の記者がお墓にいたこともあった。あの手紙が他の社の記者に読まれる可能性もある。諸橋だけがわかる足跡を残したとも考えられる。頭の良い宗佑のことだ。かつて自分が何を記者に喋ったかまで計算していてもおかしくない。今はそこにかけるしかない。

ネット検索して「お遍路ドット」の文字を見た時、諸橋は確信した。宗佑はこのサイトを使ってお遍路に旅立った。サイトにはタクシーで巡礼するルートが紹介されていた。今日のうちに着いているとすれば、明日朝から巡礼を始めるはずだ。徳島市内のどこかのホテルにいるに違いないが、全部を当たるわけにもいかない。

だが、最初に行く場所はわかっていた。徳島県鳴門市にある第一番札所、霊山寺(りょうぜんじ)。そこで待っていればいい。諸橋はネットでホテルを探し、ここまでの経緯を簡単にまとめたＬＩＮＥをアンに送った。約束は守る。すでに羽田空港で徳島に向かうことはやはりＬＩＮＥで伝えていたが、既読にはなったものの返信はなかった。山下コースケに関連した取材は進展しているのだろうか？

それよりも翔太ちゃんは今、誰と過ごしているのだろう。まさかもう命を奪われているなんてことはないだろうか。空港から宿泊先のホテルに向かう道中も不安は尽きなかった。

事件発生三日目　二〇二四年十二月七日　午前九時三十分

諸橋は霊山寺の山門前で張り込みをしていた。冬の徳島は肌寒い。霊山寺自体は四国八十八ヶ所の第一番札所として知られているが、本堂以外は多宝塔や縁結び観音があるだけの小さな寺だ。午前九時を過ぎても白衣を着たお遍路の姿はちらほら見る程度だった。寺の前には土産物屋が一軒だけ営業していて、その前に車が三台停っていた。一台は諸橋が高松市内から乗ってきたタクシーだ。昨夜は高松市内に泊まり、日の出前からここで張り番をしている。昼まで粘って佐久間宗佑が現れなかったら、東京に戻るつもりだった。

今日の昼で事件発生から丸二日経つ。犯人が指定した四十八時間だ。だが、子供の指を送りつけてくるような輩が約束を守るかは定かではない。佐久間宗佑は犯人ではないと思っている以上、諸橋の行動は事件解決に直接役立つものではなかった。そっちの調査はアンに任せっきりになってしまっているが、アンからの連絡はこの数時間途絶えている。それに今朝、サブキャップの小峯からは居場所を聞かれていた。

「警視庁で動きがあるようです。どうやら重要参考人が浮上したようなんです。モロさん、一体、どこにいるんですか？」

重要参考人とは佐久間のことだろう。これ以上、嘘をついて隠すわけにはいかなかった。それが小峯であれば尚更だ。

「実は今、鳴門市にいる」

「え！　四国ですか？　何でまた」

電話口から小峯がため息をつく声が聞こえた。

「これは大きな貸しになりますよ、モロさん。四国に行くって教えてもらってなかったです。遊軍は警視庁クラブの傘下にあるってことで遠藤筆頭デスクから任されているんですから……」

小峯は社会部の中での唯一の味方と言ってもいい。ここは小峯の立場を尊重しないと駄目だ。

「実は簗瀬社長には隠し事があり、そのことが今回の誘拐につながっているという確かな情報がある。そして、その事実を警視庁は隠している」

諸橋はここまで知ったことの全貌を小峯に話した。簗瀬に恨みを持つ人物の筆頭であるのが佐久間悠斗ちゃんの父親である宗佑であること、その宗佑が翔太ちゃん誘拐事件の翌日に姿を消していること、昨日が悠斗ちゃんの命日であり、これまで諸橋が毎年悠斗ちゃんのお墓参りをして宗佑とも交流があり、手紙が残されていたことまで明かした。

「すごいですね！　朝回りで警察庁幹部が重要参考人として誰かを呼ぶ予定だと認めていたんですが、それが佐久間だったんですね。容疑者とそんな繋がりがあったなんて。大スクープじゃないですか！」

「でも俺は佐久間宗佑が容疑者じゃないと思っている」

「でも、モロさん、警視庁は父親を重要参考人として行方を追っているんですよ！」

「佐久間宗佑はホシじゃない。本人に会ってそれを確かめる」

「独占取材ですね！　さすがです。でも、佐久間宗佑が犯人だとすれば彼に当たること自体が報道協定に引っかかって来ますね」

小峯は佐久間宗佑を容疑者にしようとしている警視庁の方針を疑っていないようだ。報道協定に引っかかる可能性については事前に答えを用意していた。

「それはそうだが、警視庁のレクでも佐久間宗佑のことは出ていないんだろう。だったら、協定に縛られないはずだ」

「理屈の上ではそうですが……。会社側が何というか」

「本社に話すのか？」

電話口で沈黙が訪れた。報道局長や社会部長など本社の幹部に諮れば、速攻で取材を止めろと言われるのは間違いない。諸橋は小峯が上に報告しないと賭けていた。

「このネタ、他の社はどうなんですか？」

乗ってきた。だが、すぐにアンのことが頭をよぎった。さすがに他の社の記者と隠れてタッグを組んで取材していたとは言えない。

「悠斗ちゃん事件と何らかの繋がりがあることは、俺以外はエターナルが摑んでいる」

「え！　報道協定を申し入れてきたあのネットニュースですか！」

「ああ、取材班を組んで、周辺取材をかなり展開しているようだ」

「そんな……。誘拐事件でネットニュースに抜かれるなんてありえません」

誘拐事件は捜査一課が扱う事件の中でも最大級のネタだ。それは記者にとっても同じだ。これまではテレビ、新聞とだけ勝負を競っていたが、ネットニュースが取材でもライバルとなったことは諸橋にとっても衝撃的だった。それもこれも、エターナルが外資系で予算が潤沢にあり、経験がある記者をヘッドハントしているためだ。またその報道姿勢に共鳴して転職する者もいる。

アンがその一例だ。

「さっきの話、聞かなかったことにします」

「それでいい」

「とにかく慎重に取材お願いします」

「もちろんだ。子供の命最優先で動く」

「それを聞いて安心しました。取材内容はすぐに教えてください」

聞かなかったことにするという小峯のスタンスはずるいとも言えるが、自由に動かせてくれることを考えれば大きな問題ではない。それにいざ、大問題に発展すれば、諸橋は単独行動をしたと会社側に言うつもりだった。小峯は巻き込まない。

「あと、諸橋さん、変な話があります。上海マフィアが犯行声明をある媒体に流したっていう話が警視庁記者クラブ内で出回っています。その媒体は警視庁にすでに犯行声明文を届け出ているって言うんですが、佐久間宗佑が容疑者だとすれば話が合わないですよね」

「何だって！　媒体ってどこだ？」

「噂ですが、これもエターナルっていう話です」

アンの顔が頭に浮かんだ。ただ、アンのネタではないだろう。だとすれば緒方か。

「重要参考人として佐久間宗佑の名前が上がっている中、そっちに人は割けませんが、確か、諸橋さん、上海マフィアには伝手がありましたよね？」

諸橋は鮫山から仕入れた上海マフィアの情報を伝えた。

「買収を狙っているというレッドストーングループの背後に新興の上海マフィアがいるという話はブラックジャーナリストから仕入れたネタだ。だが、確たる情報は何もない」

「上海マフィアと言えば、ウァー・シンですよね」

「聞いたことあるのか？」

「はい、将来はニューヨーク特派員希望ですから。最近、中国から進出して現地でも問題になっているようです」

小峯はまだ若い。自分と違ってニューヨークにも行けるだろう。

「でも、犯人が十四年前の事件のことを明かせということは、上海マフィアの線はどう考えたらいいんでしょう？」

小峯によると外信部が上海マフィアに接触すべく動いているものの、着手するのはこれからだという。上海マフィアの線は外信部に頼るしかない。

諸橋は小峯との会話を終えると焦る気持ちを抑えつつ、佐久間宗佑が見ていたお遍路に関するサイトを改めて確認した。ツアー会社がホテルへ迎えに行くのが午前八時だったが、念のため、午前六時から張り込みをしていた。実際、午前七時前に来るお遍路さんは皆無で、九時を過ぎた頃から、ちらほら参拝客が訪れ始めていた。四国八十八ヶ所霊場を一度に全部を網羅する巡拝ツアーはタクシーを使えば十二日かかる。何度かに分けて来るツアーもあるが、一番駆け足で回るツアーは一日に十ヶ所以上を回る。もし、宗佑がこのツアーに参加しているのであれば最初の霊場である、この霊山寺に朝早くから来るはずだ。

待つ間、諸橋は昨夜妻からかかってきた電話の内容を思い出していた。

「いい加減にしてよ。仕事で家のこと、慎也のこと、すっかりほったらかしにして！　今日、慎也と心療内科、予約取り直して行ったのよ」

一緒に行く予定だった心療内科でのアポを誘拐事件があったことで、当日ドタキャンした諸橋には告げず、洋子は慎也と二人で病院を訪れていた。諸橋は長い間、自分の息子は発達障害の特性を持っていると考えていた。小さい頃から癇癪や落ち着きのない行動が多く、成績は良いが、何かに没頭すると集中して他のことに目が入らない。そのため、試験勉強は苦手で間違えなくていい問題を間違えることが多く、私立中学の受験をしたものの、第一志望の学校ではなく、第二志望に甘んじざるを得なかった。

一番の関心事は幼少期や子供の頃はプラモデルだったが、高校に入る頃から夢中になっているのが建築模型だ。建築模型は着工前に作られる、説明やプレゼンを目的とした模型だ。実際の大きさの五十分の一から百分の一サイズで作られることが多い。慎也は設計図を一度見ただけで、素早く模型を作ることができた。だが、せっかく一流企業に入ったのに、すぐに退職してしまった。ただでさえ、ほとんど会話がなくなっていた親子仲はますます冷え込んでいった。

受験の失敗に加え、仕事が長続きしなかったことで、諸橋は慎也が発達障害だという確信をさらに深めていた。だが、医者にあえて行かなくても、という思いが諸橋には強かった。そんな諸橋のことを洋子は見ていたから、諸橋がドタキャンしたことも、「やっぱり」と思ったに違いなかった。診断結果はやはり発達障害だった。

「あなたは医者に行くことを恥ずかしいと思っていたんでしょう?　ちっとも医者に行かせようとしなかったじゃない!」

長年の思いが一気に爆発したのだろう。受診後にかかってきた電話で洋子はそう一気に捲し立てた。諸橋は後悔で一杯だった。発達障害であっても、いい面を伸ばしてやればいいだけだとは頭では分かっていた。だが、どうしてもその事実を受け入れることができないでいた。諸橋の中で「慎也は普通だ」「普通であって欲しい」という思いが多くを占めていたからだ。だから、私立の中学を受験させ、有名企業に就職するよう仕向けた。だが、今回診断した医師に言わせればそれらがそもそも間違いだという。

――慎也の人生を駄目にしてしまっていたのは俺なのか……。

午前十時を回った。今日は土曜日ということもあってか、参拝客が増えてきた。だが、宗佑の姿は見えなかった。昼過ぎの帰りの便を調べようとスマホを取り出した時だった。土産物屋の奥に見える旅館から白衣を着た男性のお遍路が一人歩いて、こっちに向かって来る。右足を引きずるような歩き方に特徴がある。

――彼だ。

近づくにつれ、顔がはっきり見えた。佐久間宗佑だ。近くの旅館に泊まっていたのだ。諸橋は宗佑の元に歩み寄っていった。

「宗佑さん！」

宗佑は諸橋を見て、驚いた表情をしたが、それは一瞬のことだった。

「少し、お話を伺いたいんですが」

どこで話をしようかと諸橋は周囲を見渡した。すると、路上に停まっていた車から二人の男が飛び出した。寺の前の土産屋には諸橋が使っているタクシーとは別に二台の車があったが、その内の一台だった。二人組のうち、一人が諸橋を無視して、宗佑に話しかけた。

「佐久間宗佑さん、警視庁捜査一課の福島（ふくしま）と申します。お話を伺いたいのですが」

二人組はお遍路姿の宗佑を旅館のロビーに連れて行った。諸橋を遠ざけようとしたが、宗佑が「この人は私が信頼している記者の方です。一緒にいてもらいます」と言い張ったので、仕方なくロビーで諸橋が見守る中で宗佑に話を聞いた。

「一昨日と昨日はどちらにいましたか？」

「一昨日の朝から昨日の朝まで家の近くにある北里研究所病院で人間ドックを受けていました。病院を出た後は自宅、そして息子の墓参りをして、羽田空港から徳島に来ました。病院に問い合わせてもらえばすぐに確認してもらえます。領収書も財布の中にありますから、お見せします。家に寄ったのは家の防犯カメラを見ればわかるでしょう。墓参りについても、寺にはカメラがあるはずです。先程、病院には警察からそのような問い合わせがあった場合は答えて構わないと伝えていますので、ご確認ください」

二人の刑事は顔を見合わせた。若い方の刑事がロビーの隅に行って、電話をかけた。おそらく佐久間宗佑が言ったことを確認しているのだろう。

「準備がいいと思われるかもしれませんが、簗瀬拓人氏の息子さんが誘拐されたことは知っています。なぜなら、彼の奥様から息子さんが誘拐されたこと、十四年前に悠斗ちゃんが誘拐されたことをブログで発信した山下コースケが自分の夫であることを告発するメールがあったからです」

手紙で概要は記されていたが、告発したのが誰かの情報はなかった。簗瀬拓人の妻だったのだ。

「簗瀬夫妻は私が息子さんを誘拐したのだと勘違いしています。私は翔太くんを誘拐していないし、そんな気もない。誘拐事件が起きて、自分たちを恨んでいるのは私だと思ったんでしょう。失礼な話だ。そもそも、事件が起きた一昨日の午後は病院にいて、検査の最中だった。腸の調子が悪いので癌を疑ってね。だから大腸のカメラ検査のため、一泊するドックを申し込んでいたんですよ」

「佐久間さん、お伺いしたいのですが」

諸橋は左手に持ったビデオカメラを宗佑に向ける。嫌がる素振りを見せない。福島と名乗った刑事が睨んだ。

「おい、ビデオ撮影は報道協定違反になるんじゃないか！」

「佐久間さんは誘拐犯じゃないし、関係者でもない。協定には抵触しません」

「それは屁理屈だろう。本当にそうかどうか、まだわからないだろう」

佐久間宗佑の顔が一瞬、歪んだ。自分のことを犯人ではないかと面前で言われれば誰でも同じような反応をする。刑事の制止を無視して諸橋は質問した。

「佐久間さんが誘拐に関わっていないことを簗瀬夫妻には伝えているのですか？」

宗佑は答えた。

「勝手に人の息子のことをブログで書いて、犯人を刺激したせいで息子は殺された。いくら恨んでも恨み足りないくらいだ。でも、亡くなった妻と恨むのはもう止めようと誓ったんだ。今後は息子の冥福を祈って落ち着いて暮らそうというのが妻の願いだった。だが、妻は病で死んでしまった。二人の冥福を祈るためにこうしてお遍路にきたんだ。だいたい、人のことを誘拐犯にするような奴らがどうなっても構わないんじゃないですか。勝手に思い込んだあいつらに正確な情報を伝えてあげる義理もないですよ」

明らかに言葉に怒りが籠っている。誘拐の被害者が誘拐の加害者と疑われる。これほどの苦痛はないだろう。

「病院と連絡が取れました」

隅で電話をしていた刑事が戻ってきた。

「確かに佐久間氏が言っているように事件発生当時は病院にいたことが確認されました」

諸橋は心の底から安堵した。アリバイがある。共犯がいる可能性もなくはないが、やり取りの最中の佐久間の表情から彼が容疑者ではないと確信した。その一方で犯人探しは振り出しに戻った。

――東京に戻ろう。

電話が鳴った。小峯からだ。すぐに電話に出る。

「警視庁でレクがあり、犯人から三回目の連絡が先程来たそうです」

刑事たちと話し込んでいる佐久間宗佑の顔を見た。捜査員たちは百パーセント疑いが晴れるまで宗佑の行動を監視するのだろう。

「犯人はさらに脅しをかけてきました。今回のことが万が一、外に漏れた場合、こうなるぞと言ってまた写真を送ってきたそうです」

「写真?」

小峯の声のトーンが一気に下がった。

「今度は血まみれの中指の写真です」

第六章

事件発生三日目　二〇二四年十二月七日　正午　簗瀬拓人

「一体、どういうことなんだ！　あいつ、佐久間宗佑が犯人じゃないのか！　じゃあ、一体誰なんだよ！」

自宅の寝室で簗瀬拓人はパニックになっていた。今朝、警視庁から連絡があった。内々に捜査したところ、佐久間宗佑にはアリバイがあり、容疑者の線は薄く、捜査対象から外すというのだ。まもなく犯人が要求期限としている四十八時間だ。緊張感でおかしくなりそうだった。

メールの着信音が鳴った。

――あの音は個人用のスマホだ。

警視庁には犯人から連絡が来る可能性がある電話として、仕事用のスマホの番号を教えていた。個人用のスマホは限られた人にしか番号を教えていない。恐る恐るスマホを手に取りメールアプリをタップする。メールの件名は「山下コースケに告ぐ」だった。

――何で犯人がこのメルアドを知っているんだ！

慌ててメールを開いた。

約束の四十八時間だ。

用意したビットコインをマネロに換えて振り込め。

振込先コインアドレスはすぐにこの後送る。

半額の五億円分を送金し終わり次第、お前が山下コースケだったことを自身のユーチューブチャンネルで公表し、マスコミにもリリースを発表しろ。

それまでにマスコミに漏れて報道されないように気をつけろよ。

情報が漏れて報道協定が成立しなくなった場合、息子は帰れなくなるぞ。

その証として二本目となる子供の中指の写真を送る。


——まさか、まさか！

添付ファイルを見て、簗瀬拓人はもう気が狂わんばかりだった。翔太のものかどうかは分からないし、本物の指かどうかも分からない。だが、写真はあまりにも生々しかった。

背中に刺さるような視線を感じる。振り返ると少し仮眠を取ると言っていた美優が起きてこっちを見ていた。

「誰からのメール？」

有無を言わさない口調だ。写真ではなくメールの本文を見せた。読むとすぐに美優は泣き出した。

「あなたの言うことを信じていたのに、翔太、帰ってこないじゃない！　どうすんのよ！　あの子」

かける言葉もない。写真はとても見せられなかった。

「どういうことよ！　話が違うじゃない！　十四年前の恨みで被害者の親が起こした事件だから、子供に危害を加えたりすることはないって、あんなに自信満々に言っていたでしょ！　一体、何なのよ！　どんな写真を送ってきたのよ！」

仕方がなく写真を見せる。

叫び声が寝室に響いた。

写真が本物と断定された訳ではないし、フェイク画像かもしれないと話しても無駄だった。

「憶測でもの言うんじゃねぇ、黙ってろ！　さっさと翔太見つけてこい！」

激しく怒鳴り散らす様を見て、何も言い返せなかった。簗瀬にしても冷静に考える余裕は全くなくなっていた。美優は追い打ちをかけるように次々と激しい言葉を浴びせてくる。

「犯人はあなたが山下コースケだと公表すれば翔太を解放すると言ってるのよ！　どうしてそんな簡単なことができないのよ！　まさかあの子が連れ子だから⁉」

「そんな訳ないじゃないか！　翔太は俺だって可愛い。ただ、犯人が佐久間宗佑だって思っていたから、応じてなかっただけだ」

「じゃあ、すぐに公表しろよ！　金も払っちまえよ！」

モデルで可愛かった美優はそこにはいない。鬼の形相をした母親だけがそこにいた。

いたたまれなくなり、同じ空間にいたくなかった。

「わかってる。警察とすぐに相談するから、待っててくれ」

「今すぐ応接室にいる人たちと話せ！」

慌てて刑事達がいる応接室に向かった。幸い、美優は追いかけてこなかった。妻の美優の行動力には驚くばかりだった。自分に内緒で佐久間宗佑にメールを送っていたのだ。おそらく陣内に頼んだのだろう。その内容は「山下コースケが簗瀬拓人であることは公表させる。だが、その前に子供の無事を知らせてほしい。金もすぐ払う」というものだった。

このことを知ったのは翔太の指とされている最初の写真が送られてきた直後だった。結局、相手から返事はなかった。それもそのはずだ。佐久間宗佑は犯人ではなかったのだ。犯行当時は病院にいて、今はお遍路の最中で徳島にいるという。犯人が複数人いるという可能性もあるが、警察はもはや佐久間宗佑を容疑者リストから外しているようだった。そうなると、犯人探しは振り出しに戻ったことになる。

簗瀬拓人は焦っていた。佐久間宗佑が誘拐犯であれば金が目的ではない。だから、金の心配は実はしていなかった。隠していることがあった。暗号資産も含めて手元に十億円分の資金がないのだ。株などすぐに処分できる資産をかき集めてもせいぜい五億円が限界だろう。あちこちに金を借りる算段をしているが、残りの五億円が集まるかどうかはまだ見通しが立っていない。新たな指の画像を見て、頭に血が上った簗瀬だったが、別の意味で背筋が冷たくなった。

犯人が指定している仮想通貨「マネロ」はマネーロンダリングの略じゃないかと揶揄されるほど、顧客の秘匿を重視するプライバシートークンと呼ばれる仮想通貨だ。ビットコインより追跡が難しいことで知られている。背筋が冷たくなったのはそんなマネロを指定してきたことではなく、その金額だった。

五億円分をまず先にという要求から、簗瀬としてはもう一つの可能性を考えざるを得なかった。

――犯人は俺の資産状況を知っているんじゃないか？

ツインズ・ビルでハッキングによる停電が起きたのも、そのわずかな隙をぬって翔太を連れ去ったのも、内部に協力者がいるとしか思えない。警察もその可能性は当初から考えているようで、ツインズやツインズ・セキュリティーの社員の人事記録などは初日の段階で捜査本部に持っていっているが怪しい者は浮かんでいない。

もう選択の余地はない。自分が山本コースケだと世に明かすしかなかった。警視庁の刑事たちが応接室とリビングにいる。彼らに話せば反対されるかもしれない。もう一つ、心配なのは告白のタイミングがなぜ今なのかと詮索されるうちに誘拐の事実がネットに晒され、拡散することだった。そうなれば犯人が釘を刺している報道協定は崩壊してしまう。そもそも犯人が報道協定にこだわるのも気になっていた。

——十四年前の事件とやはり関係があるのだろうか。でも佐久間でなければ誰なんだ?

自分が山本コースケだと明かした後のことについては手を打っていた。日本のネットニュースのほとんどはデジタルニュース協会に所属している。仮にSNSに誘拐の事実が投稿されても、そのことを記事にする媒体は少なくともないはずだ。ネットニュースで取り上げられたり、有名人がリツイートなどで拡散したりしない限り、一般の人が知ることはない。ネットニュースで取り上げられさえしなければ新聞、テレビも報じることはなく、報道協定が崩れることはないはずだ。簗瀬はリリースの文面を準備するため、iPadで文案を作り始めた。出来次第、金は要求通り払おう。警察など信用できるものか。

二〇二四年十二月七日　午後二時三十分　諸橋孝一郎

帰京した諸橋は警視庁に向かう途中、何度か鮫山にＬＩＮＥを送った。誘拐犯が佐久間宗佑でないことが明らかな以上、犯人に関して追うべき線は、今はアンに任せた十四年前の事件関係者と上海マフィアだ。上海マフィアの件は犯行声明が出されたという話があり、鮫山に情報を持っているか聞きたかった。犯人と思われる人物からの三回目の連絡は先程警視庁で行われたレクで発表され、その内容はすぐに小峯から送られてきた。

三回目の要求内容

約束の四十八時間だ。
用意したビットコインをマネロに換えて振り込め。
半額の五億円分を送金しろ。
振込先コインアドレスはこの後すぐに送る。
息子は帰れなくなるぞ。
その証として二本目となる子供の中指の写真を送る。

二回目の連絡で、簗瀬拓人が山下コースケだったことを公開するよう犯人が要求していることを警視庁は記者クラブ側に明かしていない。直近のレクによれば、三回目の連絡で犯人グループはそのことに触れていないが、きっと入っていたはずだ。

——そんな重要なことを隠したまま事件解決までしらを切るつもりなのか。信じられない。

アンにもLINEを送った。既読になるものの返事がない。これまではLINEを送るとすぐに返事が来ていただけに何かきな臭さを感じた。

アンから最後に連絡が来たのは昨夜遅くのことだ。南行徳に住んでいたバス運転手の妻のことが書かれていた。妻はすでに認知症が悪化し、誘拐とは全く関係ないこと、誘拐に関する聞き込みをしている最中に山下コースケに事件のことをブログに書かれてしまった奈良橋洋次郎という警察官については現在の勤め先までは辿りついておらず今夜は一旦、帰宅するという連絡だった。

奈良橋には妻と娘が一人いたが、退職後に警備会社に勤務していたという以外は何も情報がなかった。妻も千葉県警の元婦人警官だが、こちらも夫と同様、最近の動向は定かでない。そうなると頼りになるのは鮫山の情報だけだ。

羽田から警視庁まではタクシーを使った。空港から都心までのタクシーは経費で落ちないと経理部から常日頃言われているが、そんなことに構っている場合ではない。移動しながら電話できるのはタクシーだけだ。何度か連絡したものの、鮫山は電話に出なかった。警視庁のすぐ手前、首都高速の霞が関出口で降りた時、ようやく鮫山から電話がかかってきた。

「悪い、悪い、こっちもバタバタしていて、連絡できなかったよ。でも大きな話があるんだ！」

いきなり大声でハイテンションだ。以前なら昼間は寝ていて夕方にならないと連絡が取れなかったブラックジャーナリストだった。酒を止めてすっかりヘルシーな朝型になっているはずだが、今の口調はまさに酔っ払いのそれだ。それとも、薬物でもやっているのかと疑いたくなるテンションだ。

「大きな話って？」

「それは後のお楽しみにとっておこうよ！」

様子が変だ。

「上海マフィアが犯行声明をある媒体に流したっていう話です。何かご存知ですか？」

「え？　ある媒体ってどこよ？」

「知らないですか？」

「マフィアがマスコミに犯行声明を渡すなんて聞いたこともないね。ありえないと思うよ。だけど、諸橋さんのために調べてみるよ」

諸橋の頭の中で黄色信号が点滅した。このブラックジャーナリストが「さん」付けする時は要警戒だ。

「それ調べるために時間がかかっちゃうかもしれないけどいい？　今夜どう？」

「わかりました。何時が都合いいですか？」

「じゃあ、夜の十一時頃は？　場所は前回会った場所で」

そう言うと電話は切れた。

二〇二四年十二月七日　午後三時

電話をしている間にタクシーはすでに警視庁本庁舎の前に着いていた。諸橋はまっすぐ記者クラブがあるフロアに向かった。佐久間宗佑でないなら、誰が犯人なのか。思いつく最後に残った線は愛人と、情報漏れのきっかけになった警察官だが、年齢的に愛人には十四年前の事件との接点があるとは思えない。先程、鮫山にも電話で聞いてみたが否定的だった。

「クラブに勤務していた女だから、半グレなどの線もなくはないと思うんだけど、そういった話は六本木界隈の半グレ周辺では浮き上がっていないね。それに愛人は弁護士を立てて簗瀬を訴えているけど、その弁護士は裏社会とは繋がりがない普通の弁護士だから彼女が誘拐に関わっているというのは無理筋なんじゃないの。当局は何て言ってるのよ？」

この点は諸橋も記者クラブで確認したいと考えていた。千葉県警を退職している警察官については、アンがその後を追跡取材しているはずだが、相変わらず連絡がない。あとは上海マフィアの線だ。

「ありえない」と言ってはいたが、最後まで鮫山がハイテンションだったことが気になった。記者クラブの東京中央テレビのブースに入ると、記者達が各々のスマホで電話をかけていた。両隣のテレビ局のブースの中も騒がしい。

――何が起きているんだ？

「書いた記者なら知っています！　でも、昔の連絡先らしくて電話がつながりません」

「SNSのアカウントからDM送ってるんですが、返信はまだです」

「会社にも連絡していますが、広報からは取材、編集に関することは一切、お話しできませんの一点張りで埒があきません」

記者達がサブキャップの小峯に代わるがわる報告している。殺気立って電話をしている記者たちと同様、小峯も珍しく苛立っていた。

「こいつらだって報道協定に入ったんだろ！　何してくれんだよ！」

小峯の顔は真っ赤だ。ここまで怒った姿を見るのは初めてだった。だが、諸橋がブース入口にいるのを見ると少し安堵したような顔になった。

「ああ、よかった、モロさん！　今、連絡しようと思っていたんですよ。僕もあちこちに連絡しなくてはいけないので、手が回んなくて。他の記者クラブの代表と一緒に、警視庁側と至急協議して欲しいんです！」

「何があった？」

「エターナルですよ、やってくれました。簗瀬社長が山下コースケだって、記事にしたんですよ！　書いたのはよりによって、うちに昔いたアンですよ」

「なに！」

目の前が暗くなる。アンに裏切られた。諸橋は呆然として、その後の小峯の話すことが頭に入ってこなかった。簗瀬の愛人のことも、元警察官のことも、上海マフィアの件も皆、頭から飛んでしまった。


記事はアンの署名入りだった。諸橋はアンに連絡を取ろうとしたが、ＬＩＮＥは既読が付くものの、返信はない。他の関係者を当たると言って、記者クラブのブースを出たが、小峯も他の部員もエターナルのことで対応に追われているようで、誰からも引き留められなかった。これまでアンと協力し合っていたことはさすがに小峯には話せない。他社の記者と裏で組んで情報交換した挙句、裏切られて記事を書かれてしまったことが明らかになれば懲戒ものだ。

彼女が書いた記事を読んだ。顔が熱くなる。だが、冷静になってもう一度読んでみた。外面的には記事自体は報道協定に抵触しているわけではない。誘拐の事実を報じているわけではないからだ。ＳＮＳでの反応を見る限り、記事は一部の人の間では話題になっているものの、十四年前のことを今更、何で蒸し返しているんだろうというのが一般の人の見方だろう。

だが、誘拐事件のことを知っている警察当局、そしてメディアの関係者はこの記事の意味はすぐに分かる。この誘拐事件は佐久間悠斗ちゃん誘拐殺人事件に関連しているのだと。そういう意味で協定違反ギリギリの線を突いていた。記者達は次のレクでこのことについて警視庁に問い質すだろう。そして事実が発覚する。警視庁は重大な事実を隠蔽していたと記者クラブが糾弾するのは間違いない。アンの記事は警視庁に投げられた爆弾だった。

それにしてもアンはなぜ、裏切ったのか。この報道が出れば犯人はどう動くか考えたのか。当然考えただろう。それでも、裏切る選択をしたのだ。この落とし前はきっちりつけなくてはならない。だが、今ではない。山下コースケが簗瀬拓人だったことは犯人が公にしたいことだった。その意味では要求は満たされていることになる。ただ、本人に明かせと要求していたことが、第三者の手で暴かれたことを犯人がどう考えるかは不透明だ。子供の指を切ったとする画像を送りつけてくるような奴だ。

アンが記事を書いた理由は何となく察していた。犯行声明の件を聞いて焦ったのだ。海外マフィアに関するルートが何もないアンは、仮に犯人が上海マフィアだった場合、社内での競争に完敗する。だから何か一手を打たざるを得なくなった。おそらく簗瀬拓人に恨みを持つルートの取材で成果がなかったのだろう。

かつて可愛がっていた後輩と組んでもう一花咲かせたい、記者としての満足感を味わいたいと思っていたが、全ては水の泡だ。そもそも「可愛い後輩」などと思っていたのは自分だけなのだろう。つくづく惨めな気持ちになった。自分は歳をとったのだろうか。現役にはまだ負けないと思っていたこと自体が間抜けだった。

山下コースケのブログのきっかけになった警察官の所在も全く不明だ。アンが独自に何かを摑んで隠しているなら別だが、そこまでの情報があれば焦って山下コースケの正体について記事にするまい。ある意味、全ては振り出しに戻ってしまった。気力も萎えてくる。だが、こんな状態でもまだ自分には戦う力が残っているのを諸橋は感じていた。そもそも、記者の仕事は迷路のようなものだ。右に進めば壁にぶつかり、左に行けば元に戻り、先に進めば落とし穴があったりする。

——そう、どこに進んでも袋小路なのであれば、一度、元に来た道を戻って、別のルートがないか探るのも手だ。

警視庁を出た諸橋は目の前でタクシーを捕まえた。

「東銀座まで」

原点に戻って取材するしかない。

二〇二四年十二月七日　午後五時

諸橋はツインズ・ビルの少し手前、晴海(はるみ)通り沿いで降りた。ビルは東銀座にある歌舞伎座のそばにある。すでに和光の時計は午後五時になろうとしていた。銀座の街は買い物客や、飲食店に繰り出そうとする人たちでごったがえしている。簗瀬翔太が行方不明になってすでに三日目が暮れようとしているが、人々はまだその事実を知らない。人質の体調も不安な中で、心配なのは情報漏れだった。

山下コースケが簗瀬拓人だった事実が公表されたことで事態が一気に流動化する恐れがあった。一番懸念されるのは簗瀬拓人の息子が誘拐されたという事実が何らかの形で公になってしまうことだ。特に心配なのがＳＮＳだ。大手メディアは自主規制するし、簗瀬拓人が手を回しているネットニュースも一歩踏みとどまるのかもしれないが、海外系のＳＮＳはコントロールできない。警察も焦っていると思うが、男児の指が二本も切られている可能性がある以上、残された時間は少ないと考えるべきだ。

——何としてでもこの子は救いたい。

メディアは捜査機関ではないが、何もせずに警察からの情報を待つのではなく、取材を重ねていけば犯人にできるだけ迫れるはずだ。犯人像を絞り込むためには簗瀬拓人本人に話を聞くのが一番だが、報道協定を結んでいる以上、それは不可能だ。だからと言って、当てずっぽうに行っても成果は得られないし、不用意な行動は人質の命に影響する。アンには裏切られたが、諸橋は自分の嗅覚をまだ信じていた。数々のスクープを物にした経験とその感覚を過去のものとは思いたくないし、するつもりもない。

ツインズ・ビルのそばで関係者に接触すると小峯にメールで連絡すると、諸橋はビルの裏手に回った。ある人物を待つためだった。午後五時過ぎ、その人物はビルの裏口から出てきた。ツインズ・セキュリティーの社員、徳重竜馬だ。以前、見かけた時に着ていた作業衣と違って、帰り際の徳重は私服だ。歳の頃は三十歳位だろう。身長は諸橋よりやや低く、百七十五センチ位か。どこにでもいそうな顔つきで、一言で言えば特徴がない。良くも悪くも目立たない、影が薄いタイプだった。一人で裏口から出ると、足早に晴海通りに向かっている。誰も見ていないのを確認すると、諸橋は徳重の横に並んで歩きながら声をかけた。

「徳重さん、ちょっと宜しいでしょうか？」

あからさまに怪訝な顔をした徳重は諸橋を無視して立ち去ろうとする。

「お話を伺いたいんです」

徳重は歩みを止めなかった。

「何だっていうんです。僕達、外部の人と話すの禁じられているんです」

「それはいつものことですか？　それとも今回の『事件』に関してでしょうか？」

徳重は依然として歩みを止めないが、顔は泣きそうな表情だ。

「勘弁してください。あなた記者ですか？　こんなところ見られたら、僕、ただじゃあ済まないんです。記者と話して外部に情報を漏らすのは重大なコンプラ違反と今朝、言われたばかりなんですよ。本当に勘弁してください！」

――コンプラ違反か……。あのカードを使うのは効果的のようだ。

「コンプラ違反ですか。ではランチで焼酎を飲むのもコンプラ違反ではないんですか？」

「何だって！」

徳重は立ち止まった。この前の昼飯の際に、諸橋はこの男が麦焼酎の水割りを飲むのを目撃していた。その後、徳重は会社に戻ったから明らかな就業規則違反だろう。隠れて動画も撮影しているが、そのことはあえて伏せていた。動画をちらつかせて聞き出せば脅迫されたと言われかねない。声がけの様子が目立ってはいけなかった。この周囲には監視カメラが何台も設置されている。警察に諸橋だと気づかれたら厄介だ。素早く人目につかない場所に移動すべきだ。

「立ち止まらないで、あそこのビルの居酒屋に行きましょうか？」

「何を聞かれても答えないぞ！」

結果として居酒屋に行ったのは正解だった。酒を交えて、一時間もすると徳重は社内事情も含めてベラベラと喋りだした。

「事件が起きたことは知っていますよ。でも、当日、何が起きたのかの全容は、うちの会社では社長と警備部長、それに部長補佐の三人しか知らないんです。自分も当日は休みをとっていましたし」

「徳重さんはいつ入社されたんですか？」

「私は三年前に入ったんですけど、この一、二年は給料がどんどん下がっていて、次々と辞めてしまってるんです。以前は社員が二十人くらいいたのが、陣内社長と杉崎部長、そして部長補佐以外は警備員が十名、警備部門以外では私と杉崎部長の奥さんだけになってしまったんですよ」

「奥さんも同じ会社に？」

「ええ。まあ。会社が数年前からリストラを始めたので杉崎部長の奥さんが業務部長になって、ずいぶん助かっていたんです。杉崎部長とは同じ大学で理系だったそうなんです。部長は前の社長時代から残っている数少ないベテランで。でも、奥さん、病気でしばらく会社を休んでいるんです。だから半年前に部長補佐として人を雇わなくてはならなくなったんです」

徳重は口籠った。

「何か問題が？」

「その人、愛想も悪いし、目つきも悪いし、自分は苦手なんですよ」

できるだけ情報を聞き出さなくてはならない。特に社内の不協和音は事件とも関連する可能性がある。

「リストラはそんなに進んでいたんですか？」

「酷いもんですよ。先代の会長が追い出されてからビルを売るって話が毎年のように浮かんでるんです。だから、モチベーションもだだ下がってしまっていて、次々と人が辞めていく。子供が急にいなくなった時にシステムがダウンしても、恥ずかしい話、加藤さんが来るまでは誰も何もできなくてオロオロしてしまったんです。ああ、加藤さんは最近採用した部長補佐です」

「システムは加藤さんが直したんですか？」

「ええ、大学時代、理系だったそうで、ＩＴに詳しいんだそうです。それにしても、昔起きた誘拐事件で被害者の男の子が亡くなったきっかけを作ったブロガーが簗瀬社長だって記事が出てましたけど、今回の誘拐と社長は関係あるんですか？」

事件を知っていれば誰でもそう考えるだろう。

「正直言ってわからないですね」

よほど諸橋の答え方が空々しかったのか、徳重はうんざりした顔になった。

「やっぱりな。親会社の社長、リストラするわ、めちゃな仕事を振るわで、社員の人望全然ないんです。やっぱり、そんな人だったんですね。自分も今後のこと考えると不安ですよ、全く」

酔いも回ったせいか、徳重は饒舌になっていた。

「でも、会社のことと子供が誘拐されたのは別です。自分も三歳の子供がいますから、可哀想で可哀想で」

「託児所からエレベーターに乗って、そこから行方不明になったそうですが、エレベーターは一階まで直通だったのに、途中でいなくなったのが何でか分かりますか？」

「警察にも社長が話したと思うんですが、直通っていっても途中の階を飛ばすような設定になっていただけで、物理的には途中で止められるんです。停電で途中の階に停っていた間に外に連れ出されたんだと思います。ただ、システムがダウンして、防犯カメラも全部ダメになっていますから、どこで降りたのかもわかりません。仮に子供を大きなケースにでも入れて運び出されていたら、誰にも気づかれずに外に出ることも可能だと思います」

「建物の中に子供を隠す場所で思い当たる場所はないんですか？」

「さあ、そんな場所はないと思いますけどね。部屋という部屋は全部チェックしたはずです。それぞれの階の天井裏も見たと聞いています」

「そうですか……。徳重さんの知らない部屋やスペースがある可能性はありませんか？」

「う～ん。このビルは五年前に大改装しているんです。託児所はこの時に作られたんです。改装後のビルのことは隅々まで知っていますが、子供を隠せる場所なんてありませんよ。それにもし、どこかの部屋に閉じ込められていたら、声がしてわかるはずです。確かビルの図面があるはずですから確認してみますか？」

声をかけた時と打って変わって、簗瀬の記事の話が出てから徳重の協力姿勢が明らかに前のめりになっている。

「図面があるんですか？」

「ええ、明日にも探してみましょう」

「いや、明日ではなくて今夜中に欲しいんですが」

「え！　今夜ですか？」

「無理でしょうか？　謝礼は弾みます」

謝礼と聞いて、徳重の顔が明るくなる。

「わかりました！　警備担当には新人の研修が急に決まったと言って入りましょう。ビルの一階にツインズ・セキュリティーのオフィスがあるんですが、その資料棚に保存してあるのを見たことがあります。杉崎部長が棚の鍵を保管しているんですが、鍵をしまっている場所は知ってますから。ビルの図面なんて必要ないんで私も見たことないんですけど」

「改装前後の中の様子は記録に残していないんですか？」

「本棚に改装時の写真をまとめたポートフォリオがあったはずです。併せて一緒に持ってきますよ」

「警視庁からは求められなかったんですか？」

「初動で部長がビル内を警察の人たちを隈なく案内していますから、図面まで持ち出すことはありませんでしたね」

二十分後、約束通り、徳重は二枚の図面を持ってビルから出てきた。改築前と後のもので、参考のためにと改装時に内部を撮影した写真のポートフォリオも持ち出してくれた。

——取材で行き詰まった時は原点に還るべきだ。あのツインズ・ビルには警察が見落とした何かがあるような気がしてならない。

徳重が店から出た直後だった。電話が鳴った。知らない番号だ。

「はい、諸橋です」

「初めて電話させていただきます、私はコンプライアンス局の守屋(もりや)と申します」

諸橋の警戒モードは一気に高まった。

——何で、コンプライアンス局の人間が重大事件の取材中に電話をかけてくるのだ？

二〇二四年十二月七日　午後五時　種田由梨

大失敗だった。種田はつくづく自分が甘かったと猛省した。あの若い、見どころがあると思った若い記者に情報を渡したことが、とんでもないことになってしまった。利用しようとして結果的に利用された。アン・ジヒにリークしたのは、簗瀬拓人の秘密を隠蔽しておくのが許せなかったからだ。だが、まさか誘拐事件に密接に関わる核心となる事実を事件解決前に書くとは全くの誤算だった。マスコミとの付き合いがあまりない自分が、記者と関係を持つのがそもそもの間違いだったのだが、後の祭りだ。

「一体、どうなっているんだ！」

エターナルに山下コースケが簗瀬だったことを暴露する記事が掲載されたわずか一時間後、簗瀬拓人の私用スマホの着信音が鳴った。画面を見た簗瀬の顔が青ざめていた。

「なんで、俺のテレグラムのアカウントを知ってるんだ？」

テレグラムはロシア製のＳＮＳで暗号化されていて、秘匿性が極めて高い。

「見せてください！　犯人からですね？」

種田はとっさに簗瀬の元に駆け寄った。犯人からの連絡は一回目の連絡は自宅への電話、二回目は美優のスマホへのメール、三回目は簗瀬拓人の個人スマホにメールだった。なぜ、犯人が簗瀬拓人のテレグラムのアカウントを知っているのかは不明だが、簗瀬が見る前に捜査員がまず確認したい。さらにショッキングな画像や動画が送られてきたのなら大変だからだ。だが、種田がスマホを取り上げる前に簗瀬はメッセージを開いてしまった。

四回目の連絡

他人を使って公表するなんて反省していない証拠だ。

自分が過去にしたことの報いを受けるべきだ。

息子が可哀想だな。

もう会えないぞ。


添付写真が付いていた。翔太だった。顔だけを写したもので、どこで撮影されたかはわからない。薄暗い場所で顔が青白い。だが、涙を流しているのが鮮明に写っていた。種田は自分の行為が招いた結果の重大さに一瞬、固まってしまった。その隙に、スマホを誰かが奪った。美優だ。

「止めろ！　美優、見るな！」

簗瀬拓人が叫ぶ。だが、遅かった。文面を見た瞬間、美優は床に倒れこんだ。そして、泣き叫んだ。

「あなたの言う事を信じていたのに、翔太、帰ってこないじゃない！　どうすんのよ！　あの子、あの子……」

美優のそばで簗瀬は狼狽えているばかりだ。

「スマホをとりあげて！」

大石班長が叫ぶ。種田が美優の手からスマホを奪う。

「画面をキャプチャーして、捜査本部の共通メールアドレスに送って！」

テレグラムは一定時間が過ぎるとメッセージが消える機能がある。消える前に保存しておく必要があった。簗瀬夫婦には寝室に移動してもらい、犯人からのメッセージを受信した件を捜査本部に報告するために捜査員は応接室に集まった。捜査本部と緊急のオンライン会議をするためだ。

　渋谷警察署の大会議室の模様がモニターに映し出されていた。捜査本部にはおよそ五十名の捜査員や警察職員がいるが、皆、一様に落ち着きがない様子だった。何かが引っ掛かった。先程、犯人からのメッセージを送ったばかりだ。全員がその情報を共有している訳ではない。その反応にしては早すぎる。大石班長が上司の能見(のうみ)哲也(てつや)管理官に電話した。大石が電話をスピーカーにした。みんなに聞こえるようにとの配慮だ。

「子供と会えない可能性をちらつかせるとは卑劣な奴だな」

　能見の後ろを捜査員が一人、また一人と通り過ぎていく。見たことがない捜査員がいることに種田は気がついた。

「管理官、写真と新たなメッセージについて、捜査本部で情報共有させていただきたいのですが」

「ああ、さっき受け取ったメッセージはすでに捜査員には共有した。とにかく簗瀬夫妻のメンタルが心配だ。ケアに全力を尽くしてくれ。報告は以上か？　もう切るぞ」

　二人の会話を聞いていた種田は違和感を持った。内容が内容だ。今度ばかりは簗瀬拓人と山下コースケの関わりを明かさずにマスコミに説明できない。すぐさま捜査本部で会議を開くべきだ。おそらく大石も同じことを思っているのだろう。

「こんな重要な情報にしては随分、あっさりしてますね」

「そんなことはない。こっちはこっちで色々あって大騒ぎだ」

画面の中で、大石と話している能見管理官の後ろをスーツ姿の集団が通り過ぎた。男女五人。どこか異質なものを集団から感じた。そのうちの一人に目が止まった。女だ。

——あの人、どこかで見たことがある。

記憶を辿る。女はかつて警察学校で同期だった。入学後の希望をどこにするかという会話の中で彼女が言ったことを種田ははっきり覚えていた。

「私は普通のお巡りさんになるつもりはないの。大学で中国語勉強したし、この国を守りたい。だから公安に行くのよ」

生粋の刑事志望だった種田はその言葉にムカついたが、なぜか馬が合って年賀状のやり取りは続けていた。彼女の配属先は……。能見に見られないよう大石にこっそりメモを入れる。大石の目が吊り上がった。

「管理官、何で捜査本部に外事二課が？　上海マフィアの線を追うのであれば公安が捜査本部なんかに出張ってこないでしょう？　一体、何が起こっているんですか！」

「ちょっと待て」

画面から能見が消えた。どこか内緒の電話ができる場所を探しているのだろう。

「鋭いな。それとも対策班の中に公安に繋がりがあるメンバーがいたか。まあいい。お前の言うとおりだ。外事二課からの応援が来ている。これからきちんとした『訳』ができて、分析が終わったらそっちに知らせるところだった」

嫌な予感がした。

——訳って、何の訳？

「中国の『ブルー』って最近リリースされて若者に人気がある新しいSNSがあるんだが、今から一時間前に日本有数のIT企業家、簗瀬拓人の息子が誘拐されているって書き込みがあったんだ」

「何ですって！」大石が思わず大声を出す。叫びそうになったのは種田も同じだった。

——ついに書かれた。よりによって、外国のSNSですって？

能見はさらに続けた。

「すると、今から三十分前にSNSを見たという在日中国人向けのニュースサイト、『ドラゴンnews』がブルーの書き込みを引用した記事を書くので誘拐の事実があるか確認したいと警視庁に連絡してきた。ドラゴンnewsの本社は上海にあって、日本語ができるスタッフがメールと電話で確認を求めてきたそうだ。この後の対応を協議するため、中国語のプロである外事二課に来てもらったというわけだ。事態は当然のことながら深刻だ。ドラゴンnews自体は中国語のサイトだが、最近になって日本版ができた。まだ、読んでいる人は少ないが、そこで書かれてしまったら日本国内でも誘拐情報が拡がってしまいかねない」

「犯人は報じられた時点で子供の命はないと脅しています」

「いや、それは違うんじゃないか。犯人は三回目の連絡で『情報が漏れて報道協定が成立しなくなった場合、息子は帰れなくなるぞ』と脅している。裏を返せば報道協定が守られている限り、子供の命までは取らないと言っている」

だが、それはあまりにも楽観的な見方だ。大石も同じ意見だった。

「百歩譲ってSNSの拡散に犯人が目をつぶったとしても、ネットメディアの記事が配信されてしまえばマスコミ各社は『協定の意味がない』として協定を破棄し、こぞって報じるでしょう。

そのドラゴン news は簗瀬拓人が働きかけているデジタルニュース協会には入っていないんですか?」

「日本版は最近できたばかりだ。入ってない」

エターナルは韓国系のニュースメディアだが、日本人の記者が多く働いている。その点、日本にローカライズされていて日本人的なリテラシーがあるが、ドラゴン news はそうではないだろう。慣れてないスタッフがすぐに記事をアップしてしまう恐れも十分にある。

ガタンと音がした。応接室の入口が開いていた。簗瀬拓人が呆然として立っていた。

二〇二四年十二月七日　午後六時　諸橋孝一郎

諸橋は本社に呼び出されていた。本社のエレベーターにはモニターが設置されていて、普段は会社からのお知らせや、新作ドラマの記者会見の模様などが流されているが、夕方は生放送されている自社のニュース番組が映し出されていた。モニターには万引犯が店主を殴って逃げたものの、警察官に取り押さえられたというネタが流されていた。自分や周囲は誘拐のことで頭が一杯だが、当然ながら夕方のニュースでは誘拐の「ゆ」の字もない。

報道フロアに立ち寄った。各局の放送が一度に見られるようフロアの中心には縦二メートル、横幅三メートルもある大型スクリーンに各社の放送画面が六画面に分割されて流されていた。NHKと民放、そしてアメリカのCNNだ。大きな発生ニュースが何もなかったのか、午後六時台の頭のニュースは各局ともバラバラだった。先程起きたらしい高速道路での玉突き事故を速報として報じている社もあれば、お笑い芸人のスキャンダルを扱っているところもあった。世間的には誘拐事件は「ないことに」なっている。この報道協定ならではの状況下で、今更だが諸橋は不思議な感覚に陥った。

　諸橋が呼び出されたのは十八階のコンプライアンス局の会議室だった。部屋にいたのは報道局の幹部ではなく、コンプライアンス局長と社の顧問弁護士だった。報道局が使っている危機管理担当ではなく、総務局とコンプライアンス局が契約している弁護士だ。一度、コンプライアンス研修を受けた際に、講師だったから覚えている。守屋という局長は初対面だったが、初めて会った人間をそこまで不愉快にさせられるのかという態度だった。

　着席させられた後、ネチネチと二人の尋問が続いた。

「報道協定を結んだんでしょう？　何でツインズ・ビルのそばで堂々とうろついていたんですか？」

「ツインズの子会社の社員と酒場で会って、あれこれ取材していたっていうじゃないか？　協定の精神に明らかに違反しているだろう！」

　報道を経験したこともないのに何が精神だと口走りそうになったが、我慢する。要は諸橋の取材に警視庁が不快感を示しているということだ。徳重を安心させるため、行き慣れたツインズ・ビルのすぐそばの居酒屋を使ったが、どこかで捜査員の目に留まったのだろう。

　だが妙だ。警視庁側が諸橋の行為に怒っているのであれば、記者クラブ側に東京中央テレビが協定違反をしていると訴えるはずだ。訴えが認められれば、東京中央テレビは臨時のクラブ総会にかけられ、事件解決まで警視庁が行っている記者レクに参加できなくなる。誘拐事件の処分としてはそれ以上効果的なものはない。だが、そうせずに直接、諸橋に伝えるのはなぜだ？　それは顧問弁護士のセリフですぐに明らかになった。

「警視庁側からの情報が記者クラブに伝達される前に、三宅(みやけ)さんのお耳に入れていただいたんですよ」

諸橋はすぐにピンときた。三宅とは三宅琢磨(たくま)のことだ。東京中央テレビ総務部・部次長。彼は元警視庁公安部外事二課課長、つまり警視庁からの天下りだ。諸橋が周辺捜査でツインズの社員に接触したことを知った警視庁の誰かが、記者クラブに告げずに東京中央テレビで天下りしている三宅にこっそり知らせた。これで得るものは東京中央テレビへの貸しだ。おそらく、捜査本部の中に元外事二課長の三宅に通じた人間がいるのだろう。その人間が徳重と会っている諸橋を見つけ、上司に報告せず、三宅に連絡した。おそらくこれが真相だ。

諸橋もコンプライアンス局長に取材は捜査妨害には当たらず、各社もギリギリのところでしのぎを削っていることなど正当性を訴えた。だが、守屋からのとどめの一言で退路を断たれてしまった。

「報道局長はそうは考えていないようですよ、諸橋さん。あなたはこれまでも散々、社会部、いや報道局の総意とはかけ離れたところで取材活動をして迷惑をかけていたようですね。そんな人を守る人はいませんよ。それに社会部の中でも、周辺取材であそこまで突っ込んで取材したいなんてコンセンサスはないそうです」

ここで小峯の名前を出しても形勢は変わらないし、彼の立場が悪くなるだけだ。

「わかりました。この調べには承服しかねますが、私は今後、どうしろと？」

顧問弁護士が淡々と告げた。

「今後は社の懲罰委員会にかけるのか否かをまずコンプライアンス局の方で検討します。その上で、決定が下りますが、報道局長からは当面、出社には及ばず、現在抱えている事件からは手を引けとのことです」

　懲罰委員会とは随分大きく出たものだ。この手の話で社内処分は重すぎる。脅し文句でビビらせて追い出そうというのが見え見えだ。

「はい、そうですか」と言うのは我慢できず、諸橋は無言で会議室を退出した。どう受け止められようと構わない。周辺取材をちょっとしたから処分されるなど受け入れられるはずもない。それにこれが社会部員、記者たちの総意とも思えなかった。実際、小峯からは本社での「尋問」直後に電話がかかってきた。

「すみません、私も会社の周辺で情報収集するのは協定違反にはならないと主張したんですが、どうしてモロさんが取材していたのを、気が付かれたんでしょうかね」

「警視庁からねじ込まれたんだろう。納得できないが、お前たちの取材の邪魔にならないよう、こっちは引く。読み込みたい資料があるから一旦、家に戻っているよ」

「すみません」

　小峯が恐縮そうなのが申し訳なかった。

「ところで、モロさん、マスコミのどっかに犯行声明が送りつけられたという噂ですが、あれ、事実でした」

　諸橋が黙っていると小峯はそのまま話し続けた。

「しかもやっぱり相手はエターナルだったんです。関東テレビから転職した記者がとったそうですが、何か聞いていませんか?」

　やはり、緒方だった。

「いや、聞いていない」

「わかりました。これ以上、上から睨まれるとまずいですから、大人しくお願いします」

——大人しくなどしてられるか。

これから鮫山と会う約束があることは話さなかった。

事件の核心に迫る事実を探るのが記者の仕事だ。佐久間宗佑が事件に関わっておらず、悠斗ちゃん事件の関係者からも有力な線がないとすれば、今自分にできるのはこの誘拐事件を発生当時からもう一度解きほぐすことだけだ。

今、手に持っているのはその手がかりになるはずの資料だ。どこかカフェで資料を読み込もうと思ったが、図面は長さが一メートル近くもある。どっちみち、こんなものを抱えて鮫山と会う訳にもいかない。事件発生から家族と話せていないことも気になっていた。諸橋は会社を出て地下鉄の駅に向かった。

二〇二四年十二月七日　午後九時

ツインズ・ビルの保守担当者から入手した資料が入った紙袋を持ったまま諸橋は自宅マンションのドアを開けるのを躊躇って(ためらって)いた。診断結果を受けた後、電話で話して以来、洋子とは会話していない。

家に入ると洋子も慎也もいた。ちょうど二人で夕食を食べていたらしい。洋子は片付けを始めていて、慎也は洋子に出されたお茶を飲んでいた。二人とも諸橋を見ても、何のリアクションもない。

リビングの片隅にとりあえず、荷物を置き、スーツのジャケットをクローゼットにしまって、リビングの自分の席に座った。資料が入っている紙袋からはツインズ・ビルの設計図が顔を覗かせている。これで何か新事実が明らかになるかは分からないし、警視庁はツインズ・セキュリティーの警備部長の案内でビル内は隈なく捜索しているというから、翔太がビル内にいる可能性は万が一にもないのだろう。だが、今はどこから連れ出されたかも含めて原点に還ることしかできない。諸橋は急がば回れという言葉を若い頃から大事にしていた。

住んでいるマンションは3LDKで、諸橋の個室はない。仕事をするには二人が食事をしているリビングのテーブルを使うしかない。

仕事を始める前に診断の件を話さない訳にはいかない。諸橋が椅子に座ると慎也はすっとリビングのソファに茶を持ったまま移動した。ちょうど午後九時からニュースが始まっていた。息子はソファでニュースを見始める。今の若者らしく、リビングでテレビを見る習慣はないが、昔からニュースがつけっぱなしになっている環境が当たり前のせいか、ニュースだけはタイミングさえ合えばリビングでテレビを見ている。だが、決して目を合わせようとはしなかった。

「ねえ」

洋子の方から声をかけてきた。

「ヤフトピで見たツインズの社長が十四年前の誘拐事件に関わっていたって、あれ、あなたが取材していた件でしょう?」

仕事のことで話しかけられるなんて珍しい。

「ああ、そうだ」

洋子が目の前に座った。

「あの時、慎也が不登校で大変だったのに、全部私に押し付けて勝浦まで仕事に行っていたよね」

　嫌な言い方だが、自分に反論する資格はない。実際、子供の問題を真正面から向き合う勇気がなく妻に押し付けていたのは事実だ。

「私、あの時、ノイローゼになる位大変だった。もっと早く診断していたら、悩まずにいられたかもしれない」

「診断に立ち会わず済まなかった」

　謝罪の言葉に反応することなく、洋子は話し続けた。

「本人はあまり驚かなかったみたいよ。自分の特徴を自分なりに冷静に判断して、発達障害かもって思っていたようで、診断を聞かされた時は『ああ、そっちか』って言っていたしね。好きなことや興味があることに対して、高い集中力を発揮したり、人が気にしないような細かい部分まで気になって解決しないと気が済まない点、論理的思考を持って深い部分まで考える点、慎也の特徴だけど、これらは発達障害の特性そのものだって」

　本人は相変わらず黙ってテレビを見ている。

「そうか……」

　予想していたことだったが、改めて診断結果を突きつけられると諸橋は言葉が出てこなかった。

「ところで、今日はずいぶん早かったのね？　まさか診察結果を知りたくて早く帰ってきたわけじゃないでしょ？」

　棘（とげ）がある言い方だった。

「まだ報道されていないんだが、また誘拐事件が起きてる。今度も幼い子供が忽然とビルの中から消えてしまった。同時刻に停電が起きていたので、その隙に外に連れ出されたと思うんだが、連れ出されたルートを確認しようと思って、図面を持ってきたんだ」

「それを家で調べるの？」

「会社でトラブってね。家にいろってことさ。この件が終わったらいよいよ報道から異動になるかもしれない」

「そう」とだけ言うと、洋子は残った洗い物を片付け、寝室に入って行った。慎也もお茶を飲み終わったのか、立ち上がって部屋に戻った。妻から異動について突っ込んで聞かれないのは辛いが、それだけ怒っていると受け止めるしかなかった。

リビングに残された諸橋は二枚の図面を見比べてみた。紙の質からどっちが改築前かはわかるが、建築に関して全く素人の諸橋には図面を何度も見返してみても、怪しい点は発見できなかった。新しい方の図面には手書きで「改装後に手直し済み」と書いてあるが、どこを手直ししたのかはわからない。

時刻は午後九時半になろうとしていた。アンからも相変わらず連絡はなかった。家のことと同様に仕事も袋小路に入り込んだままだ。諸橋は再びジャケットを引っ張り出し、玄関に向かった。玄関脇の寝室のドアは閉まっていた。

「今から取材に出てくる」

洋子が見送りに部屋を出ることはなかった。

二〇二四年十二月七日　午後十時　簗瀬拓人

簗瀬拓人はパニックに陥っていた。「ブルー」なんてSNSは聞いたこともない。午後三時に自分が山下コースケだったと暴露する記事をエターナルが掲載して以来、ネットには批判コメントが溢れていたが、それどころではなかった。翔太が誘拐されたことが中国語で書かれてしまっただけでなく、中国系のネットニュース、ドラゴンnewsから取材の問い合わせが警視庁に来たという。簗瀬はツインズ・セキュリティーの社長、陣内とZoomを繋ぎ、日本のネットニュースで拡散されない方法がないか検討させた。

「デジタルニュース協会に入ってもいない媒体の規制なんてできません、無理です！」

これまで「できない」を連発してきた男が「無理」を連呼している。

「無理って言うが、協会に入っていない媒体に君はどれだけ連絡して要請をかけたって言うんだ？　分かってるのか？　このままだと、報道協定が解除されてしまう。そうなれば犯人の奴らがどうするか君も想像できるだろう！　指を切って送りつけるような連中だ。だから、何としてもニュースにさせちゃあ、駄目なんだ！　いいか！」

所詮、陣内は天下りで警備のイロハも理解していない男だ。去年、ツインズ・セキュリティーの大幅な人員整理を命じたら「人がいなくてはこの仕事は成り立ちません」と主張するばかりで簗瀬を心底がっかりさせた。人が足りないのはどの部署も同じだ。事態を打開するアイデアを考えることに心血を注ぐべきなのに、言い訳ばかり。事件が解決し次第、クビにしようと簗瀬は決めていた。

「はい、ええと……」

オロオロするだけで本当に役に立たない。

「君じゃあ頼りにならない、杉崎は？」

「杉崎部長は本社の警備室で陣頭指揮を執っていて、今は会議に参加できません」

「陣頭指揮をって、そもそも、お前はどこにいるんだ?」

「私は……自宅で……」

「は?　家だって?　何でそんなところにいるんだ?」

「私、実は退職を考えていまして」

「はぁ?　退職?　君は何、寝惚けたこと言ってるんだ?　今、私の息子が誘拐されているんだぞ!」

「わかっていますが、社長、上海のファンドがツインズ・ビルとツインズを買収する話が出回っています。本当なんですか?」

「買収?　そんなこと何も決まってない」

「決まってないってことはそういう話があるってことですよね?　何で私には教えてくれなかったんですか?」

「だから、決まっていることは何もない。安心しろ!」

――何でこの男はこのタイミングでこんな話をするのだ。

「安心?　もし、ツインズが買収されてしまったら、ツインズ・セキュリティーなど子会社は全部整理されちゃうじゃないですか!」

――ここでこいつに辞められたらまずい。

ついさっきまでクビにしようとしていたことを頭から払いのけて、簗瀬拓人は引き留めようとした。

「そうだな。でも、万が一そうなってもお前は買収の後で新生ツインズに戻ってきてもらうから心配はいらない」

「そんな訳ないじゃないですか！　ツインズだってなくなるんでしょう！　何も知らないからって、馬鹿にしないでください！」

こんな熱い陣内は初めてだ。それにそんな具体的な買収話は聞いたこともない。どこから聞いたというのか。

「そもそも、お前がいなくなったら、誰が警察と向き合うんだ」

「さすがに人としてあり得ませんから、今は辞めません。ただ、事件が解決したら辞表を出させていただきます」

少し落ち着かせよう。冷静になれば辞めるわけがない。

「そ、そうか。今、辞める訳じゃないんだな」

「ただ、次の就職活動もありますので、今日と明日はリモートワークでお願いします」

「リモートだって！」

リモートワークでどうやって警察との窓口を果たそうというのだ。陣内は頼りないが、信頼できるところを買っていた。かつて、ツインズ・セキュリティーには父親の代からの顔見知りが大勢いた。だが、何度となく実施したリストラでほとんどがいなくなっていた。最も長いのは警備部の杉崎部長と、業務部兼ネットワーク保守部の責任者をしていた杉崎の妻だが、杉崎は父親が採用し、可愛がっていた人材だ。だから、あまり深い付き合いはしないようにして、細かい指示も本社から送り込んだ役員、今は陣内を通じて伝えていた。

――何でこんなことになったのだ。あの時、ブログで書いたのがそんなにいけなかったのか。

妻の美優には協定が解除されるのは時間の問題だなどと、とても説明できなかった。これまで感じたことがない孤独を簗瀬は感じていた。

二〇二四年十二月七日　午後十時　諸橋慎也

父親が家を出てから、慎也はリビングに戻った。母はもう寝室に入ったままだ。ダイニングテーブルの上に無造作に置かれた図面を手に取ってみた。特段、父の仕事を手伝いたいという気持ちはなかった。純粋に図面を見るとうずうずしてしまうのだ。自分が発達障害だとしても、あるいはそうでなくても、どちらでも良かった。商社を辞めたのも、面倒な人付き合いをしている割には月給が三十万円に満たなかったために過ぎない。

建築模型を作って売れば月、六十万から七十万円は稼げる。しかも、難度が高い建築模型を作る様子をYouTubeに公開したら、これまたウケた。動画の広告収入だけで暮らすのも夢ではないかもしれない。だから、仕事を辞めた。それだけの話だ。一度、父親からYouTuberなんてとディスられたこともあるが、オールドメディアの人間に何を言われても響かない。

それよりこの図面だ。何てことのないオフィスビル図面だが、リビングで聞きかじったところによると、このビル内で子供が消えたのだという。

——言っちゃあ悪いが、面白いな。

ビルの構造はそれほど複雑なものではなさそうだった。

——よし、謎解きをしてみるか！

全部を再現する必要はなさそうだった。それでも図面を3DCGで再現すれば数日はかかる。今週中に仕上げなくてはならない模型の発注も受けているので無理だ。着色はいらないので、手作業で模型を作れば四、五時間もあれば十分だろう。慎也は改築後の図面を自分の部屋に運んだ。

図面をスキャナーにかけてデータ化し、印刷した。そのままスチレンボードに貼りつけ、壁や柱などのパーツごとにカットする。単純作業のようだが、ミリ単位で精巧に作り込まないとガタガタになってしまう。慎也は謎解きにすっかり夢中になっていた。

二〇二四年十二月七日　午後十時　諸橋孝一郎

諸橋が向かった先は歌舞伎町ゴールデン街だったが、その前に立ち寄る場所があった。鮫山からはついさっき「午後十一時で確定」とメッセージが送られてきた。ゴールデン街の隣にある花園神社(はなぞのじんじゃ)に着いたのは午後十時だった。待ち合わせまではまだ一時間あったが、鮫山と会う前に少し頭をクールダウンする必要があった。

記者は釣り人のようなものだ。魚がいそうな場所に餌を投入し、獲物を入手する。だが、往々にして起こるのは、がっつく釣り師が逆に「入れ食い」する魚になってしまうというケースだ。古くはやらせ、今であればフェイク、安易な情報に飛びつき道を踏み外した記者は古今東西大勢いる。諸橋は自分でも熱くなっていると自覚している時、都内で行く場所が数箇所あった。短い時間でも滞在することで冷静になれる場所だ。

新宿の場合、ここ花園神社はそういう場所だった。花園神社はゴールデン街に隣接していて、江戸時代から街の守り神として地元の人に親しまれている。また、境内で演劇も盛んに催されていることから、近くの芸能関係者も訪れることで知られ、諸橋も番組担当のプロデューサーだった頃は視聴率祈願でよく訪れていた。

夜中の境内はひっそり静まりかえっていた。ここから半径百メートル以内には飲み屋もあればラブホテル、さらにはホストクラブや暴力団関係者の事務所もある。それらをこの神社は長年見続けていた。ここに身を置いて五分間も瞑想すれば、複雑に入り組んだ考えもまとまる。拝殿でお参りすると、神社の裏側から以前通っていた、あるパブの方向に向かって歩き出した。鮫山と電話で話した時に感じた警戒感、その正体を確かめたかったからだ。

目的の店は鮫山が元々馴染みにしていた中国人パブだった。店のママである梨花は初めて出会った時は店を経営し始めてまだ五年目の新米ママだったが、その頃からすでに十年以上経営に携わっているような風格があった。留学生として日本を訪れ、バイトでこの世界に入った梨花だったが元々、この業界に関心があり、いずれは店を持ちたいという野望を持っていた。勤めていた店で頭角を現し、店のナンバーワンになった梨花は鮫山のお気に入りだった。

店は上海マフィアがバックにいて、鮫山にとってマフィアとの円滑なコミュニケーションのために彼女は欠かせないホステスだった。だから、彼女が独立した後も鮫山は足繁く店に通い、諸橋も何度か連れられて店を訪れた。幸い梨花の実家が裕福だったので、彼女のバックに特定のマフィアやパトロンがいるわけではなかった。このため、歌舞伎町の様々な勢力がこの店を使うようになり、店での争いは御法度になった。店が裏情報の宝庫となっていったのは極々自然なことだった。

最初は鮫山に連れられて店を訪れた諸橋だったが、次第に一人でも行くようになった。鮫山と違って中国語ができない諸橋にとって、日本の中国人社会のディープな情報を得るためには梨花のような存在は不可欠だった。

何度か通っているうちに彼女の持つ情報の鮮度、正確さに目を見張らざるを得なかった。梨花は中国の裏社会だけでなく、日本の暴力団事情についてもかなり客観的な情報を持っていた。それは鮫山との付き合いから得たものだけでなく、店を訪れる裏社会の人脈から直接得たもので、諸橋を信頼して教えてくれたのだ。梨花の店は本来なら座っただけで少なくとも五、六万円は取られる店だが、記者ということもあってか、二万円以内に収まるよういつも配慮してくれていたのも嬉しかった。以前、なぜ一介のサラリーマン記者にそこまで親切にしてくれるのか聞いたことがある。

「昔は記者も歌舞伎町によく来て情報を集めながら遊んだものよ。でも、時代も変わってすっかり来なくなった。数年前に珍しく若い記者さんが来たんだけど情報を集める手段はもっぱらネットだって。SNSへの投稿をチェックしていれば容疑者、被害者どっちの顔写真も入手できる。アポもいきなり夜中に押しかけるのではなくてLINE交換して、都合のいいタイミングで情報交換する、それが今時のやり方だっていうんだもの。でも、どっちかと言えば私は昔ながらの記者さんを応援しちゃうのよ」

若い記者をいつか連れて来ますと言って、まだ約束は果たせていない。小峯の顔が頭に浮かんだ。なぜか、アンのことも思い出した。

梨花の店に行く前に、鮫山との待ち合わせ場所も見ておきたかった。まだ五十分以上あるし、つい先日訪れたばかりだが、あれは昼間のことだ。同じ店でも昼と夜は客層も違い、顔つきも変わる。大事なミーティングなだけに万全を期したい。店は神社から徒歩で五分もかからなかった。

店の目の前まで来て、ガラス越しに中の様子が見える距離まで近づいた時、諸橋はハッとして後ろに下がった。ガラス越しにミサキの姿が見えたが、その手前に座っている男の姿が視界に入ったのだ。緒方だ。

なんでここにと驚く間もなく、諸橋は前方三十メートル先にも見知った顔がいるのに気がつき、ゴールデン街を縦横に走る小道の一つに滑り込んだ。鮫山だった。鮫山は目が悪い。あの距離で諸橋のことは認識できないはずだ。鮫山はそのまま諸橋の手前を通り過ぎ、そのままバーに入り、緒方の隣に座った。諸橋の場所からは声は聞こえないが、二人の表情から、相当関係性が良いことは窺えた。

エターナルに知り合いはいないと言っていたのは嘘だったのだ。あえて嘘をついていたことは、ある事実を物語っていた。犯行声明らしきものをエターナルが入手したのは、間違いなく鮫山からだ。あっちの方が一歩も二歩も先をいっていた。

諸橋は二人に気が付かれないよう、その場を後にした。十一時に戻ってくればいい。それまでにやることがあった。今の鮫山の情報を真に受けていいのか、梨花の目線で確認しておきたかったのだ。

店は依然として歌舞伎町のランドマーク、風林会館の裏手にあるビルの二階で営業していた。二階につながる螺旋(らせん)階段はスタンド花がずらりと並び、色とりどりのバルーンが華やかさを演出していた。入口では相変わらずの美貌を誇るように背中が思いきり開いた大胆なバックスタイルのドレスを纏った梨花が常連客と思しき初老の客と一緒に店からちょうど出てきたところだった。客の腕にはダイヤモンドが散りばめられたロレックスが光っていた。すれ違いざまに梨花が諸橋の耳元に囁いた。

「一階まで送ってくるから、すぐ戻るわ。店で待っていて」

店は満員御礼だった。先程の客が出た分空いていてもおかしくないが、座れそうにない。案内されたのはカウンターだった。五分もすると梨花が戻ってきた。

「お久しぶり～。乾杯～」

トロンとした表情だ。いい感じで酔っているようにも見えるが、騙されてはいけない。梨花がウイスキーボトル一本を空けても、平気な顔をしているのを諸橋は見たことがあった。

「ママ、開店五周年おめでとう」

「あら、諸橋さん、覚えていてくれたの。嬉しい！」

「ずいぶん、空いてしまって申し訳ない」

「いいのよ。諸橋さん、きっと来てくれると思った」

「お客さんで一杯ですね」

「そうなのよ。たまたま周年ウィークに当たってね。コロナの頃から完全に回復よ。二号店開こうかな」

「それは景気がいいですね」

暫くお互いの近況を語り合っていたが、一通り話し終わったタイミングで梨花が諸橋の顔をじっと見た。

「それはそうと、今日は何の目的？　なんか聞きたいことがあるんでしょ？」

「すっかりお見通しですね。実は……」

諸橋は鮫山のことを話し始めた。誘拐のことは話せないので、上海マフィア関連、特にウァー・シンについて取材したいことがあるから、鮫山に色々お願い事をしている、一方で、リスクがありそうな取材なので、梨花の客観的な意見を聞きたいと説明した。そうしている最中にも梨花の顔はみるみる曇っていった。

「この後、空いてる？　周年だからあえてアフターはとっていないの。不公平になっちゃうからね」

それなのに俺と会っていいのかというヤボな質問はしない。

「一時に店が閉まるから向かいのバーで待ってて」

そういうと梨花はバーの店名が入ったカードを諸橋に渡し、周年祝いに来た客達の方に戻って行った。

結局、彼女が指定したバーにやってきたのは予定を大幅に超え、午前二時を過ぎていた。私服に着替えていた。会うなり、梨花はハイボールを注文すると、乾杯も待たず、諸橋に切り出した。

「悪いこと言わないから。あいつのこと信じちゃ駄目よ！」

店で見せていた表情とは打って変わって真剣な顔つきだった。

第七章

事件発生四日目　二〇二四年十二月八日　午前二時　諸橋慎也

　慎也はツインズ・ビルの五階から九階までの模型をフロアごとに作り終えていた。自室にある冷蔵庫から出してきた一リットルの炭酸ジュースはほとんど空だ。模型を作る時には集中力がいる。頭を働かせるために糖分が必要だ。慎也の体重はこの一年で十キログラム増えた。中学校の頃はイケメンなどと言われたものだが、もうすっかり執着しなくなっていた。明らかに炭酸ジュースや菓子の取りすぎだが、全く気にしなかった。ネットで素顔を晒す訳ではない。デブだからといって何のデメリットもない。

　ツインズ・ビルは地上十五階、地下三階の構造で、五階から九階をツインズや関連会社が占め、その他の地上階はオフィスとして貸している。貸している階はフロアの真ん中に廊下があり、その両脇に四角形の事務所が並ぶ単純な造りだ。ツインズが入居する以外の階は改装前とほとんど変わりなかったので、四階から下の部分と十階から上の部分は中身を作らず、ハリボテにした。その代わり、五階から九階まではフロアごとに丁寧に作り込んだ。男の子が忽然と姿を消した謎は改築にあるのではないか。直感が囁いた。

　改装後のツインズは五階が会議室や倉庫、六階、七階がいわゆるオフィススペースで、六階には社長室もあった。改装は七階の真ん中をぶち抜いて、上下の階を階段でつないだのが最大の特徴だ。自社ビルならではの改装だ。八階、九階は「ラボ」と呼ばれ、動画編集やネットのライブ中継ができる制作フロアになっている。許可証さえ事前に取れれば外部のクリエイターにも開放されていて、事件当時はラボの使用を申請していたフリーのディレクターや YouTuber が数人いたが、父親の話を聞いた限りでは全員、アリバイは取れているようだ。

八階にはラボとは行き来できないよう独立したエリアになっている託児所が設置されていた。託児所と一階を結ぶエレベーターは直通だったらしいが、設計図を見ると元々三階と五階、六階でも降りられるようになっていた。神隠しにあったわけじゃないのだから、誘拐犯はいずれかの階で子供を降ろし、立ち去ったのだろう。託児所のすぐそばに非常口と非常階段があり、ここを通って外に出られるが、大通りに面しているので、いかに停電の最中とはいえ誰にも気がつかれなかったとは考えにくい。

犯行は建物の内部構造を知り尽くし、システムを弄れる人間の犯行だ。警察もエレベーターから降りた誘拐犯が子供を外に連れ出したという見立てのようだった。建物内は徹底的に捜索されたのだろう。

——でも、この建物に何かある。いつものあの感覚だ。

慎也は直感を信じるタイプだった。これまで何百枚という図面を見てきたが、欠陥や不具合がある建物の図面を見るとゾワゾワしてくる。

一箇所だけ不思議な部分があった。五階に出入口がない部屋があったのだ。単純に図面のミスだと慎也はあまり気にしなかった。ユニットバスがついている六畳程の小部屋でおそらく宿直室などの用途だろう。

一通り完成した後で慎也は改装前後を記録した写真のポートフォリオを手に取った。これも父親が会社から持ってきたものだ。改装前の写真をまず見たが、ごくごく普通の会社のオフィスだった。

　ウィキで読む限り、簗瀬拓人の父親、簗瀬雅史は銀座に自社ビルを建てるなど不動産で成功した事業家だったが、晩年は社内に愛人部屋まで作って愛人と逢瀬を重ねるなどして悪評を広め、結果として息子の拓人に経営権を奪われて引退に追い込まれた。引退以降の動静はネットではわからない。追い出されたタイミングからすると改築は父親が主導して進めていたようだ。新しいオフィスにも愛人部屋を作ろうとしていたのかもしれないが、簗瀬拓人は父親の設計を修正したに違いなかった。

　続いて改装後の写真を見た。無料で飲み物を入手できるカフェスペースや、こたつで会議できるという畳会議室、そして企業内託児所など、外にアピールできる場所を中心に撮影されている。もちろん、ツインズの中核部分である動画編集室やスタジオ、そして社長室なども網羅されている。

　全部見終わって慎也は違和感を覚えた。どうしてこんな場所を撮ったのかという写真があった。建築中に写真を撮るのは工事の出来具合を確認し、記録に残すためだ。違和感が伝わってくる写真の一枚は社長室の床を写した写真だった。部屋の中はまだ調度品がないため、殺風景に見える部屋の中で床を写しているのはなんとも奇妙だった。社長室の床はシックな黒のタイル状のカーペットが敷き詰められているが、わざわざ写真で残すほどのものではない。

　改めて目を凝らして図面を見てみた。

——あ！

　社長室の一部に修正液で消した跡があった。

——もしかしたら……。

慎也は修正液で塗られた箇所を慎重にカッターで削り取った。そこに答えがあった。そこには人が一人通れるほどの穴があった。図面通りに四角形に切り抜く。改めて五階の上に六階部分を載せ、社長室の上から覗いてみた。穴の下にあったのはあの出入口がない部屋だった。

――社長室の下にこんな隠し部屋があるなんて。そんな用途は一つしか考えられない。ここが多分、愛人部屋だったんだろう。改築後に部屋そのものは残したままにしてカーペットを敷いて誤魔化したってことか……。

時計を見ると、すでに午前二時になろうとしていた。さすがに完徹をして瞼が重いが、ある可能性が頭に浮かんだ。

――誘拐された子供が少なくとも一時的に連れ去られた後にこの「隠し部屋」にいたとしたら。もしかすると今も……？

自分の想像通りだと思うと背筋がゾッとした。さすがに父親に連絡するべきだ。だが、ＬＩＮＥはおろか、携帯の電話番号すら知らない。母はすでに寝ている。このまま帰ってくるのを待つしかないのか。慎也は気持ちを落ち着かせるために炭酸ジュースを飲もうとした。だが、ペットボトルはすっかり空になっていた。

二〇二四年十二月八日　午前二時　諸橋孝一郎

梨花と別れた諸橋は呆然として歌舞伎町の街を歩いていた。

彼女と再び会う前に、諸橋は約束の時間通り、鮫山とゴールデン街の店で合流した。そこでウァー・シンから得たという「犯行声明」の紙を見せられた。

「諸橋さんのために入手したんだよ！　これで御社の記者クラブの連中をギャフンと言わせられるよ。まだまだ諸橋はバリバリの現役だってね。あ、金はいいから。今度、何かのネタで返してくれればいいからね」

しれっと言いのけた鮫山の言葉を聞いて諸橋は怒りを堪えながら「犯行声明」をさも有り難そうに受け取った。

——緒方には新鮮なネタを渡して、俺にはそのお下がりを渡してるくせに。こいつは俺のこと、落ち目だと思って馬鹿にしてんだな。

「犯行声明」と言っても、そもそも中国語だから何が書いてあるかわからないし、真贋も判断のしようがないが、諸橋はいかにも重要なとくダネをもらって喜んでいるフリをした。鮫山のネタが本物であれば、百歩譲ってそのネタが「お古」であっても、ないよりはマシだ。「後追い」は恥だが、特オチよりはよい。だが、このネタはそもそも本物なのか。緒方はこのネタのウラをどうやって取ったのか、このタイミングで鮫山に呼び出されたのも何か裏がある。緒方に「犯行声明」を渡した上で、さらに諸橋に提供した意図は何なのか。

——鮫山はウァー・シンのスポークスマンのようになっているのか？

でも、誘拐犯がマスコミを使ってわざわざ犯行声明を出す理由がわからない。

——あったとしてもそんなことをするのはなぜだ？

三回目の連絡によれば、誘拐犯は簗瀬夫婦に、報道協定が破れたら息子は帰ってこないと脅していたという。犯行声明をメディアに送る行為とは明らかに矛盾している。疑問が次々と湧いてきた。

——背景をきちんと探らなくてはダメだ。まだ小峯には共有できない。本社のデスク陣や部長はなおさらだ。

午前二時過ぎ、歌舞伎町は相変わらず大勢の人で賑わっていたが、待ち合わせ場所のバーに客は諸橋たち以外いなかった。梨花は鮫山の話を聞くなり呆れ果てた。

「あいつが上海マフィアの取材で役に立つかって？　冗談じゃない！　あいつは上海マフィアどころか、中国系の裏社会から除け者なのよ」

全く想像しない答えが返ってきて、諸橋は混乱した。

「どういうことですか？」

「鮫山は中国系の裏社会との関係を絶ってるの。私のとこにも暫く来ていない。だから、上海マフィアとのコネクションなんてあるわけないのよ」

「どうしてそんなことに？」

諸橋は混乱していた。鮫山は上海マフィアとのコネはないと梨花は断言している。

――だったら、今、手にしている「犯行声明」は何なんだ？

「鮫山は元々、中国系マフィアとも良好な関係にある暴力団と関係が深かった。でも、二年前、あいつは半グレのアウトシックスの幹部として迎えられたのよ」

「鮫山が半グレの幹部？」

唐突な情報に思わず、声が大きくなった。

「新宿の今の裏社会は、住吉会や極東会など旧来の指定暴力団に加えて、新興の新宿鬼頭組が勢力を増しているのは知ってるでしょ。だけど、今は暴力団だけじゃないの。最近力を増しているのが半グレ集団、アウトシックスよ」

アウトシックスという存在自体は諸橋も耳にしていた。風俗へのスカウト集団から成長した半グレ集団で、今ではその活動は格闘イベントのオーガナイズやガールズバーの経営など多岐に渡っている。リーダーは「スカッド」と呼ばれる不良で、カリスマ的な存在として他局だが民放のドキュメンタリーに出演して一躍有名になった。テレビに出たことがあるので、犯罪歴などないかと思われがちだが、とんでもない。傷害に暴行、脅迫など大概のことはしている男だ。

暴力団対策法により全国の指定暴力団は減少傾向にあり、構成員数が数百人単位になっている。そのため、活動が著しく制限されるようになっていて、暴力団は暴対法に縛られない素人である半グレ集団を手先として利用し、みかじめ料を徴収してきた。アウトシックスもそうした半グレ集団の一つで、新宿を縄張りとしてきた旧来の暴力団と敵対している鬼頭組のフロントグループとして勢力を伸ばしていた。

「昔から新宿を縄張りにしている指定暴力団は中国人マフィアともこれまで持ちつ持たれつでうまくやってきたの。だけど、アウトシックスは全然違うのよ。中国系のマフィアが経営している違法チャイニーズエステに対抗して、日本人の風俗エステを急速に拡大しちゃってる。もちろん、チャイエス並みに本番ありでね」

「でも、チャイニーズエステと日本人の風俗エステじゃ、客の層も違うんじゃないですか？　チャイエスはどちらかと言えば、中高年の男が多い。日本人エステは若い層が多いと聞いていますが」

「そうね、問題は、アウトシックスが中国語のビラを作って、中国人観光客が宿泊するホテル周辺に撒いたり、中国語の情報誌に堂々と中国語で広告を載せていることよ。日本にやってくる中国人も、同じ額の金を払うんだったら、中国人じゃなくて日本の若い子とセックスしたいでしょ。その広告戦略を鮫山が仕切っているってもっぱらの噂よ」

言い終わると、梨花は電子タバコを吸った。最初に会った時からもう何年経っただろう。いつも元気な姿しか見せない梨花だが、今夜はやや疲れているように感じる。彼女の話が本当なら、ほんの少し前に頭に浮かんだ鮫山がウァー・シンのスポークスマンのようになっているという考えは全く見当違いになる。事実は全く逆で、鮫山は逆に上海マフィアを怒らせることしかしていない。

「諸橋さん、鮫山から何を言われたかはわからないけど、上海マフィアのことであいつが話していることは出鱈目よ」

「じゃあ、鮫山はウァー・シンについても知らないと言うんですか？」

梨花の顔は呆れ顔から俄（にわ）かに険しくなった。

「諸橋さん、まさか、鮫山がウァー・シンについて何か語っているんじゃないでしょうね。あいつが話す上海マフィア関連の情報はこの二年止まっていて、更新されていない。だから、あいつがウァー・シンについて知るわけがない。だって、あいつらが日本に拠点を作ったのはほぼ一年前。鮫山が関係を絶った後よ」

梨花はハイボールを一気に飲み干すと立ち上がった。

「諸橋さん、これが最後の忠告よ。古い付き合いだし、記者という仕事を私、尊敬しているからここまで教えてあげた。でも、これ以上、鮫山と繋がっている人とは付き合えない。次に会うときはあいつと縁を切って。切れないのなら、せめて暫くはあいつと会わないで」

「どういうことですか？」

最後の問いに答えず、梨花は店を出ていった。

二〇二四年十二月八日　午前三時

自宅に帰ったのは午前三時を回っていた。疲れ果てていた。人に騙されるのは疲れる。梨花の話が正しければ上海マフィアは事件とは関係ない可能性が高い。鮫山の狙いは見当がつかないが、もし本当なら緒方はとんでもない間違いを犯していることになる。リビングに入ると、テーブルの上に置いてあるものをみて、眼を見張った。

「ツインズ・ビルだ。どうして……」

テーブルの上にはツインズ・ビルの模型が置かれていた。

台所から声がした。洋子だ。こんな時間にどうしたのか。

「遅かったわね。あれ、慎也が作ったのよ。さっきまで作業していたらしくて、今は部屋で寝てるわ」

眠たそうに目を擦っている。

「でも、どうして……」

「こっちが知りたいわよ。どうしても、あなたに見せなくてはいけないと言って私のこと、起こしに来たのよ。随分真剣な顔つきだったけど起こす？」

「いや、まず、見てみるよ」

「わかった。あなたのスマホに電話するところだったの。急にどうしたのかしら」

そういうと洋子は寝室に戻っていった。

模型を見てみると、十階から上はハリボテで、ツインズが入居している階だけフロアごとに中まで作っていることがわかった。まるでプロが作ったような出来栄えだ。諸橋はハリボテの部分を持ち上げて、テーブルの端に置いた。九階、八階、そして七階。ワンフロアごとに取り外していき、テーブルの上に並べる。六階は社長室がある部屋だったが、どの部屋かはすぐにわかった。すぐそばに「社長室」と慎也が書いたと思われる付箋が貼られていたからだ。

——なんだこれは？

社長室の真ん中に穴が空いていた。下には部屋があるようだが、穴が小さいのでよく分からない。諸橋は六階のパーツを持ち上げた。諸橋の目に留まったのは五階にある、広さが六畳ほどの小部屋だった。五階にある部屋は倉庫になっている以外は皆、会議室になっているが、なぜかその部屋にはユニットバスがついていた。その部屋は明らかにおかしかった。

——ドアがない部屋って何なんだ？

部屋は廊下に面しているので、本来は扉があるはずだ。模型の脇に実際の完成後を写した写真を集めたポートフォリオが置いてあった。歌舞伎町に行く前に見る時間がなかったものだ。写真を見ていくと社長室の床にやはり慎也の手書きの付箋が貼ってあった。

「社長愛人部屋につながる隠し扉」

——愛人部屋だって？

諸橋は慌てて六階のパーツを五階の上に載せてみる。穴の下にあったのはユニットバスがある出入口がないあの部屋が見えていた。

——嘘だろ！　社長室の下に愛人部屋があったんだ。

簗瀬拓人の父親が作った愛人部屋は改装後にも残っていた。社長室の下にこんな部屋があることを徳重は知らなかったのだろうか？　それとも黙って嘘をついていたのか。徳重の説明が脳裏に蘇る。

――ビルの図面なんて必要ないんで私も見たことないんですけど。

おそらくビルを改装した際、簗瀬拓人の父親が作った愛人と密会するための隠し小部屋は封印された。そのことを知っている子会社の社員は辞めたり、転職してほとんどいなくなっていたのだろう。徳重が知らなかったのは嘘ではないはずだ。知っていたらこんな資料を安易に貸したりはしないだろう。

――その小部屋がもし、今も使われているとしたら……。

もし、誘拐犯が翔太をそこに閉じこめているとしたら、今もまだそこにいる可能性がある。慎也もそのことに気づいたので、母親に自分が帰ったら模型を見るように伝えたのだ。

だが、この事実を誰に話せばいいのか。最初に考えたのが簗瀬拓人にこの事実を伝えることだった。だが、その考えはすぐに自分の中で却下した。

――社長室の真下に、翔太ちゃんが監禁されているとしたら、一番疑わしいのは簗瀬拓人本人じゃないか。

脳裏に浮かんだ考えに諸橋は背筋が凍った。

――実の子ではないとはいえ、幼い子供を自分が働いている部屋の下に閉じ込めるか？

これまでの記者レクで出た当日の簗瀬拓人の行動はこうだ。一階で託児所から出た翔太ちゃんを待っていたが停電になり、一階にある警備室に駆け込んだ。そこでエレベーター内にいる翔太ちゃんを確認しようとしたものの、非常電源も切れて、中の様子は分からなくなった。停電から復旧して一階でエレベーターを確認すると、中に翔太ちゃんはいなかった。その間、二十分程度。当時の状況では簗瀬拓人は自分で翔太ちゃんを連れ去ることはできない。だが、誰かに依頼したとすれば別だ。でも、そんなことをする動機はあるのか？

　それにしても、ここまで知り得たことをどうすればいいのか。いきなり警察に伝えたところで取り合ってくれないだろう。警察取材の現場を離れてだいぶ経つ。腹を割って話せる警察幹部は今の警視庁にはいない。本社の社会部の幹部陣も駄目だ。自宅で待機している最中にまた面倒なことをしやがってと余計に胡散臭く見られるのがオチだ。最悪、またコンプラ局に垂れ込まれる。

　警視庁サブキャップの小峯はどうか？　これもない。小峯はただでさえ、諸橋を慕っていることが幹部陣に知られている。これ以上、無理を言えば相馬キャップが復帰後に諸橋シンパとして冷遇されかねない。

　だが、誘拐発生から丸三日が経っている。子供の命がかかっていた。何とか社長室に入って階下の部屋の様子を探ることはできないのか。徳重だけが中に入る上での頼りだったが、彼と接触したことが警察にバレている中で、厳重に監視されているビルに入るのは不可能に思えた。

——こんな時にアンがいたら……。

　自分を裏切った後輩の顔が頭に浮かんだ。

——どうかしている。余程疲れているんだろう。

　スマホの着信音が鳴った。相手は小峯だ。

「モロさん、大変です！　協定が解除されそうです！」

「何でだ？」

「中国系のネットニュースが誘拐事件を報じているんです」

——中国系だと？

「犯行声明」を誇らしげに渡す鮫山の顔が脳裏に浮かんだ。

二〇二四年十二月八日　午前四時　アン・ジヒ

アンは袋小路に入り込んでいた。大久保にある自宅アパートに籠っていても良い打開策は見つからなかった。もう午前四時だ。最近着た服が床に散乱していた。玄関先には最後にいつ使ったのか分からないパンプスが転がっている。片付けるのも面倒だった。彼氏は久しくおらず、部屋に上げるような男もいなかった。

昨夜は気分転換しようと近所にあるバーで酒を飲んだ。冷蔵庫の中は食材どころか缶ビールさえなかったからだ。だが、事態が進行している中で強い酒を飲めるわけでもなく、敗北感が体から抜けることもなく、ちっとも眠くならない。

——何でこんなことになったの、って自分の責任か。

勝つためとは言え、人を脅し、裏切り、その結果がこれだ。山下コースケは簗瀬拓人であるという記事は業界内ではそれなりの反響はあったものの、PV面では満足のいく結果ではなかった。率直に言えば、失敗だ。新聞やテレビはもちろん、ネットニュース各社もおそらく報道協定が念頭にあったのだろう。後追いしなかった。Yahoo! ニュースに配信されたPVは二万と期待には程遠かった。

一方、緒方が率いる取材チームは順調なようだった。上海マフィア、ウァー・シンが出したとされる犯行声明文を入手しているという。犯行声明の存在が公になれば大騒ぎになるだろう。だが、なぜこのタイミングで一部のメディアにリークしたのか。社の編集幹部に疑問をぶつけたアンだったが、情報統制を理由に教えてはもらえなかった。

結局、あの記事は諸橋を裏切ってまで書く価値があったのか。上海マフィアの線がなければ、十四年前の事件との関連性はもっと注目されていたはずだったが、事件取材は結果が全てだ。今更、上海ルートを追うことは不可能だ。他社の記者に聞くなどして、情報を多少入手したところで、緒方らに敵うはずもない。過去の事件との関わりを取材するしかなかった。そうなるともはや頼れるのは諸橋だけだった。しかし、あんな裏切りをして合わせる顔がない。

山下コースケに情報を漏らしてしまった警察官、奈良橋洋次郎については当時の顔写真は入手しているが、彼と事件との関わりが何も浮かんでいない中でバリューはほとんどないだろう。

——だけど、今の自分にはこれしかネタはない。

アンは謝罪するとともに、奈良橋の写真を入手したことをメールで諸橋に送るため、文面を何度も書き直した。書き終えると写真を添付する。あとは運を天に任せるしかない。

送信しようと指をかけた時だった。スマホの通知音が鳴った。気になるニュースをいち早く察知するため、追いかけているネタについての関連の記事が配信された場合、メールに通知が来るよう設定していた。メールを開いて思わず声が出た。

「嘘でしょ!」

「簗瀬拓人　誘拐」のタイトルを見て、慌ててメールアプリを開く。「ドラゴン news」という聞いたことがないサイトが誘拐事件のことを書いていた。

『日本のＩＴ長者、簗瀬拓人の長男が誘拐される』

記事を読む限り、情報源は中国のＳＮＳで、そこで誘拐関連の情報が呟かれたらしい。専門家の意見を一応聞いているものの、事件については呟かれた内容をそのまま裏取りもなく載せたものだった。サイト自体は中国系の新興のネットニュースで、その日本語版のようだった。

「中国のSNS『ブルー』に衝撃的な事件が進行しているとの情報が書き込まれた。誘拐されたのは日本でも有名な動画投稿サイト『コレミテ』を運営するIT企業『ツインズ』の社長、築瀬拓人氏の一人息子だ。事件から三日間がすでに経っているが、警察は犯人を見つけられていない。事件は日本のマスコミによってまだ報じられていない。日本では誘拐があると『報道協定』を警察と結ぶ独特の制度がある。だが、誘拐事件の情報はすでにネットで広がりつつあり、ドラゴンnewsが取材した北京大学の犯罪学の専門家は『情報提供を一般の人から募る意味で事件を覚知したらすぐに報じるのが世界の主流な考え方だ』と述べた。ドラゴンnewsは捜査している日本の警視庁にもコメントを求めたが『コメントは差し控える』としている」

情報が漏れた。なぜか中国経由だ。時間が経てばどんどん拡散されていくだろう。日本の大手ニュースサイトが取り上げるのも時間の問題だ。そうなれば、報道協定はいつ解除になってもおかしくない。

ぐずぐずしている時間はない。アンは急いで支度した。ダメ元でも諸橋に会って謝罪しなくてはならない。情報が漏れたのが中国系のメディアということが気になった。上海マフィアがやはり事件の背景にあるのか。メイクを直す時間も惜しい。アンは鏡も見ずにマンションを出て、タクシーを捕まえるため、大通りに向かって走った。

二〇二四年十二月八日　午前四時　諸橋孝一郎

諸橋は焦っていた。十四年前の光景が頭をよぎる。事実は追求しなくてはならない。それがメディアの責務だ。だが、子供の命は最優先だ。警視庁に行くまでにどうするか決めなくてはならない。

家を出る時に慎也に一言お礼を言ってからにしようと思ったが、部屋のドア越しに鼾の音が聞こえていた。寝室のドアを開けると、洋子はまだ起きていた。

「どうしたの？」

「仕事に行くんだが、一言、慎也に感謝を伝えたかったんだ」

「感謝？」

「取材の糸口が慎也のおかげで見つかりそうなんだ」

「そうなの」

「役立ったというか、結果的にそうなったというか、どっちかはわからないけど、今抱えている問題を解決してくれるかもしれないのは確かだ。そのことは伝えたかった」

「そうね、伝えてあげて」

「正直、発達障害という診断を聞いて、受け止めきれてなかった。でも、特性がどうのこうのじゃないんだよな。俺に連絡しなきゃと思ってくれた、その気持ちが何より嬉しかった。その優しさが慎也そのものだってことを今更気がついたよ」

「そう……」

「今更って思うか?」

「夕方、私、ノイローゼになる位大変だったたって言ったよね」

「ああ。それだけ大変だったのに俺はあいつに向き合っていなかった」

「でも、私も慎也に真正面から向き合ってこなかったんだよね。発達障害と診断されるのが怖くって」

思わぬ言葉を聞いて諸橋は驚いた。

「だけど、慎也が仕事も辞めて今後、どうしたらいいか分からなくて、思い切って心療内科に行ったの。慎也には本当に申し訳なかったなと思ってる」

淡々と語る洋子に諸橋も心の内を明かした。

「俺もそうだった。発達障害も別に悪いってことじゃない。短所ばかり見ないで長所を生かしていけばいい」

そんなことはとうの昔に調べておくべきだった。今回のことで長年広がっていった溝がいきなり埋まるわけではない。ただ、きっかけはできた。そう思えただけで、諸橋は少しだけ気が楽になった。もう少し話したいが時間がない。

「行ってくる」

「行ってらっしゃい」

当たり前の会話が尊いものに感じられるのは年のせいだろうか。

二〇二四年十二月八日　午前四時三十分

協定解除を待って、各社とも特別番組を編成して一斉に報じるだろう。ＮＨＫも定時ニュースを待たず、再放送中のドキュメンタリーを中断して伝えるに違いなかった。業界用語でいう「カットイン」だ。諸橋は小峯からの連絡で警視庁に向かっていた。

「モロさん。報道協定を解除すべきという声が数社から挙がっています。いますぐ記者クラブに来てください」

「うちの対応は？」

「五時から始まる朝の情報番組を差し替えて特番を組む準備を始めています。その前にもカットインすべきだと局長の鼻息が荒くて」

あと、三十分。どこかの局が協定を破棄して放送に踏み切れば、他の社も追随するだろう。小峯の口調から、今彼は協定解除に後ろ向きで、特番に躊躇しているのは明らかだった。気持ちは分かるが、特番準備を始めている対応自体は当然のことだと思った。新聞が号外を出すように、テレビの場合は報道特番を組むが、レギュラーの枠外で放送する特番は専属のスタッフがいるわけでなく、帯番組のスタッフや時には記者達も動員して制作するため、早め早めの声がけなど準備が必要だ。ましてや週末でただでさえ社内にいるスタッフは少ない。仮に五時から特番を開始するとすれば、今準備にかかるのはむしろ遅いくらいだ。

一方、子供の安全を考えれば協定解除のタイミングは難しい。あれから十四年、ネットでの情報拡散の速さは勝浦の件の時の比ではない。ＳＮＳでは情報が拡散し続けているが、築瀬拓人の要請が効いているのか、Yahoo! など大手プラットフォームの検索ランキングでは「誘拐」や「築瀬拓人」といった単語は入ってきていない。プラットフォーム側が規制をかけているのだろう。だが、そのことが逆に不自然だという呟きも目につくようになっていた。警視庁に着いた時点ではまだ協定は解除されておらず、日本のメディア各社は沈黙を保っていたが、どこまでこの状態が持つか、諸橋は悲観的だった。

「モロさん、この後、クラブ総会です。私はブースにいなくてはいけないので、代わりに出てもらっていいですか?」

小峯の他にもクラブ所属の記者全員が集まっていた。皆、緊張した面持ちだ。記者クラブの所属会社間で協議が必要な場合、クラブ総会を開く。協定解除は総会の中でも最も重要な案件だ。

「本社の考えは?　部長は?」

「『他社が報じるなら、遅れは許されない。だけど、先んじて批判を受けるのも避けよ』です」

ポリシーのかけらもない事なかれ主義的な答えだが、同じ立場であれば自分も含め、誰でもそう言うだろう。

「俺がクラブ総会で発言していいのか?　ここはキャップ代理のおまえがやるべきだろ?」

「いざ、協定解除となった時のために取材体制を再構築しなければなりません。クラブ総会は代わりにお願いします。私の考えはすでに話しました」

「子供の安全を考えれば、解除は時期尚早、というのがおまえの考えだな」

「はい、そうです。ここで他社が報じたからといって、すぐに追随するのは将来に禍根を残します。諸橋さんは解除派ですか?」

小峯が食い下がった。いつでも飄々(ひょうひょう)としているのがこの男の気質だと思っていたが、こういう面もあるんだと諸橋は少し意外だった。小峯とはプライベートの話もほとんどしたことがなかった。去年、小峯が結婚した時、諸橋は結婚式の二次会には行ったが、式や披露宴には参加していない。家族関係が複雑ということで、親族席にあまり人がいなかったと出席者の一人が話していたことは印象に残っていた。

　記者クラブで何かの拍子に家族の話になった時に「僕の家は皆できる人ばかりなんです」と愚痴をこぼしていたことがあったが、それ以上突っ込んで聞く機会はなかった。

「この数十分で情報は急速に拡散している。現実的に考えればどこかで線を引かないとならないだろう」

「でも、線ってどこで引くんですか？」

「わからん。ただ、事態は着々と進んでいるのでクラブ総会で結論がまとまるかどうかは相当微妙だな」

「警視庁の姿勢も問題です。まず、そのことを追及すべきじゃないですか！　十四年前だって警察官がうっかり喋らなければあんなことにならなかったんです」

「もちろん警視庁が隠蔽したことはどこかで追及しなくてはならない。だが、それは今ではないだろう」

「そうですか、諸橋さんもそういう考えですか……」

　小峯は不服そうだ。協定維持にちょっと拘りすぎだ。それに十四年前の事件で警察官が喋ったことが悪いという見方を持っていたとは驚きだ。あれは簗瀬拓人に大半の責任がある。警察官が聞き込みの過程で不必要に情報を漏らしたとしても、それを公にしなければ良かった話だ。小峯の態度と言い分に少々違和感を持ったが、今は時間がない。

「とにかく、いつでも報じられる準備はしておいてくれ」

「わかりました」

二〇二四年十二月八日　午前五時

臨時の記者クラブ総会が始まった。会場の会議室にはテレビが置かれている。誰かがＮＨＫにチャンネルを合わせていた。ちょうど定時ニュースが始まっているが、当然のことながら誘拐に関するニュースはない。環境問題に関する国際会議が始まったというニュースが流れていた。加盟社のキャップが集まっているが、東京中央テレビのように代理が参加している社もある。そして、エターナルの代表として緒方も出席していた。早速、協定解除の議題が取り上げられた。幹事社の共時通信のキャップが切り出した。

「もうこれだけＳＮＳで取り上げられている以上、協定を維持する意味はないと思います」

緒方の後輩に当たる関東テレビのキャップが質問した。

「簗瀬拓人は今のところ沈黙しているようですが、今後、対外的に発表する予定はないんでしょうね？　もし、勝手にやられると今まで報道を止めていた理由を視聴者に説明できない」

関東テレビはある程度、警視庁が情報を開示していなかった事情を察知しているようだ。諸橋はキャップ代行である小峯の意見を踏まえて慎重さを求めた。

「ぎりぎりまで解除はすべきではないというのが弊社のスタンスだ。勝浦の誘拐事件で拙速に解除に踏み切って、結果的に人質である子供が殺害された過去は忘れるべきではない」

だが、緒方が即座に諸橋の意見に反論した。

「勝浦の事件は犯人が殺害したタイミングが我々の報じたタイミングより前だったか、後だったかは未だにわかっていない。軽々しく報道の責任と取られる発言は控えてもらいたい」

「この場で当時の責任を議論したいわけじゃない。子供の命が最優先であればこその報道協定だということを確認しているだけだ。その原則からすれば、協定解除のタイミングは慎重に判断すべきだ」

緒方が馬鹿にしたような顔で諸橋を見た。

「まるで当局の人間みたいだな」

「何？」

緒方が立ち上がった。

「デジタルニュース協会に所属する立場としては協定の精神を尊重したい。だが、この件を報じるネットニュースがこれ以上増えた場合、我々は協定から抜けることも選択肢の一つとして考えている」

「それは自分勝手が過ぎるだろう！」

どこかの新聞記者が抗議したが、緒方が怯むことはなかった。

「ネットニュースだけじゃない。もし、犯人達から声明が出されたら、それでも日本のマスコミは知らんぷり決め込めるのか？」

クラブ総会のメンバーからどよめきが起こった。「声明」という単語に反応したのだろう。どの社がウァー・シンのものとされる声明文を入手しているかわからないが、入手には至っていなくても、「声明文」が出回っていることを覚知している社はそれなりにあるのだろう。周りを見渡して他社の様子を探る者。スマホで一生懸命文字を打っている者。おそらく本社に指示を仰いでいるのだろう。

諸橋は冷静だった。声明文などでっち上げだ。鮫山が何のためにこんな嘘に加担しているのかはわからない。だが、こんな嘘っぱちの声明文の存在で協定解除に持って行こうとするのは馬鹿げているが、この場でこちらの手の内をまだ明かすわけにはいかない。だから、違う言い方を考えた。

「仮にそんな声明文があったとしても、警視庁が認定しない以上はただの怪文書だ。今ある状況を見定めて冷静に判断すべきだ」

意見を述べる諸橋を緒方は嫌悪感を剝き出しにして睨みつけた。結局、総会で結論は出なかった。三十分後、再度協議することになり、一旦散会する。緒方が最初に立ち上がった。表情は強張っていた。

「全くやってられねぇな！」

捨て台詞を吐いて、緒方は部屋から出ていった。諸橋は緒方の後を追いかけた。

「おい、どうしたんだ。あんな投げやりな態度、お前らしくもない。それに犯人から声明と言っているけど、本物かどうか分からない代物なんじゃないか？」

緒方が振り向いた。いかにも呆れたという顔で舌打ちする。

「ちっ！　やらせも見抜けない奴が偉そうに指示するな」

「どういう意味だ？」

「お前さ、悔しくないのか？　警視庁キャップまでやったんだろう？　出世は運も絡む。でも、不当な評価を受けても会社に居続けるっていうのは俺には理解できない。だから、俺はエターナルに移って、また一花咲かせようと思っている」

緒方は諸橋の一歳上だ。関東テレビの役職定年は東京中央テレビと同じ五十五歳だ。つまり諸橋より先に役職定年の年を迎えていた。とうに出世しないと見切りをつけていたということだろう。優秀な緒方がとりそうな行動だ。だが、自分は背負っているものが違う。後輩にいいように使われている点は忸怩たる思いもある。その一方、記者として取材できていることには誇りを持っている。それに家族のこともある。引き籠もりがちで、将来が見えない息子を抱える身としては軽々しく会社を辞める選択肢は取れなかった。出ていく緒方の背中を諸橋は見続けた。

報道協定はまだ継続中だが、解除が視野に入っている中で各社の取材合戦が水面下で本格化するのは時間の問題だった。隠し部屋の存在は徳重にもまだ伝えていなかったが、もう一度、ビルに入りたいことはすでに伝えている。驚いていたが、再び案内を引き受けてくれた。

ここからは時間との勝負だ。記者クラブに戻った諸橋は小峯にツインズ・ビルを取材することを考えていると話した。ブースには小峯だけが残っていた。後の記者たちは取材に散っているのだろう。図面を入手し、社長室の下に隠し部屋があることを告げると小峯は余程驚いたのか口をぽかんと開けて、しばらく黙っていた。現時点で警視庁には情報提供はしていないこと、築瀬社長が怪しい可能性がある以上、情報は慎重に扱う必要があることも付け加えた。

「リスクは承知している。その上で、何としても社長室下の隠し部屋、取材したいんだ」

「手引きするのは、ツインズ・セキュリティーの徳重という人ですか?」

「そうだ。彼は会社を辞める決意をしていて、その前に事件解決に役立ちたいと言っている」

「本当だったらすごい話ですよね。でも、しかし……」

小峯はビルの中で取材することに躊躇しているのだろう。それは当然だ。何かあった時に一番批判されるのは警視庁記者クラブのキャップ代行である小峯だ。諸橋はすでにどうすべきか決めていた。

「これからは俺が独断で取材する。小峯はブースを出たらこの話、忘れてくれ」

「モロさん、責任を取るってわけですか?」

「こんな重大な案件を俺一人が責任取れるわけじゃない。ただ、いざという時には詰め腹も必要だ。それが出世の道が閉ざされたアラフィフなら適任だろう」

「でも、それって……」

「悩んでいる時間はないぞ。この情報を警視庁に提供するかはお前が決めろ」

通報した時点で警視庁は取材を止めるよう要請してくるだろう。取材するなら、通報するギリギリ前に現場に辿りついていなければならない。どっちみち判断を下すのは今だった。小峯は黙って考えていた。十秒にも満たない時間だったが、諸橋には永遠のように感じられた。

「当局にはきちんと提供しましょう。取材もしましょう」

小峯は言い切った。

「子供の指らしきものが写った写真が二度も送られてきたことを考えると、一刻の猶予もありません。警察にはきちんと伝えるべきですが、我々には取材する責務があります。今行けば協定違反になりますが、着く頃には解除されているかもしれません」

諸橋と同じ結論だった。

——信頼できる相手に話して良かった。

「よし! 俺はすぐにツインズ・ビルに向かう。通告は誰にする?」

「捜査一課長は所轄にある捜査本部にいますから、刑事部の参事官に伝えます。キャリアの人で何度か飲んだこともあります」

諸橋を乗せたタクシーがツインズ・ビルにあと数十メートルという時点で、小峯から「五分後に参事官とのアポが取れました」とＬＩＮＥで連絡が入った。これで参事官に東京中央テレビが知っていることを伝えれば、その数分後には現場にいる警察官たちが事実確認のために社長室に駆け上がるだろう。小峯も一緒にルビコン川を渡ってくれた。報道協定がまだ継続している中でツインズ・ビルに潜入取材した場合、後から記者クラブで「協定破り」だと批判される可能性が高いからだ。

ツインズ・ビルの脇を通り過ぎた。すでに三脚が十個近く立てられていて、カメラマンや記者、リポーターらしき者も見える。協定解除までもう待ったなしの状態だった。速報が流れればYouTuberや配信者が集まるのも時間の問題だ。

ツインズ・ビルから百メートル程離れた場所で徳重は待っていた。着く直前の電話で図面から社長室に不審な点があるとだけ伝えていた。徳重は手に紙袋を持っていた。

「すみません、いきなり呼び出してしまって」

「ビルに入って、社長室を確認したいんですよね？」

袋から取り出したのはツインズ・セキュリティーのロゴがついた作業衣だった。

「いいのですか？　こんなに協力してもらって」

「いいんです。もうあの会社ともおさらばですから。それに諸橋さんもこんなお願いをする以上、特別な理由があるんでしょ？」

ここまで言われれば理由を話さない訳にはいかなかった。図面を見せながら話す内に徳重の顔色がみるみる強ばっていった。

「誘拐された子供が社長室の下に監禁されている可能性があるって……。それは行くしかないですね」

「警備の人は何人くらいいるんですか？」

「泊まり勤務で二人いるはずですが、一人は館内を見回っているので警備室には一人だけです。最近、辞めてばっかりいるから、募集に来た人を社内案内しているって言えば誤魔化せます」

「そんなに辞める人が多いんですか？」

「実務できる奴がどんどん辞めてしまっている中で、今回のことが起きて、それで『お前らの仕事が弛(たる)んでいるから、こんなことが起きたんだ』と社長に怒鳴られたんですよ。やってられないですよ」

「社長っていうのは？」

「陣内って本社から天下った奴です。実務はからっきしなので、現場は杉崎さんっていう部長に任せきりです。杉崎さんの奥さんも業務部長だったんですけど奥さんがご病気で不在になったんで、加藤さんという方が部長補佐で急遽雇われたんですけど、なんか不気味な人でしてね。ＩＴの知識はすごくありそうなんですけど、挨拶もまともにしないし、肝心の停電時だって、ちっとも姿見せずに後からのこのこやってきたんですよ。それでいて、謝りもしない。杉崎部長には申し訳ないと思ったんですが、ここらが潮時だなって思ったんです。だって、誘拐事件が起きたことが報じられたら、就活に響きそうじゃないですか」

　長々と説明すればするほど言い訳がましく聞こえた。内容も色々、ツッコミどころ満載だが、大事な情報源であり、これからツインズ・ビルに入って潜入取材を試みるためには不可欠な人材だ。それより引っかかったのは加藤という部長補佐だった。不気味で捉え所のない人間が誘拐事件の起きる直前に雇われた。偶然だろうか？

「そうですね。それは大変だったでしょう。杉崎さんの奥さんのご病気って深刻なんですか？」

「ええ、半年前でしたけどね。噂では癌らしいです」

「それは辛いですね」

加藤が雇われたのはきちんとした理由があったようだ。

「杉崎さん、大変なんですよ。娘さんも何か難病だったようで」

徳重はジャンパーのポケットからストラップが付いたIDカードを取り出した。最近、辞めた社員のIDカードがあるので、それを使えるという。大勢のマスコミがいる表玄関を避け、徳重と共に通用口から諸橋はツインズ・ビルに入った。

入り口には制服警官が二人立っているが、IDカードをチェックされることもなかった。混乱を避けるためということで配備されたのだろう。誘拐犯らしき人物がいないか警戒している捜査一課の刑事もいるのだろうが、警備の本丸は自宅だ。マスコミが集まってきているものの、警備態勢には変更は見られない。

通用門から向かったのは警備室の隣にあるツインズ・セキュリティーの事務所だった。ツインズ・セキュリティーはツインズ・ビルが出来て以来、ビルのメンテナンス、警備を一手に引き受けているツインズの完全子会社だ。

怪しまれないよう警備室にいる同僚に声をかけておくと徳重は説明した。

「警察との連絡も杉崎さんが一手に引き受けていて、社長の陣内はほんと使えないから、さすがに今回のことで本社の社長も考えるんじゃないかな。まあ、陣内社長もそこら辺の雰囲気を何か感じているようで、昨日から姿見せてないんですよ」

「陣内社長が何だって？」

後ろから鋭い声がして、二人とも振り返った。

ジャンパー姿の中年男が立っていた。自分より十歳くらい若い。ジャンパーで覆われているが、鍛えているのが筋肉の盛り上がりでわかる。

「あ、部長」

手に持っていた図面を床に落とした。徳重は見るからにおどおどして、怪しさを隠せずにいる。

「そちらの方は？」

「採用に応募してきた諸橋さんです。これから社内を案内しようと思いまして」

「こんな大変な時にか？　朝もずいぶん早いが？」

「ええ、諸橋さん、現在もまだお勤めになっていて、早朝しかお時間がないということで特別にご案内しているんです」

「初めまして、諸橋と申します」

――彼が杉崎部長か。愛人部屋のことを知っている可能性があるのは古参の彼くらいだ。

だが、これから部屋に行こうとする中では聞けない。会釈をした諸橋は、鋭い視線を感じた。頭を上げると杉崎と目が合った。警備会社の現場責任者だけはある。何もかもお見通しだと言わんばかりの鋭い眼光だ。それはそうだろう。午前六時に会社案内しているなど滅茶苦茶な理由を信じろというのが無理な話だ。

その時、腰ポケットに入れたスマホが振動した。この状況下では電話には出られない。腕につけたスマートウォッチも少し遅れてブルっとした。電話の着信を知らせる通知だ。ちらっと画面を見る。かけてきたのは小峯だった。

「わかりました。それはこんな時間にご苦労様です」

なぜか杉崎は徳重の説明をそのまま受け入れた。

「大変ですね。それにしても、そんな古い図面を持ち出して、どうしたんですか?」

「この諸橋さん、図面も読めるっていうんで、この会社の案内がてら、図面を見てもらっていたんですよ」

もっと堂々としろと心の中で徳重を罵ったが、それでも杉崎が何か怪しむ様子はなかった。

「そうなんですか。それは心強い。会社のどこから案内するんですか?」

「ええと、とりあえず、ツインズの社内を上から見てもらおうかと思いまして」

「それは良い。託児所は我が社の誇りだからね。きちんと見てもらってください」

もう一度スマートウォッチが振動する。画面にはメールを通知する見出しが躍っていた。

――報道協定が午前六時をもって解除されました。

時計の表示に切り替える。ちょうど六時を過ぎたばかりだった。

「杉崎部長こそ、こんなに早く、どうしたんですか? あと、陣内社長はどこに?」

「親会社の社長から緊急連絡があってな。出社したんだ。社長は知らん。今朝はまだ見ていないし、連絡も来ていない」

そう言うと、警備室につながるドアを開けて杉崎は足早に事務所を出て行った。

「よし、行こう。怪しまれなかったですね。それにしてもあんなにバタバタして事件絡みで何か進展があったんでしょうか? あんなに――」

「早く行こう」

諸橋は徳重のお喋りを中断させた。何かがおかしいが、時間がない。社長室に行くには杉崎が警備室にいる間が狙い目だ。徳重の後に続き、諸橋はエレベーターホールに向かった。自然と小走りになる。スマートウォッチが再び振動した。見なくてもわかる。報道機関が一斉にニュース速報を打ち出したのだ。それらの通知だ。

エレベーターホールには誰もいないが、窓の外には、カメラマンが並んでいるのが見えた。さっきよりさらに増えているようだ。一階にエレベーターは三基ある。一基は八階の託児所に直通だ。他の二基は全階に止まるものと一階から四階は止まらないで五階から各階で止まるものがある。後者はツインズの社員が使い勝手がいいように設定されているものだ。諸橋らもこのエレベーターに乗り込んだ。後からスーツ姿の数人の男女が乗ってきた。

「諸橋さん?」

声の主が誰かすぐにわかった。種田由梨だ。数年ぶりの対面だった。

第八章

事件発生四日目　二〇二四年十二月八日　午前六時　種田由梨

種田は捜査車両を運転してツインズ・ビルがある東銀座に向かっていた。事件発生から四日目の未明に簗瀬邸での二回目の張り込みを終えて、家で休みを取った後で、大石班長に振られたのが、突拍子もない未確認情報の裏付けだった。

「社長室の下に隠し部屋があって、そこに被害児童が監禁されている可能性があるって、どんな与太話なんですか？」

種田は運転しながら、後部座席にいる大石に愚痴った。

「ビルの管理って、ツインズの子会社が持っている警備会社が直に業務を行っているんですよね。ビルの構造も熟知しているはずだし、そんな部屋があったのだったら、とうの昔に探しているはずですが、一課長もどうしてそんな情報を信じる気になったんでしょうかね？」

バックミラー越しに大石が苦笑するのが見えた。

「どうした、タネ？　機嫌悪いな。今の一課長が慎重に慎重を重ねて捜査する方針なのはお前も知っているだろう。課長としてはどんなに酔狂な情報でも潰しておきたいのだろう。それに、この情報を持ち込んだのは東京中央テレビのサブキャップだと聞いている。記者クラブから上がってきたネタなら、トンデモ情報ではないと判断したんじゃないか？」

だったらなおさら二人だけでいいのかと愚痴りたくなるが、腹を立てている訳が他にあるとは大石には絶対に言えない。それはまんまとアン・ジヒに騙されたことだった。「誘拐事件が解決するまで記事にしません」と約束していたのは何だったのか。腹が立つと同時に情けなかった。確かにアンの記事は報道協定に抵触していない。ギリギリの線を守ったというべきか。そうでなければエターナルも記事を出すことを認めなかったに違いない。転職して、彼女と最初に話した時のことを思い出した。

「優秀な記者ばかりで大変なんです。実力主義だから、成果を挙げないと本当にクビになりかねません」

どうしてあの言葉をもっと重く受け止めなかったのだろう。刑事であれば向き合っている相手の一挙手一投足を観察し、発言の全てを吟味しなければならない。それを怠ったのだ。そう反省する中で、ありそうにない記者からの垂れ込みの裏取りをするのは憂鬱だった。だが、これも仕事だ。

ビルの正面玄関にはマスコミのカメラマンが大勢陣取っていた。ツインズ・ビルに車を入れると同時にフラッシュが焚かれる。

「どういうことだ？　取材が解禁になったのか！」

大石が怒鳴る。フラッシュが眩しい。種田の電話が鳴った。電話に出ると相手は捜査本部に詰めている同じ特殊犯捜査二係の寺嶋係長だった。

「報道協定が解除された！　現場が混乱することも予想される。東京中央テレビも動くだろう。気をつけてくれ！」

車の中のテレビをつける。たまたまチャンネルを合わせていた関東テレビの画面の上に速報が躍っていた。

『東京都内で男児が誘拐　警視庁は捜査本部を設置』

　この時間、関東テレビは情報番組を放送しているが、速報が流れた瞬間、MCの女性がギョッとした顔をしていた。車が地下の駐車場に入ったため、電波が途切れてテレビ画面は真っ黒になった。おそらくこの後、各局とも特別番組を放送するのだろう。

　駐車場がある地下は地上の喧騒とはうって変わって静かだった。寺嶋係長からの指示を大石班に伝え、種田はエレベーターで一階に上がった。六階に上がるためには一階でエレベーターを乗り換えなければならない。一階で降りると、外にいるカメラマン達が焚いているフラッシュが眩しかった。なるべく映像に収まりたくはない。駆け足でエレベーターに向かう。六階の社長室前で警備会社の担当者が待っている予定だった。担当は警備部長の杉崎と部下の加藤という二人だ。当初は社長の陣内が対応するはずだったが、直前になって急遽変わったという。社長室を見たいと伝えたのはついさっきのことで詳しいことはまだ何も話していない。

　エレベーターのドアの前には作業員らしい二人組がいた。ドアが開いて、二人が乗り込む。すぐに閉まろうとしていたので、種田はダッシュで駆け寄り、閉まりかかったドアの間に手を入れた。

「すみません、急いでいるので」

　二人は無言のままだ。一人は下を向いている。

　──おかしい。

　二人組の顔を覗き込んだ。種田は思わず息を呑んだ。二人の内の一人は東京中央テレビの記者だった。

——確か、諸橋……。

種田は思わず口に出していた。

相手も驚きで目を見張っている。

「どうして、ここにいるんですか？　それに、ツインズ・セキュリティーの服を着て何してるんですか？」

聞かずとも分かる。この記者は内部協力者の手助けを借りて、社長室を見に行くつもりなのだ。

——そうか、情報提供をしたというのは東京中央テレビだが、この諸橋が噛んでいるのか。

「大石班長、この人は東京中央テレビの諸橋記者です。諸橋さん、記者は入ってもらっては困りますので、退去してもらいます」

「記者が何でここにいるんだ！」

これがもし、報道協定の最中だったら、協定違反だとして同業他社の連中に非難させればいい。だが、協定はすでに解除されてしまっている。だとすれば、この場にいること自体はツインズの許可があれば問題ないことになってしまうが、ここは何としても排除させねばならない。

「とにかく、ここにいるのは問題です！　すぐにここから退去してください！」

だが、諸橋は毅然としていた。

「私はこのツインズ・セキュリティーの徳重氏から許可をもらってこのビルに入っています。警視庁から指示を受ける筋合いはありません。それに、あなた方が今、上に向かっているのは我々の情報提供があったからではないんですか？」

確かに図星なのだが、追い出したい以上、簡単に認めることはできない。そもそも、許可を正式にもらっているというが疑問だ。現に諸橋と一緒にいる徳重という男は明らかに動揺している。

「とにかく、六階に着いたら、戻ってもらい――」

種田は言い終えることができなかった。なぜなら突然、エレベーターが停止したからだ。エレベーターに設置された電光表示は五階になっている。

「まだ、五階でしょ。何で五階で――」

喋っている途中だった。今度は電気が切れて真っ暗になった。非常電源も消えてしまって、中は真っ暗だ。

「タネ、どうなってるんだ！」

「今、警備室に確認します」

種田が動く前に、諸橋と一緒にいる徳重という男がエレベーター内にあるインターホンの呼び出しボタンを押した。

「警備室、聞こえますか？　徳重です。誰か応答してください」

だが、反応はない。

「おい、どうなっているんだ？」

大石が怒鳴った。

「ちょっと、待ってくれ！」

諸橋の声だ。

「この状況、簗瀬翔太ちゃんがいなくなった時の状況に似てないか？」

確かにそうだ。エレベーターが停電で止まり、その後、子供はいなくなった。

「警備室、警備室、誰かいませんか？　こちら徳重です」

徳重が呼び続ける。五分位経ってからだろうか、ようやく呼びかけに男が応じた。

「こちら警備室です」

「おお、誰もいないからどうしたのか心配していたよ」

「全館が停電し、今、復旧にあたっているところです。徳重さんが乗っているエレベーターだけが遅れていて、すみません。全力でやっているところですが、杉崎部長と加藤さんがどこかに行ってしまって連絡取れないんです」

「加藤さんもいないのか。早く直してくれ」

「ええ、我々も前回のことがあったので、自分たちでリカバリーできるよう作業中です。もう少しお待ちください」

種田は不安になった。停電が起きて、担当者が不在なため復旧が遅れる。これも誘拐当日と同じシチュエーションだ。だが、今やるべきことはとにかく、停電が終わったらまず、この記者を外に叩き出し、社長室を確認することだ。

電話の着信音が響いた。スマホの画面が点灯している。諸橋のスマホだ。

「どういうつもりなんだ？　訳は聞きたいが、今、立て込んでいて、話す時間はないんだ」

声は抑制的だが、怒っているようだ。

――誰だろう。

「その件は今じゃなくてもいいだろう」

電話を切ろうとしているが、相手も粘っているようだった。

「すまんが、もう切る」

相手の話を暫し聞いていた後、諸橋は通話を終えた。

電話を切っても諸橋はスマホの画面をオフにせず、メールを確認していた。

その諸橋が突然、叫んだ。

「え！　そうか、そういうことだったんだ！」

二〇二四年十二月八日　諸橋孝一郎

アンからの着信だった。諸橋は電話に出るか迷った。

——約束を裏切った訳を聞きたい。でも、今更聞いたところで仕方ないではないか。

だが、迷ったのは一瞬だった。

「諸橋だ」

「アンです。電話出てもらえて感謝します」

「どういうつもりなんだ？　訳は聞きたいが、今、立て込んでいて、話す時間はないんだ」

「諸橋さん、私がどうかしてました。許してもらえるとは思いませんが、自分が取材した分は報告する義務があると思いまして連絡させていただきました。勝浦の例の警察官の追加情報を入手しているんです」

アンは一気に謝罪と新たな取材の成果を諸橋に伝えてきた。だが、正直、今はそれどころではなかった。

「その件は今じゃなくてもいいだろう」

「え？　誰か容疑者が浮かんでいるんですか？」

社長室の下に隠し部屋があり、簗瀬社長にも疑いの目を向けているとは言えない。

「すまんが、もう切る」

「待ってください。もう一言だけいいですか？　私が入手した情報が役に立つのであれば、もう一度チャンスもらえますか？　図々しいとは思いますが、お願いします」

声のトーンからも必死なのはわかった。二度と騙すことはないだろう。直感だった。だが、今は隠し部屋捜索に集中する時だ。電話に出たのも万が一にも新事実があった時に逃したくないからだ。だが、話を聞く限りでは驚くようなネタはない。

通話を終えても、スマホの画面はつけたままにしていた。真っ暗なエレベーターの中で、スマホだけが頼りだ。アンが送ってきたメールのタイトルが液晶に表示されていた。


「勝浦署の警察官の雁首を入手しました」


警察官の顔写真を入手したことは先程聞いた。優先順位の低い情報だ。だが、後回しにできなかった。「雁首」という言葉につい、反応してメールを開いてしまっていた。記者の性だ。

アンから送られてきたのはポートレート写真だった。写っていたのは真正面を見た制服姿の若い男だ。制服から男が警察官であることはすぐ分かった。写真は名簿を撮影したのだろう。下に名前が書いてあった。

『奈良橋洋次郎　勝浦警察署　巡査部長』

顔をもう一度見た。若い頃の写真だがその顔に見覚えがあった。

——まさか！

事の重大性に気づくまで、時間は要しなかった。

「え！　そうか、そういうことだったんだ！」

事件の真実が一気に諸橋の頭の中に流れ込んできた。

――すぐにアンに取材させなくては。彼女の取材が鍵だ。

そのためには真実をアンに伝える必要がある。また裏切られるかもしれない。だが、諸橋は直感を信じたかった。

二〇二四年十二月八日　種田由梨

「どういうことなんですか？」

種田は諸橋の肩を摑んだ。諸橋がスマホの画面を種田に見せた。制服を着た男の写真だ。精悍な顔つきだ。若い頃のものだが、見覚えがあった。

――確かここの警備部長だ。杉崎と言ったか。以前は警察官だったのか……。

背筋が寒くなった。

――勝浦署の警察官？　え？

種田は名前の持つ意味をすぐに理解した。

「大石さん、この写真見て！」

見せられた大石もすぐに状況を把握し、言葉を失っている。ツインズ・セキュリティーの杉崎部長は元千葉県警の奈良橋洋次郎だった。子どもの命を奪った原因を作った人物の会社に身元を偽造してまで勤務していた――簗瀬拓人の息子が誘拐されている中で、その理由は一つしか考えられなかった。

――杉崎部長こと奈良橋洋次郎が、誘拐と密接な関係がある。いや、彼こそが誘拐犯だ。

衝撃の事実だった。

――こんなに身近に容疑者がいたとは……。

大石が電話をかけ始めると同時に諸橋も誰かに電話をし始めた。

「アン、大変だ！　奈良橋の居場所がわかった！　ここだ。彼はツインズ・ビルの警備部門の子会社に杉崎と名前を変えて潜んでいた。彼こそが誘拐犯なんだ！」

――アンですって！

電話の相手は種田を裏切ったアン・ジヒだった。

――この二人、今は違う会社なのに協力し合っているの？

「とにかく、奈良橋こと杉崎が俺や警視庁の捜査員をエレベーターに閉じ込めた訳は一つしかない。きっと翔太ちゃんはまだこのビルにいる。杉崎は閉じ込めている間に翔太ちゃんを連れ出すつもりだ。いや、今この瞬間、まさに連れ出しているかもしれない。杉崎、いや奈良橋が立ち寄りそうな場所を調べて教えてくれ！　奈良橋のことはお前が一番よく調べている。頼む！」

大石も電話の相手に大声を張り上げていた。

「とにかく、簗瀬翔太君はまだこのビルにいる！　ツインズの警備担当の杉崎部長が翔太くんを連れ出そうとしているんです。え？　お前は今、何やっているかって？　そいつにエレベーターで閉じ込められたんですよ。早く、捜査本部から人を回してください！　近隣の署からでもいいです。とにかく至急応援お願いします！　杉崎は偽名でした。本名は奈良橋洋次郎、十四年前に千葉県警で警察官だった男です！」

諸橋はアンへの電話を終えると別の者に電話をかけ、ツインズ・ビルの前にいるカメラマンに、地下駐車場から出る車を張れと指示していた。

エレベーターの中の電気が点いた。

「小峯、すまん、すぐに掛け直す！」

エレベーターが動き出した。すでに停電から二十分近くが経っていた。六階で停まると全員が走った。目指すは社長室だ。もはや諸橋がついてきても大石は咎めない。

社長室のドアの前にいるべき杉崎は当然いなかった。金色のドアノブを種田が回した。ドアが開くと全員が一斉に室内に雪崩れ込んだ。中を見渡すと部屋の片隅にワインセラーがあったが、本来の位置から明らかに移動されている。

「あそこよ！」

ワインセラーが本来、置かれていたであろう場所のカーペットが剝がされていた。そこに縦横五十センチ位の穴が空いていた。

二〇二四年十二月八日　諸橋孝一郎

穴の中に最初に入ったのは種田だった。中は明るい。電気が点いている。梯子が下に降りていた。次に大石が入っていった。続いて諸橋も梯子を降りた。社長室に入る前からスマホで動画撮影を始めていたが、刑事の二人は咎めることもない。徳重はついて来なかった。社長室の入口で呆然としている。

社長室の下にある部屋は六畳足らずだった。慎也が作った模型の通り、部屋に出入口はない。

室内の灯りはつきっぱなしになっていた。

「トイレ、確認しました！」

小さいながらもトイレがある。これも図面の通りだ。シャワースペースも横にあるのが見えた。小さいが台所もあり、空いたカップヌードルの容器が無造作に転がっている。家具は小さなテーブルと椅子が一脚。テーブルの上には調理パンが置かれていた。マグカップにはスープだろうか、まだ飲みかけのまま残っていた。床には絵本やゲーム機が無造作に置かれている。そして、床には決定的な証拠が落ちていた。名札がついたカバンだ。

――翔太くんは確かにここにいた！

手袋をした大石がマグカップを持ち上げた。

「スープはまだ暖かい！　ここについさっきまでいたんだ。種田、ここを出て警備室に行くぞ。防犯カメラの映像を確認するんだ！」

「わかりました！」

諸橋も捜査員らと共に警備室に向かった。移動しながら撮影した動画を本社の編集サーバーに送りつつ、小峯に電話した。隠し部屋が実際にあり、そこに誘拐された子供がいた形跡があると聞いて小峯は電話口で興奮状態だった。

「じゃあ、杉崎次郎、いや、奈良橋洋次郎は翔太ちゃんを連れてビルの外に出たと言うんですか？」

「警察がこれから社内を捜索するが、そこに潜んでいる可能性はないだろう。我々がエレベーターに閉じ込められた二十分間の間に外に出たに違いない」

警備室に着くと、種田の叫び声が警備室に響いていた。

「いた！　いたわ！　地下駐車場に大型のスーツケース持って出ていく奈良橋の姿が防犯カメラに映っています！」

種田がチラッとこっちの方を見て呟いた。

「ここまで花持たせてやったんだから責任持って報道しなさいよ」

「もちろんです」

諸橋は小峯にメールを送った。翔太くんがツインズ・ビル内に監禁されていたと窺わせる確かな証拠を摑んだ、だが、本人の安全が確保されるまではまだ報道すべきでないこと、特に奈良橋の名前は必要以上に追い詰める可能性があるので、出す際は慎重を期すようにと念を押した。十四年前と同じ轍はふまない。

小峯からは上層部にも必ず伝えますとすぐにメールが来た。同じメールの中で朝の各社の状況も伝えてきた。

「種田さん、誘拐について、テレビ局各社は朝のニュース、情報番組の中で報じ始めています。うちも伝えていますが隠し部屋の件は止めていますので」

「ありがとう。ご協力感謝します！」

だが、奈良橋はどこに行ったのか？　すでに自宅が江戸川区小岩(こいわ)にあることを徳重から聞いていたので、小峯に住所を送っていた。警視庁もすでに捜査員を派遣しているだろう。だが、逮捕されるとわかって家に戻る馬鹿はいない。

――奈良橋も決意を持ってこの犯行を企てたはずだ。そんな男が十四年前の決着をつけるべき場所は一体どこだ？

電話がかかってきた。アンだ。アンにも現時点では報道しないことを確約してもらう。

「奈良橋洋次郎については千葉県警の幹部に再度聞き直しました。奈良橋の妻は半年前に娘と共にフィリピンに渡航しています」

「娘は難病だと聞いていたが……」

「娘さんは難病というか、先天性の心臓病だそうです。移植の必要に迫られていましたが、ドナーが見つからず、外国での移植を模索していたようです」

「今回、要求しているのが海外での移植のための費用と考えれば辻褄は合っているな」

「そうですね。フィリピンであればアメリカのように数億円は必要ありませんが、その後、現地で暮らすとなれば、やはり億単位で金は必要です」

「ありがとう。彼が立ち寄りそうな場所は？」

「自宅以外では不動産を持っている記録はありません。ただ」

「ただ？」

「千葉の警備会社に勤務していた時に奥さん、実は当時住んでいた家で喫茶店を開業していたんです。千葉の山の中と言ってもいい場所で、そこで落ち着いた暮らしをしていたそうで、親しかった県警の同僚には家族揃った年賀状も送っていたようです」

　電話をしながらアンから聞いた住所をすぐにネットで検索する。その場所は房総半島の真ん中だった。住所は市原（いちはら）市になり、養老川（ようろうがわ）のダム湖、高滝湖（たかたきこ）沿いだった。ストリートビューを見ると、湖畔にボートハウスがあり、のどかな風景が広がっていた。一家が住んでいたという住所にはログハウス風の建物があった。

　一家がなぜ、その場所を選んだのかはかつて諸橋も聞き込みの中で耳にしていた。それは奈良橋の官舎で聞き込みをしている時だった。官舎前の雑貨店で、女主人から奈良橋一家は子供が重い病気を患って大変だったこと、それでも夫婦揃って娘の運動会に来ていたこと、奥さんが料理上手でいつか喫茶店を開きたいと夢を語っていたことなどを教えてくれたのだ。だが、一家は妻の夢だった喫茶店を閉じて、東京に移ってきた。おそらくここまで短時間で調べるのは大変だっただろう。何か特別なコネを使ったに違いないが、アンはネタ元を決して語らなかった。

「アン、その喫茶店があったところは今、どうなっているんだ？」

アンは聞かれるのを予期していたようで、答えを用意していた。

「さっき、電話したんですが、通じませんでした。ストリートビューを見てみたんですが、窓の雨戸が降りていて、拡大して見てみると、売り手募集の不動産屋の看板が玄関先にかけられていました」

さっき自分で見た時は気が付かなかった。諸橋の直感が囁いた。

——奈良橋はそこに向かっている。

「このことは誰かに言ったか？」

「いいえ」

「この情報が今、入手できているのもアンのおかげだ。これで貸し借りなしだ」

電話の向こうで沈黙がほんのわずか続いた。

「ありがとうございます。ではここからはエターナルの記者として徹底的にやらせてもらいます。奈良橋の件は彼を追い詰めてしまいますから、まだ報じません。東京中央テレビが報じるタイミングを共有いただければ有難いです」

「わかった。約束する」

諸橋はすぐに小峯に電話して、アンから仕入れた取材結果を伝えた。

「モロさんは奈良橋がそこに向かっていると思いますか？」

「ああ、あいつが行けそうな場所はもうそこしか残っていない」

アンも今頃、車に飛び乗っているだろう。

「だったら、ヘリを使いましょう」

小峯の提案は想定外だった。

「ヘリ？　どういうことだ？　もうヘリは自宅周辺に向かっているんだろう？」

東京中央テレビは関東エリアに二台ヘリを持っている。一台はツインズ・ビルを空撮しているはずで、もう一台飛ばすとすれば簗瀬拓人か奈良橋の自宅に向かっているはずだ。

「実はうちが契約している芝浦のヘリ、技術的なトラブルがあったんで、まだフライトしていません。十五分後に飛び立つ予定だったんです。あと、簗瀬社長の自宅には応援に入った司法クラブの記者がもう現場に着いています。自宅でリモートワークしていたんですが、その記者、すぐそばに住んでいたんです。奈良橋の自宅にも中継車付きで記者が向かっていますから、ヘリ使ってください。空路だったら房総半島まで十五分もあれば現場に着きます。十分、追いつける時間です。芝浦に向かってください！」

芝浦には東京中央テレビが契約しているヘリポートがある。ビルの最上階にあり、年間契約で空撮をしてくれる。中継対応も可能だが、時には急ぎの場合、空輸、つまり人を運ぶ場合もある。

「先程伺った、奈良橋一家がかつて住んでいた家がある高滝湖ですが、近くにヘリポートがあります。これから手配しますから、そこで降りてください。ちょうどレーシング場の隣にあって、車も手配できそうです。そこから二十分もあればログハウスに着けるでしょう。もちろん、警察にも通報しておきます」

こ小峯だ。

「前に伝えた参事官に——」

声が一瞬途絶えた。電話が切れていた。だが、すぐに登録していない番号からかかってきた。

小峯だ。

「すみません、ずっとスマホ使いっぱなしだったので、充電切れました」

「これ、会社のスマホか？」

「そうです。諸橋さんも会社のスマホ使ってないって部長がこの前、ぶつぶつ言ってましたよ」

報道局にいる社員は去年、会社からスマホを支給されている。だが、諸橋も小峯もこれまでの連絡先に伝えるのが面倒なので、私用のスマホを仕事に使い続けていた。

アンから仕入れた情報を諸橋も種田には伝えるつもりだった。電話を終えると警備室のパソコンの前にいる種田に近寄った。防犯カメラから画像をキャプチャーして印刷している。その中に車の画像があった。白のトヨタ・カローラだ。

「徳重さん、現場に行くからその画像、印刷して！」

「どうしたの？　現場って何のこと？　何摑んだの？」

種田にアンから仕入れたネタを伝えた。諸橋は奈良橋がログハウスに向かうと確信していた。

「わかった。私達も向かう」

「奈良橋がかつて家族と住んでいた場所に向かっているとしたら、嫌な予感しかしません」

「そうね、私もそう思う」

種田も同じことを考えていたようだ。自分たちが幸せだった最後の地で、彼が何をするか。翔太ちゃんを解放するのであれば、わざわざそこまで行く必要はない。自分の予感が外れることを祈りながら、諸橋はツインズ・ビルの外に出ると表通りでタクシーを捕まえた。

二〇二四年十二月八日　午前七時　簗瀬拓人

報道協定が崩壊した。朝のニュースで自分の名前と映像が報じられるのを見て、簗瀬拓人は何もできない無力感に絶望していた。自宅の応接室で待機している刑事達は先程、二人を残して撤収していた。容疑者が分かったので、全員捜査本部に応援に行くという。それは誰だと聞き、ツインズ・セキュリティーの杉崎部長と聞いた時、「なぜ」しかなかった。これまでの人生で彼とほとんど接点はない。恨まれる覚えもない。

「なぜ、彼が誘拐を」と聞いた時、家にいた班長は何も答えなかった。杉崎の妻はツインズ・セキュリティーの業務部長だが、半年前からフィリピンに出国しているという。何がどうなっているのか、さっぱり分からない。杉崎夫妻のことはそれ以上、警視庁は何も教えてくれなかった。

中国系ニュースサイト、ドラゴンnewsが報じて一時間も経たない内に、ネットメディア数社の代表から「うちも報じることにしたので、一応ご連絡を」とメールを送ってきた。「すでに、Xやインスタで大きく話題になっており、報じない理由は見つけにくい」と各社とも判を押したような文面だ。それでネットに上がった記事を読んでも、ほとんどの社が誘拐された事実をドラゴンnewsからそのまま引用しただけで、独自取材など何もない。当然、事件の背景に迫る記事はなかった。ただ、唯一、エターナルだけが誘拐の一報を伝えるとともに、中国系マフィアが誘拐に関連している情報があると伝えていた。記事によると警視庁も重大な関心を持っているという。

「好き勝手にやって、何が中国系マフィアだ！　杉崎と一体、どんな関係があるっていうんだ！」

まさか海外のネットニュースで報じられてしまうとは思わなかった。日本の媒体なら止めたり、配信を遅らせるよう働きかけもできるのだが、全くの想定外だ。誘拐が明るみになったことで託児所の警備不備が指摘されるのは間違いない。これで株式市場が開けば、株価も大幅下落だろう。株主は誘拐で同情などしてくれない。

悪いことは重なるもので、ブラックジャーナリストの連中から漏れたのだろう。愛人の存在を書いたネットニュースもあった。何でも誘拐当日、会社のそばに来ていて、任意で事情聴取を受けたのだという。馬鹿な女だ。ちゃんと金は払うと言って合意したではないか。しかも、一億円だ。最後に話した時、二千万円上積みしろと言ってきたのを断ったが、そのことで直談判に来ていたのだろうか。最悪のタイミングでウロウロしているから警察に目をつけられ、それで記事になってしまった。金を返せと言ってやりたい。

金と言えば実は協定が崩壊する可能性も考えて、妻と相談して指定された暗号資産口座に送金してしまっていた。もちろん、警察には内緒だ。でも、犯人からは何も連絡がない。五億円が無駄になってしまうかもしれないと想像するだけで簗瀬は震え上がる思いだった。

いてもたってもいられなかった。妻の美優は寝室に閉じこもったままだ。顔を合わせれば「あんたのせい」「あんたが告白しなかったから」「そもそも、あんたが変なブログに書かなければ」と呪詛（じゅそ）のように唱えるので、顔を合わせないでいた。

そもそもと言うが、十四年前の佐久間宗佑のやり方は酷かった。メディアに売れるために、マスコミを過剰接待してパブ記事を書かせたり、認可を取りやすくするために市議会議員を買収するなどやりたい放題だった。そうしたことを暴露してやろうと、たまたま勝浦に住んでいた知り合いの家に泊まりこんで情報収集をしていた矢先、そこに警官が来て、聞き込みをした。その話を書いただけだ。

もっとも、誘拐だと断言して書けたのは警官の聞き込みがあったからだけではない。核心に迫る別の「情報源」にその後当たったからあんな記事を書けたのだ。書くのに躊躇はなかった。あんな経営者のことだから、恨みに思われて誘拐されたのだろうと思っての記事だった。それ自体がそんなに問題なのか、今でもわからない。

だが、あのブログ記事が猛批判を受けたことで「山下コースケ」の名は使えなくなってしまった。その一方、ブロガーの活動を中断してビジネスに集中した途端、自分にはビジネスの才能があることがわかった。そのおかげで美優とも出会えたのだ。だから「ブログを書いたせいで息子が誘拐された」と言われても、というのが正直な気持ちだ。

さらに翔太が監禁されていた場所はこともあろうに社長室の真下だった可能性があるという。おそらく親父が作った愛人部屋だろう。まるで悪夢のようだ。連れ子とはいえ、この数年間、可愛がっていて、実の息子のように思っていた。

簗瀬は若い頃は結婚にも子供を持つことにも関心がなかった。おそらく父親の女遊びを見てきたからだろう。そもそも、父をクーデターで会社から追い出したのも、女遊びが酷く、会社に愛人部屋を作っていたほどモラルの欠如した経営者だったからだ。だから、大改装の話が持ち上がった時に愛人部屋をまた作るのではという噂が流れ、そんなことをさせてなるものかと経営権を奪って追い出した。

翔太が閉じ込められていた部屋はキッチンやバストイレもある、まるでワンルームマンションのような間取りだったという。改装前の愛人部屋の存在は知っていたが、どこにあるかまでは知らなかった。知らなかったというより、気持ち悪いので知りたくなかった。まさか、社長室の下にあっただなんて。しかも、なぜ、それが残されていたのか全く分からない。

自分のところには一切、報告が上がっていなかった。改築の一切合切を取り仕切っていたのは当時の総務部長、後にツインズ・セキュリティーの社長をしていた男だった。だが、あいつについては親父の腰巾着でいつも追従してヘラヘラしていた印象しか残っていない。だから改装が終わってすぐにクビにした。俺に隠れてそんな大それたことを考えるなどありえない。そうなると考えられるのは杉崎だけだ。しかし、その杉崎が誘拐犯とは想像すらしなかった。よりによってその杉崎を見に行かせてしまった。ついさっきのことだ。後悔してもしきれない。犯人に捜査の手が迫っていることを知らせてしまったのだ。

会社の人事ファイルを見た。元々、大手警備会社に勤務していたが、およそ十年前に入社している。気になったのは推薦人として父の名が明記されている点だ。一介の警備会社勤務の男がどんなコネで父と知り合ったのか。さらに不審な点が一つあった。大学を出て、大手警備会社に就職するまで数年間、空白期間があることだ。それは同時に入社している杉崎の妻で業務部長の百合子も同じだった。

——なんなんだ、この夫婦は。

そして、百合子が休職したタイミングで加藤という男が雇われていたが、杉崎だけでなく、加藤も行方不明になっている。二人ともグルだったとしか考えられない。それにしても一体、この企みはいつから仕組まれていたのだろう。杉崎を雇ったのは父親だ。愛人部屋があることを黙って残していたのも、今回の犯行の準備をするために改装当時から考えていたのだろうか。だとすれば、ずっと自分に恨みを抱いていたということになる。

会社の人事情報では名前や簡単な履歴はわかるものの、採用時期や当時の履歴書などは見られない。簗瀬は自宅のクローゼットの奥にしまっていた父親のノートパソコンを引っ張り出した。父を追い出した罪悪感も多少はあり、今まで父親のものに触れるのは必要最小限に留めていた。父を追い出した時に社用で使っていたパソコンは万が一にもデータが悪用されるのを懸念して取り上げていただけで、データ分析はツインズ・セキュリティーに任せて自分自身で中を見たことはなかった。

パソコンの中身を探るのは容易だった。父親はパソコンのことはほとんど理解していなかった。重要な書類にはパスワードをかけることも簗瀬が一から教えた。だから、パソコンを起動させて、重要書類が保存してあるファイルまで辿り着くのはさほど難しくはなかった。「人事」と名が付けられたフォルダーの下の階層に「採用」と題されたフォルダーがあった。そのフォルダーを開けると、目的のフォルダーが見つかったが、フォルダーの中は空っぽだった。

電話がかかってきた。見慣れない番号だ。

「もしもし?」

「ああ、俺だよ」

「どうした? スマホ換えたのか?」

「バッテリー切れでね。会社のスマホ使ってる」

「いいのか? 会社にバレないのか?」

「いちいち、調べないよ。それより、容疑者の正体が分かった」

「うちの杉崎部長だろ?」

「そうだけど、彼の本名は知ってるのかい?」

「本名?」

「メールで写真送るよ」

築瀬は杉崎の本名を聞いてもすぐ誰かわからなかった。だが、メールで杉崎の若い頃の写真と肩書きを見て、築瀬は暫くスマホを固く握り締めた。

二〇二四年十二月八日　午前七時　諸橋孝一郎

「芝浦まで飛ばしてくれ!」


諸橋はタクシーの中で各社のニュースをチェックした。各社とも誘拐事件の事実関係を押さえた記事と、築瀬社長の人物紹介くらいに留まっている。杉崎部長こと奈良橋のことを掴んでいるのはおそらく東京中央テレビとエターナルのアンだけだ。一方、エターナルだけが上海マフィアの関与を匂わせる記事を書いていた。緒方のチームだろう。誘拐が杉崎の単独犯行ではなく、上海マフィアが陰で糸を引いていたということであれば正しい記事になるが、梨花の話を聞く限り、その可能性は限りなく低い。

芝浦のヘリポートに着いた。ヘリポートは周囲を運河に囲まれた埋立地に建つビルの屋上に設けられている。すでにカメラマンはヘリに乗り込んでいた。エンジンはかかっている。ヘリコプターローターから強い風が吹き付けていた。

ヘリに乗るとアドレナリンが分泌されるのを感じる。離陸するとヘリはみるみるうちに東京湾を房総半島に進んでいった。現地まではヘリで十分ちょっとしかかからない。天気も良好で現場までは予定通り着きそうだ。ヘリに乗る前に小峯からは以下のことを告げられていた。

「誘拐犯と目されている杉崎次郎こと奈良橋洋次郎については、まだ逮捕状が出ていないことから報じるのは時期尚早との声がコンプライアンス局から強く出ていましたが、報道局長は『逮捕状請求へ』で報じるべきだと主張しています。八時から予定している報道特番で入れるべきだと」

「駄目だ。性急な放送はしないと警視庁には伝えている。そこは守ってくれ」

「わかりました。局長を説得します」

「あくまで奈良橋の身柄を警視庁が押さえたかどうかが判断基準だ」

ここまで詳しい内情を他社に先駆けてつかんでいるネタだ。一番乗りでないと報われない。それでも、子供の命には代えられない。この事実は最大のライバルであるエターナルのアンも握っている。そうなると勝負は身柄確保の情報をどちらが先に摑むかにかかっていた。エターナルも警視庁への取材、そして杉崎の自宅取材など展開しているだろうが、アンもきっと現地に向かっている。現場までは東京からは車で飛ばせば一時間ちょっとだ。だが、彼女は諸橋がヘリで現地に向かっていることを知らない。先に着く優位性をどこまで発揮できるかだ。

アンは警察関係で強いネタ元を持っている。奈良橋の情報をすぐに入手したことからも明らかだ。現地で警察が奈良橋の身柄を押さえたら、その情報はすぐに彼女に伝わるだろう。身柄確保の情報さえあればアンはここまで得た情報を全て報じてしまう。それに比べて東京中央テレビは相馬キャップが病気で不在、ネタ元へのアクセスも総じて弱い。アンにはフェアでありたいと思って真実を伝えたが、勝ちを譲る気はない。

ヘリは東京湾アクアブリッジを通り過ぎ、そのまま木更津から首都圏中央連絡自動車道の上を直進した。目的地に車で行くためには市原鶴舞(いちはらつるまい)インターチェンジで降り、一旦、東京方面に戻る形になる。ヘリの中では放送画面も小さなモニターで見ることができる。いざ、記者中継をする場合のためだ。記者の声は映像と共に東京スカイツリーまで送られ、本社に届く。

「教えられた住所の上をまず飛んで見ますね」

ヘリのパイロットが告げた。湖が見えた。地図によると高滝湖だ。肉眼ではよく見えないので、カメラマンが撮影している映像をモニターで見る。だが、画面は小さい。単眼鏡を持ってくるべきだった。事件現場から離れていると勘が鈍る。

「あれじゃないですか?」

カメラマンが呟いた。湖の辺りにログハウスが建っている。確かにストリートビューで見た建物と同一だ。周囲に車は停まっていない。数分旋回した後、パイロットに指示した。

「高速で来るとしたら、市原鶴舞インターチェンジから降りてくるはずなので、逆行してみましょう」

ヘリは湖から県道一六八号線を北上した。再び首都圏中央連絡自動車道を交差する。右手には動物園のようなものが見える。スマホの地図を見ると「市原ぞうの国」だった。左手にはゴルフ場が広がっている。その直後だった。

「あれ、何だ?」

カメラマンが呟いた。ヘリの進行方向から県道を猛スピードで車の車列が向かってくる。一、二、三。三台だ。二、三台目の車の天井にはライトが点灯している。先頭の車は白の――カローラだ。

「あれだ！　あの三台を追ってくれ！」

諸橋は実況を始めた。特番はまだだが、実況は全て本社にライブで送られ、録画されており、後々の番組で使われる。また、急に特番に入った時のためでもあった。

「今、私は簗瀬翔太ちゃんを誘拐したとみられる容疑者が乗った車を追跡しています。先頭の白いセダン、あれが逃走中の車と見られます。その後ろには二台の警察車両と思われる車が追跡しています」

この映像は警視庁記者クラブ内でも見られるようになっている。今頃、小峯が警視庁幹部に車のナンバーの確認を取っているだろう。諸橋は興奮を抑えて実況を続けた。子供の命がかかっている。高揚感が出てはならない。淡々と冷静に。興奮するのは視聴者だけでいい。

「三台の車が走っているのは県道一六八号線、このまま行くとダム湖である高滝湖に行き着きます。我々が摑んでいる情報ではこの湖のそばに容疑者がかつて住んでいた家があります」

警察車両は警視庁か、それとも通報を受けた千葉県警のどちらだろうか。いずれにせよ、このまま奈良橋が逃げきれるとは思えない。翔太ちゃんはあの車にいるのか？

「車にもっと寄れないか？」

「やります！」

カメラマンが叫んだ。動いている被写体にクローズアップするのは技術がいる。運がいいことに、この日のカメラマンは社歴二十年のベテランカメラマンだった。東日本大震災など大災害、大事故など様々な経験を積んでいる。すぐに映像は寄ったものとなった。だが、車内の様子はわからない。諸橋の耳につけているイヤホンに聞き慣れた声が入ってきた。

「ここで番組の途中ですが、特別報道番組をお伝えします。特別番組をお伝えします。只今、マイクの試験中」

ベテランアナウンサー、石上竜也だ。特番に向けた音声チェックだ。石上はミスター東京中央テレビとして長年、報道番組を牽引していて、彼が出演する平日の夕方のニュース番組は同じ時間帯で放送される同系統の番組を押さえて一位、二位を常に競っている。平日のメインキャスターを休日の特番のために使うのは、いかにこの特番を重視しているかの表れだ。特番が始まる直前には社会部デスクから連絡が来ることになっているが、連絡なしで突然、番組が始まることも多々ある。諸橋も若い頃、現場について一分も経たないうちに中継リポートをしたことがある。

カローラが容疑者の車であると警視庁に確認が取れたとパイロットを通じて連絡が入った。すぐに実況に生かす。原稿などない。その場で考える、いわゆる勧進帳だ。

「今、情報が入ってきました。簗瀬翔太ちゃんを誘拐したとみられる容疑者が乗った車を追跡しているとお伝えしましたが、先頭の白いセダン、あれがその車だと警視庁が確認したということです。あれがその車です。その後ろには二台の警察車両と思われる車が追跡しています」

車列が湖に着いた。湖の周辺は水田ばかりで、信号もほとんどない。唯一、信号機が設置されているのは寿司屋がある交差点だけだが、カローラは信号機を無視して、湖の周りを回り始めた。湖は周囲五キロ程の長さしかない。一周まわるのに二分もかからない。

一周、二周、三周、このまま時間が経って警察の応援部隊が来て、道路封鎖すれば追い詰められる。だが、元警察官だった奈良橋にそのことがわからないはずはない。

――嫌な予感がする。

五周目となり、カローラは神社の脇を通り過ぎると猛スピードで左折しながら湖を横断する橋に入っていった。

「あ、対向車線から別のパトカーが」

カメラマンが言う通り、別のパトカーがパトライトを点灯させて橋を渡ってくる。千葉県警の車両だ。このままでは挟み撃ちになる。両者ともスピードを緩めない。その直後だった。パトカーを避けようとしたのか、カローラが左にそれた。

「あ！」

カメラマンが叫ぶ。

「危ない！」

諸橋も思わず絶叫した。

カローラはそのまま歩道に突っ込み、歩道の柵を薙ぎ倒した。そしてそのまま欄干も突き破って湖に転落した。

「今、容疑者が乗ったと思われる車が湖に転落しました！　今、転落しました！」

パトカーと警察車両が急停車する。

イヤホンからいつもは冷静な石上アナが「何だ！　何が起こったんだ！」と大声を張り上げているのが耳に入ってきた。

二〇二四年十二月八日　午前七時半　簗瀬拓人

簗瀬拓人は父親のパソコンの前で呆然としていた。父と奈良橋がやりとりしたメールが残っていたのだ。二人は採用時にメールでやり取りをしていて、それらが残っていた。

事件から四年後、杉崎次郎こと奈良橋洋次郎を父はどうやったのか探し出し、ツインズ・セキュリティーに迎え入れた。動機は奈良橋の口を封じることにあった。あの時、ブログに掲載した経緯を父はなぜか全て知っていた。その上で、奈良橋を探し出したのだ。

父は奈良橋に重い病気の娘がいることを知った。先天性の心臓病で移植しか助かる道はないが、国内の移植は順番待ちで、海外で移植しようにも三億円から五億円という公務員や会社員では考えられないような金額が必要だった。海外で移植を受ける人のほとんどが募金で賄うが、悠斗ちゃん事件に深く関わった以上、募金を呼び掛ければ世間から非難を浴びるだろう。特に奈良橋の妻が嫌がった。下手をすれば娘にまで非難の矛先が向く。だから夫妻は募金による移植を諦めざるを得なかった。

「もし、事件について黙ってくれるなら、私の会社で雇おう。娘さん、拡張型心筋症なんだろう？　国内でいつまでドナーを待つと言うんだね？　それに公務員のままでいたら、移植に係る渡航費用はとても払えるものではない。もし、君が息子の件を胸にしまっておいてさえくれれば、将来的に移植が必要になった場合はツインズ・グループが費用を負担しよう」

だが、約束は守られなかった。そう、自分が父を追い出したからだ。あれほど嫌っていた父に実は守られていた。今までの価値観が全て崩れ落ちるような衝撃を簗瀬拓人は感じていた。奈良橋夫婦の経歴が改竄(かいざん)されても発覚しなかったのは妻の百合子が業務部長となって諸手続きを行っていたから、そして父がバックにいたからだろう。杉崎は百合子の旧姓だった。それにしてもなぜ、奈良橋は自分に直接言ってこなかったのだ？　その答えは父のメールフォルダをさらに調べて明らかになった。

奈良橋は父に何度もメールを送っていた。

「娘の心臓の状態がよくない。もしかしたらまもなく移植が必要かもしれない」

「手術代の面倒を見てもらう約束、果たしてもらう時が来たようだ」

「何度もメールを送っているが、返事がないのはなぜだ？」

メールに返事がなかったのには理由がある。父はクーデター後に認知症を患っていたのだ。だが、かろうじて意識が明白なうちに、ある人物に引き継いでいた。それが陣内だった。陣内は父からの頼みで、奈良橋が杉崎と名乗っていること、そして心臓病の娘のために移植費用を払う約束をしていたことを聞いていた。問題はこのことを知った後の陣内の対応だった。父に宛てたメールの文面に陣内の姿勢が如実に現れていた。

「会長が会社の実権を握っていた頃ならともかく、コンプラにうるさいこのご時世、数億円の金を子会社の社員のために払うことはできません。心臓病は投薬などで十分対応できる病と聞いています。もう少し結論を先延ばしするよう奈良橋、いや杉崎部長の説得に努めます」

なんてことだ。陣内は杉崎のことを把握していた。だが、全てではなかった。ことの重大性に気が付かないまま、下手な時間稼ぎをしているうちに奈良橋の娘の容態は悪化し、おそらくこれ以上引き延ばせば海外に渡航できなくなる状態にまでなってしまったのだろう。父に宛てた最後のメールで杉崎こと奈良橋はこう送っていた。

「会社にも来ず、返事もしない。もう俺のことはどうでもいいのだろう。我々はこれ以上、待てない。返事がないのならこちらにも考えがある」

返事がないことが父の答えだと考え、奈良橋は決断したのだ。金を山下コースケすなわち簗瀬拓人から奪い、さらに復讐を果たすことを。陣内は翔太の誘拐を奈良橋が仕組んだことを知っていたのだろうか？　知らなかったのだろう。よもや、犯人がこんな近くにいるなど想像もつかなかったに違いない。そんな鈍感さだったから、奈良橋が計画を練っていたことに気づかなかったのだ。

いや、本当にそうか？　犯人の要求を聞けば当時の経緯から、杉崎こと奈良橋が怪しいと疑ったはずだ。でも、陣内は何もしなかった。すでに会社、自分に対する忠誠心が薄くなっていた陣内はいつの頃か辞めることを決め、これまでの自分がしてきた仕打ちに腹が立ってあえて黙っていたとさえ考えられる。

電話の着信音が鳴った。私用のスマホではない。グループ企業内で使われている社用のスマホだ。『警備室　警備部長』と表示されていた。ビデオ通話だ。

この電話は警視庁が録音しているものではない。電話に出た。画面には杉崎の顔が表示されていた。背景が動いている。車を運転しているようだ。

「おい、息子をどこにやったんだ！　すぐに返せ！」

「報道協定は破られてしまったな」

「翔太はどこだ？　翔太を返せ！」

「あなたには言いたいことが山ほどあるが、最後だから子供の声を聞かせてやる。ほら、お父さんだ」

「タクト！」

車内から翔太の声が聞こえた。姿は見えない。

「姿を！　姿を見せてくれ！　最後だからってどういう意味だ！」

だが、翔太の声はそれっきりになり、後は過去の恨みを聞かされた。しばらくすると、ビデオ通話の音声にかすかにパトカーのサイレン音が聞こえてきた。

「もうそろそろ、この茶番劇も終わりにする時がきたようだ。パトカーがしつこくてな。俺は末期の癌なんだ。刑務所に行ったら、そこで死ぬことになる。そんなのは御免だ。金は受け取った。有効に使わせてもらう。それにお前に一矢報いてやらないと気が済まないんだ、山下コースケ」

「十四年前のことは悪かった！　許してくれ！」

「もういい。それじゃあ、もうおさらばするよ」

「おさらば？　おさらばってなんだ！」

杉崎こと奈良橋が答えることはなかった。画面が大きく乱れた後、通話は切れた。何かとんでもない、取り返しがつかないことが起きたことはわかった。

簗瀬拓人は立ちあがろうとした。だが無力感で体が動かなかった。

二〇二四年十二月八日　午前七時半　諸橋孝一郎

パイロットを通じて本社の社会部デスクと連絡を取ったが、本社も大混乱していた。この日の当番デスクは間宮だったが「この映像、使っていいんですか、どうすべきですか！」とパニックになっていた。警察車両に追われた車が橋から転落し、水面には誰も上がって来なかった。車から誰も脱出できなかったとすれば、飛び込んだ瞬間の映像は使えない。あまりにも衝撃的過ぎるからだ。諸橋も目の前で起きたことは現実とは思えなかった。

「どうしますか？　このままここで暫く待機しますか？」

パイロットが聞いてきた。ベテランカメラマンもさっきから無言だ。この後、ダイバーの捜索、車の引き上げ作業が始まるまでは数時間かかるだろう。給油のため、一旦、現場を離れざるをえない。沈痛な雰囲気がヘリの中を充満していた。最初はカーチェイスでハンドル操作を誤ったと思っていたが、機動捜査隊にいたのであれば運転のエキスパートのはずだ。わざとハンドルを湖側に切って、自らの意思で飛び込んだとしか思えない。

――でも、子供を道連れにするなんて。妻や娘との思い出があるこの場所で奈良橋は何をするつもりだったんだ。

衝撃的な場面を目撃して暫し頭の中が真っ白になっていたが、どこか引っかかる。そうだ、考えろ。子供の命を最初から奪うつもりなら、あの部屋で首を絞めるなり、刺すなりどうにでもできたはずだ。それなのにわざわざ外に連れ出した。それにアンから送られてきた奈良橋に関する同僚の証言メモのある部分を思い出した。

――刑事にはなっていなかったが、所轄での成績も良かったし、機動捜査隊も経験しているから、優秀な奴だと思われていた。正義感も強かった――

正義感が強かった男が復讐心に囚われていたとはいえ、罪のない子供を道連れにするのか。

――いや、しないはずだ。

「パイロットさん、この辺をぐるっと低空飛行で回ってみて」

「え？　どういうことですか？」

「いいからお願い」

パイロットは諸橋が頼んだ通り、ヘリを湖の周囲で旋回させた。

無線から間宮の声が流れた。

「諸橋さん、何で現場離れちゃうんですか！　もうすぐ特番始まりますよ！」

「少しだけ、周回させてくれ」

「どうしてですか？　いつでもそっちをとれるようスタンバッてでもらわないと困るんです」

「そこを頼む。もしかしたら翔太ちゃん、この周囲にいるかもしれないんだ」

「え？　どういうことですか？」

「説明する時間はないんだ。周囲を数回旋回するだけだから」

間宮からの返事はなかった。どうしたらいいか、迷っているのだろう。

「パイロットさん、お願いします。誘拐された子供がこのあたりにいるかもしれないんです。ヘリで探したいんです」

「わかりました！」

「おそらくその子は一人で置き去りにされている可能性が高いんです」

「では人気（ひとけ）がなさそうなところを飛んでみます」

ヘリは湖の周囲を旋回した。

まず向かったのは湖の湖畔のかつて住んでいた家だ。次に神社、そして少し離れた場所にあるゴルフ場や市原ぞうの国の上空も旋回する。ゴルフ場は大人しかおらず、ぞうの国はまだ開園していないので駐車場に車はまばらで、一人でいる子供の姿はない。

「この辺にコンビニは？」

「二軒ありますね。行ってみます」

三回目の旋回を開始した時、間宮から連絡が来た。

「もう戻ってください！　今、現場から中継できるのは諸橋さんだけなんです。この機会を逃さないでください！　原稿はお任せします。よろしくお願いします」

「わかった。パトカーが集まっている場所の上空に戻る」

やむを得ない。時間切れだ。

「パイロットさん、車が飛び込んだ場所に移動お願いします」

「わかった、じゃあ移動す——あ、あれ、あの子じゃないか？」

カメラマンがどこかの建物にクローズアップしている。地図上では、湖のすぐ北に位置する首都圏中央連絡自動車道の高滝湖パーキングエリアにある展望台だった。そこにあるベンチに誰かが座っている。

一人だけ。小さな体。子供だ。

「寄ってくれ、あの子に寄ってくれ！」

カメラマンはベンチに座っている男の子にさらに寄って撮影した。パイロットもギリギリまで高度を下げる。ヘリの音に気づいたようだ。男の子が上を見上げた。表情もよくわかる。スマホに保存してある写真を見るまでもない。簗瀬翔太ちゃんだった。


警視庁記者クラブにいる小峯を通じて、男の子は翔太ちゃんだということが確認された。現場に急行した捜査員がビデオ電話で両親と結び、翔太ちゃんであることを最終確認したという。この直後、東京中央テレビは翔太ちゃんが救出されたことを映像と共に各社に先駆けて中継で伝えるという快挙を成し遂げた。

圧倒的なスクープだった。車が湖に飛び込む映像も翔太ちゃんが無事と判明した後で、東京中央テレビは使用に踏み切った。奈良橋の遺体はその後、警察のダイバーによって引き上げられた。

一方、現場に駆けつけたエターナルのアン・ジヒが展望台からスマホで中継を始め、自社ホームページやYouTubeチャンネルで配信したのは、諸橋が中継をしたわずか五分後だった。アンもまた翔太ちゃんが無事に捜査員に抱き抱えられる映像をものにしたのだ。

元警察官であった奈良橋は子供を殺すことはできなかった。いや、そもそも殺す気などなかったのかもしれない。切断された指はフェイクで、翔太ちゃんの手は無傷だった。現場に駆けつけた簗瀬夫婦は子供が死んだと思っていたのが実は生きていたと分かって歓喜していたが、諸橋は昼のニュースのスタジオ解説の中で全てを暴露した。

誘拐犯の奈良橋洋次郎が非難されたのは当然だが、過去を隠してきた簗瀬拓人に対して、世間からは猛反発が起きた。ツインズの株価は暴落した。だが、その直後だった。

「誘拐事件で渦中のツインズに中国大手ＩＴ企業が買収案か？」

独自ネタとして報じたのはエターナルだった。この報道で株価は一転して高値を更新してストップ高になった。だが、そんな事実は結果としてはなかった。ツインズと名指しされた中国企業から相次いで買収を否定する声明が出されると株価は再び急落した。

買収話を報じた責任者も緒方だった。上海マフィアが誘拐に関与しているという情報が全くのデマだったことに加え、買収話の誤報も重なり、緒方は懲戒処分となり、その後退社した。事実上のクビだ。

その一方、山下コースケが簗瀬拓人であると最初に報じたエターナルのアンの記事が改めて読まれ、そのＰＶ数は五百万回に達したという。彼女がエターナルで一躍スター記者扱いされたのは言うまでもない。鮫山と加藤の行方は誰も突き止められなかった。

二〇二四年十二月二十三日　午後六時

年も暮れようとしているクリスマスイブの前日、諸橋は夕方のニュースのチーフ・プロデューサー佐々木蒼（ささきあおい）にランチに行こうと誘われ、会社が入居しているビルにあるイタリアンレストランで待ち合わせていた。

東京中央テレビが入る高層ビルは低層階がレストランやブティックが入居するショッピングモールになっていて、クリスマス一色に彩られていた。周囲のオフィスで働く人に加え、海外からの観光客も大勢いるので、チーフ・プロデューサーは事前にテーブルを予約していた。彼女は諸橋の同期で、長年編成局で数々のヒット番組を担当してきた敏腕だった。記者ばかりだった諸橋とはこれまでほとんど接点がなかっただけに急な誘いは驚きでもあり、ある意味不気味だった。

「あ、諸橋、お待たせ！」

明るいノリは新人時代から変わらない。

「どうしたんだ。ランチだなんて優雅だな。夕方の準備で忙しいんじゃないのか？」

「いいのよ、日々の細かいところはプロデューサーにお任せだから。私はもっと大事な仕事があるのよ」

「それが俺との昼飯か？」

チーフ・プロデューサーはさっさと二千円もするランチを注文した。諸橋も続けて千五百円のパスタランチをオーダーする。遊軍時代では考えられない優雅なランチだ。

「実はさ、四月改編で悩んでいてさ」

テレビ局の改編、つまり番組編成は三月までに広告代理店、スポンサー各社への説明、そして新聞などメディアへの広報が行われる。まさに今が改編情報の飛び交う時期だ。

「俺には関係ない話だな」

「そうでもないのよ」

この軽さがテレビマンの特性だ。

「今度の改編で夕方のニュースもテコ入れすることになってね。今、一、二番を競り合っているでしょ。ぜひ、簗瀬事件のスター記者でもある諸橋にスタジオに出てほしいのよ」

「スタジオ？」

「ええ、常設解説委員としてね、週一日か、二日、もっと出てもいいって、会社の幹部もノリノリなのよ。編成局長なんて『新聞協会賞もんだな』って興奮していたわよ」

あまりに軽いノリに腰が宙に浮きそうになる。入社以来、自分がスタジオで出演する側に回るなどと真剣に考えたことはない。ましてやテコ入れの材料になるなどとは考えたこともなかったし、想像もつかなかった。しばらく蒼と飯を食べながら会話したが、返事をせずに保留していた。

食べ終わった蒼がだめ押しをした。

「じゃあ、快諾ってことでいい？」

「快諾って、うんともイエスとも言ってないぞ」

「最終的には社命ってことでお願いしてもいいんだけど、一応、同期だしさ。仁義は切っているということで理解してもらえないかな」

無茶振りだったが、すぐに拒否する気持ちにもなれなかった。自分がこれまで伝えられなかったネタや思いを伝える機会は確実に増える。だが、失敗すれば炎上するのも画面に出る際のリスクだ。ただでさえ、メディアに対して世間の目は厳しい。家族はなんというだろう。ツインズ・ビルの模型を作ってくれてから、慎也との距離が縮んだわけではない。ここまで何年もかけて距離が広がっていた親子関係だ。接し方がこれまでといきなり変わるわけではない。ただ、発達障害の特性を理解して、今後の関係性を少しでも改善はできる。諸橋は会計のために立ち上がった蒼の後ろ姿に声をかけた。

「ここは払ってもらっていいのか？」

蒼が笑った。

「随分、安上がりな人ね」

蒼が会計しようとした時だった。彼女のスマホが鳴った。電話に出た蒼が諸橋の方を振り向いた。顔が強張っている。

「報道局の小峯さんって人、懲罰委員会に呼ばれているって！」

「どういうことだ？」

「仲のいい人事の子から聞いたんだけど、会社スマホのデータを定期的に解析していたら、小峯さんっていう人、例の誘拐事件に関して外部に情報を漏らしていたらしいの」

諸橋は絶句した。会社がＡＩを使って会社スマホで交わされる社員のメールやＳＮＳを密かに解析しているとは噂で聞いていた。法律上からも問題ない行為らしいが、まさか本当にやっているとは思わなかった。それより、なぜ小峯がという思いで一杯だった。

「小峯が他のマスコミにネタを売っていたっていうのか……。信じられない」

自分が得たネタが放送されない、出版されないことで、他社にネタを売る記者は新聞でもテレビでもいる。だが、そうしたことと小峯は最も離れた存在だと信じていた。つい最近の人事異動でキャップになったばかりで、何より一番信頼している後輩だった。

「外部って、他のマスコミって意味じゃないそうよ。自分の身内に内部情報漏らしていたんだって」

「身内？」

話の雲行きが怪しくなってきた。

「あの誘拐事件で世間から集中砲火を受けた簗瀬って社長いたでしょ？」

「ああ、雲隠れしてしていて、もう社長じゃないけどな。離婚もしたそうだが、小峯とどう関係あるんだ？」

「苗字が違うんだけど、簗瀬って社長、小峯さんの実のお兄さんらしいのよ。小さい頃に両親が離婚して、お母さんに引き取られたのが小峯さんなんだけど、ずっと交流を続けていたって、本人は言っているそうよ」

簗瀬と小峯が実の兄弟？　悪夢のようだった。

「情報流出は今回以外も何かあるのか？」

「私が聞いているのは今言った以上のことはないけど、何か心当たりあるの？」

諸橋の脳裏に、十四年前、子供の亡骸を見つけた母親が号泣している姿が蘇った。

エピローグ

二〇二五年五月某日

　五月に入って、ゴールデン街の元文壇バーで諸橋はアンと酒を酌み交わしていた。アンからの誘いだ。簗瀬翔太ちゃん誘拐事件以降、会うのは初めてだった。夕方のニュースのコメンテーターになった諸橋は、日中は番組進行上での打ち合わせが多く、昼ごはんもゆっくりとれなければ取材に行く機会も失われていた。

　かろうじて空いているのは放送が終わった後の夜だけで、それも翌日の画面映りを考えると深酒は禁物だ。目を真っ赤にした姿を視聴者に曝け出すわけにもいかない。自ずと会食も一次会までで、梨花の店からも遠ざかっていた。こうして二軒目に来るのも久しぶりだ。

　一月は小峯が解雇されるにあたって関係者としてコンプラ局に聴取されるなど忙しかったが、一月末に懲戒処分の決定がなされてからは落ち着いていた。一月一週目発売の週刊誌の特集号で、十四年前の誘拐事件の際に小峯が実の兄である簗瀬拓人に誘拐情報を漏らしていたことが報じられて以来、小峯はすでに休職手続きを取って会社に来なくなっていた。諸橋は当時、小峯の直属の上司ではなかったが、現場にいた者として事情を聞かれた。だが、小峯は事件前にも後にも簗瀬拓人との関係を匂わせることはなかったし、情報漏れを気づく端緒もなかったことを繰り返し説明したことでコンプラ局の追及も次第に落ち着いていった。ショックだったのは社内での取り調べの過程で、諸橋との関係性を聞かれた小峯が「諸橋さんは自分勝手で、下にきちんとした引き継ぎもせず、手柄を自分のものにしていたから嫌いだったんです」と話したと聞いたことだった。

――ロシアスパイの摘発の件でも俺を恨んでいたのか。

おまけにコンプライアンス局の担当者からは、諸橋がツインズ・ビルの徳重と接触したのを密告したのが小峯だったことを教えられた。

この店に来る前にカレーが好きだというアンの希望を聞いて新宿駅近くの老舗洋食店で食事をしてきた。食事の最中、アンは小峯のことも質問してきたが、話はたいして盛り上がらなかった。彼女が別の何かを知りたがっているのは明らかだった。でなければわざわざ夕飯、そして二軒目のバーに誘うわけがない。二軒目に行こうと誘ったのはアンだった。「あの事件について語れるゴールデン街のバー」と言われたので、鮫山と最後に会ったこのバーに誘ったのだ。簗瀬拓人について報道協定解除前に書いたことは諸橋の中ではその後のネタ提供でチャラになっている。貸し借りはない。注文したウイスキーの水割りが届くと、アンが切り出したのは意外な名前だった。

「ブラックジャーナリストの鮫山ですけど、色々、探っていくと彼に最後に会った記者ってモロさんなんですよ」

「どうしてその名前を?」

問いには答えず、問いを重ねた。

「この店で会ったって、裏は取れてるんです」

鮫山とは事件解決後、何度もコンタクトを取ろうとした。だが、事件後、忽然と消えた。この店に最後に来た時にいたミサキも店を辞めたらしく、カウンターの中では見たことがない若い男が店を切り盛りしていた。

「私、簗瀬翔太ちゃん事件のことがどうにも気になって、翔太ちゃんが保護されたあとも独自に取材していたんですよ。あの時の関係者で警察に事情を聞かれていないのはツインズ・セキュリティーの加藤、ウァー・シンの偽情報を流していた鮫山の二人です。この二人が同時に姿を消している。最後に鮫山に会った諸橋さんならわかると思って」

ツインズ・セキュリティーの加藤が消えたことは鮫山とグルだったことを意味しているとしか思えなかった。

「正直なところ、分からない。あれから鮫山は姿を消した。あいつがケツモチをしていた半グレの奴らも知らないらしい」

「モロさん、コメンテーターになって全然取材してないじゃないですか！　鮫山のケツモチをしていた半グレの連中、今、歌舞伎町から全く見なくなっているんです。知ってました？」

「いや……」

「腕が鈍ったんじゃないんですか？」

「ずいぶんな言い方だな。毎日、毎日出演するのも大変なんだ――」

「これ見てください」

アンはスマホを差し出した。一枚の写真が映っている。いかつい面々の中に、赤丸で囲まれた男がいた。

「鮫山のケツモチをしていたアウトシックスの幹部達です。赤丸で囲んだのが加藤です」

「ほんと全然、取材してないのね、テレビ出るのって、いまだにそんなに偉いの？」

いつの間にか扉を開けて入ってきた女がいた。梨花だった。

「しばらくぶりですね、梨花さん」

「こちらこそ、お久しぶりね。アンちゃん」

——いつの間に梨花に辿り着いたのか。それにしても何で二人が知り合い同士なんだ？

「どうしても鮫山の行方を知りたくて探し当てたのが梨花さんだったんです。歌舞伎町の中国社会のことで梨花さんほど詳しい人はいないって噂を聞いて、すぐに店に行ったんですよ。モロさんのこともよく知っているって聞いたから、この店で待ち合わせしたんだけど……」

「店が終わるのを待ってずっと店の外にいるのよ、この子。ちょっとした営業妨害だったわ」

梨花はクスッと笑ったが、諸橋を一瞥することもなく、アンの方を向いて言った。

「画面に出るようになったからって、取材しないような人には何も教えられないわ」

随分な言われ方だったが、それも事実だった。スタジオでコメンテーターになって以来、まともに取材していない。だが、それでめげる諸橋ではない。

「鮫山と加藤は警察に追われて姿をくらましたんじゃないのか？」

梨花は諸橋の問いには答えず、黙ってアンに一枚の紙を渡した。神奈川県警の広報案文だった。事件や事故があると、記者クラブ向けに出すＡ４一枚の発表文だ。

「身元不明の男性二人の遺体についてって、何でこんなものを？」

梨花は立ったままアンに話し続けた。

「この発表文はさっき、神奈川県警記者クラブで配られたもの。この後のニュースで身元不明の男性二遺体が見つかったという短いニュースになるでしょう」

アンに向かって話しかけているものの、諸橋が聞くのを拒まない。このタイミングでの身元不明の男性二遺体、悪い方向でしか考えられなかった。アンも案文を受け取ったまま黙っている。同じことを考えているようだ。

「あくまでも私の独り言として聞いてね。半グレの男達があることを考えた。ある会社に潜入して弱みを握り、機会があれば会社の評判を貶めて株価を下げ切った直後に株を買い、反発した際に売り抜ける。よくある話よ」

梨花が何を言いたいのか見えてきたが、口を挟まずにいた。アンも黙って聞いている。

「評判を落とすために男達はその会社の子会社に勤務する男に目をつけた。会社を恨んでいるものの、金が必要でやむなく会社の子会社に勤めている元警察官よ。男達は元警察官を焚きつけ、親会社の社長の息子を誘拐させた。それも会社が持つ託児所ででよ。会社の評判にダメージを与え、株価が下がる大きな要因になる。そして男達はマフィアも利用しようとした。まるでマフィアが誘拐を仕組んだようにね」

だが事件に上海マフィアは関係なかった。諸橋は緒方が引っ掛かった犯行声明文のことを思い出した。あれは鮫山らが仕組んだことだったのだ。

「簗瀬社長が警察に黙って男達に金を払い、その金は元警察官の家族に送られた。男達の目的は数億円の現金などではなく、会社の株価を暴落させた後で吊り上げることだった。その企みは成功した。実際、上海系の企業に買収されるって話が出回った直後にストップ高になったからね」

買収話はないことがすぐわかり、株価は急落した。緒方は株価操作のために使われたのだ。そう、あそこまでは計算通りだった。だが、何かが狂ったのだ。

「計算通りに運んだところまでは良かったけど、怒り狂ったのは『だし』にされた上海マフィアの連中よ。彼らは黙っていなかった。自分たちをネタに稼いだ金はしっかり回収する、そして責任を取らせる」

そして二遺体が運河に浮かんだ。

アンが立ち上がった。

「所轄は横浜水上警察署か。モロさん、鮫山の顔写真持っているんですか?」

「ああ、そっちは加藤の雁首がある、共同で取材だ」

「はい、でも、裏を取ったらさっさとネットで記事にしますよ」

「こっちもネットニュース媒体持ってるんだ。負けないさ」

「行ってらっしゃい」

諸橋はタクシーを捕まえに新宿通りに向かって走り出していた。

本書は、書下ろしです。

初瀬礼（Rei Hatsuse）
1966年、長野県生まれ。上智大学ロシア語学科卒。2013年、『血讐』（リンダブックス）で第1回日本エンタメ小説大賞優秀賞を受賞しデビュー。テレビ局勤務。他の著書に『シスト』『呪術』（新潮社）、〈警察庁特命捜査官　水野乃亜〉シリーズ（双葉社）がある。

ほうどうきょうてい
報道協定

著　者
はつせれい
初瀬礼
発　行
2024年6月20日

発行者　佐藤隆信
発行所　株式会社新潮社
〒162-8711　東京都新宿区矢来町71
電話　編集部 03-3266-5411
読者係 03-3266-5111
https://www.shinchosha.co.jp
装幀　新潮社装幀室
印刷所　錦明印刷株式会社
製本所　株式会社大進堂

ISBN978-4-10-340053-0　C0093

シスト　初瀬礼

世界を襲った突然のパンデミック。超大国の陰謀が蠢く中、一人の女性ジャーナリストが真実を追う。圧倒的リアリティで描く、読み応え満点の社会派サスペンス！

呪術　初瀬礼

今もアフリカに息づく呪術。その魔の手から逃げるアルビノの少女を救った麻衣は、共に日本へ渡るも、そこにはさらなる危険が――。手に汗握るサスペンス長編。

#真相をお話しします　結城真一郎

リモート飲み、精子提供、YouTuber……。緻密で大胆な構成と容赦ない「どんでん返し」で現代の歪みを暴く！　日本推理作家協会賞受賞作を含む戦慄の５篇。

救国ゲーム　結城真一郎

稀代のカリスマは、なぜ首なし死体と化したのか――。〈日本推理作家協会賞〉を受賞した、ミステリ界次代の旗手による究極のタイムリミットミステリー！

絡新婦（じょろうぐも）の糸　中山七里

警視庁サイバー犯罪対策課

凶器は１４０字、共犯者（フォロワー）は十数万人。妬みと憎悪で私刑を煽る、ネット界最恐の情報通を追い詰めろ！「どんでん返しの帝王」が贈るＳＮＳ時代の社会派ミステリ！

左右田（そうだ）に悪役は似合わない　遠藤彩見

エンタメ業界の現場で生じた謎を人知れずに解決する名探偵は、無名のオジサン俳優！　脇役ならではの観察眼をきらりと光らせ「犯人」を救う、ライトミステリー。

神獣夢望伝　武石勝義

神獣が日覚めると世界が終わる——不条理な運命に抗いながら翻弄される少年たちと現世のどうしようもない儚さを描ききった、中華ファンタジーの新たな地平。

鯉姫婚姻譚　藍銅ツバメ

若隠居した大店の息子が移り住んだ屋敷には、人魚がいた。生きる理の違う彼らが築いた愛と歪な幸せの形とは——。「日本ファンタジーノベル大賞2021」大賞受賞作。

最果ての泥徒（ゴーレム）　高丘哲次

20世紀初頭。泥徒（ゴーレム）が新たな産業として躍進する時代。少女と一体の泥徒の出会いが、世界を書き換えていく。驚異の魔術×歴史改変×大冒険譚、降誕。

成瀬は天下を取りにいく　宮島未奈

「島崎、わたしはこの夏を西武に捧げようと思う」。中2の夏休み、幼馴染の成瀬がまた変なことを言い出した。圧巻のデビュー作にして、いまだかつてない傑作青春小説！

成瀬は信じた道をいく　宮島未奈

我が道を進む成瀬の人生は、今日も誰かと交差している。そんな中、幼馴染の島崎が故郷へ帰ると、まさかの事態が……!? 読み応えますますパワーアップの全5篇。

ともぐい　河﨑秋子

己は人間のなりをした何ものか——山でひとり獲物を狩り続ける男、熊爪。ある日見つけた血痕が運命を狂わせる。人と獣が繰り広げる理屈なき命の応酬の果てには。